KB187063

공현의 낙수에서 배로 황하로 들어가며
즉흥시를 지어 부현의 벗들에게 부치다

自鞏洛舟行入
黃河卽事寄府縣僚友

강물 낀 푸른 산 뱃길은 동쪽을 향하고
동남쪽 사이 활짝 열려 드넓은 황하로 통하네
겨울 나무는 먼 하늘 끝에 닿아 희미하고
석양은 물결 속에서 사라져 간다

來水蒼山路向東
東南山豁大河通
寒樹依微遠天外
夕陽明滅亂流中

Fantastic Oriental Heroes

녹림투왕

녹림투왕 6

초우 新무협 판타지 소설

초판 1쇄 찍은 날 § 2006년 1월 23일
초판 1쇄 펴낸 날 § 2006년 1월 27일

지은이 § 초우
펴낸이 § 서경석

편집장 § 문혜영
편집 § 유경화 · 심재영

펴낸곳 § 도서출판 청어람
등록번호 § 제1081-1-89호
등록일자 § 1999. 5. 31
어람번호 § 제2-0814호

주소 § 경기도 부천시 원미구 심곡1동 350-1 남성B/D 3F (우) 420-011
전화 § 032-656-4452 팩스 § 032-656-4453
http://www.chungeoram.com
E-mail § eoram99@chollian.net

ISBN 89-5831-953-4 04810
ISBN 89-5831-402-8 (세트)

Fantastic Oriental Heroes

초우 新무협 판타지 소설

綠林投王

녹림투왕 6

도서출판 청어람

|목차|

第一章

십이대초인은 강했다

관표는 일보영의 보법을 밟으면서 광월참마부법(光月斬魔斧法)의 제 육식인 신월단참(迅月斷斬)으로 당진진의 목을 횡으로 그어갔다. 다듬고 다듬어온 자신만의 무기를 들고 싸운다는 것도 가슴 벅찬 일인데 상대는 칠종의 한 명이었다.

생사를 넘어 관표는 무인으로서 피가 끓어오르는 기분을 느꼈다.

손가락 끝의 작은 세포 하나하나까지도 모두 개화되는 기분을 느꼈다. 관표는 처음부터 십성 이상의 공력을 사용하여 초식을 전개하였다.

초승달 모양의 부기(斧氣)가 섬광처럼 뿜어지면서 당장이라도 당진진의 목을 자를 것 같았다. 그러나 당진진은 조금도 당황한 표정이 아니었다.

그녀의 발이 묘하게 엉키면서 짧은 거리를 단숨에 이동하였다. 그리고 그 짧은 거리는 정확하게 신월단참의 부기가 그리는 궤적을 한 치 정도만큼 벗어나 있었다.

역산단행(逆算短行).

이는 도가의 비전으로 당진진이 무림을 떠나서 은거에 들기 전 얻은 보법이었다.

상대가 공격해 오는 기의 흐름을 감지하고, 그 기의 흐름이 미치지 않는 곳까지 가장 짧은 거리를 움직여 공격을 피하는 보법이었다. 가장 단순한 행동으로 상대의 공격을 피할 수 있고, 내공의 소모가 거의 없으며, 역공을 취하기도 편한 보법이었다.

당진진이 물러선 곳은 관표의 공격 범위에서 딱 한 치를 비켜선 곳이었다. 그리고 관표의 도끼가 사정권을 벗어나는 순간, 당진진은 다시 한 번 역산단행을 펼쳤다.

이번엔 수비가 아니라 공격이었다.

그녀의 신형이 관표의 앞으로 돌진해 오면서 양손을 휘둘렀다. 이미 검은 묵빛으로 반들거리던 그녀의 손에서 그 손바닥보다 더욱 짙은 묵기가 뿜어져 나왔다.

그녀에게 천독수라는 별호를 지니게 만들었던 오독묵영살이 펼쳐진 것이다.

당가의 삼대금기무공 중 하나인 천독수에 못지않은 오독묵영살은 실제 당가의 독공 중에서 가장 강한 독공이라 할 수 있었다.

물론 더 강한 독공도 있기는 했다. 하지만 당삼금(唐三禁)이라 불리는 절명금강독공(絶命金剛毒功), 천독수(天毒手), 탈명봉침(奪命縫針)은 실제 인간이 배우기엔 거의 불가능한 무공들이었고, 살기가 너무 강해 당가에서도 금기시킨 무공들이라 함께 논할 수준은 아니었다.

스치기만 해도 독에 중독되어 죽을 수밖에 없는 치명적인 독공.

강호에서는 이 독공을 천독수라고 오해를 할 정도로 무서운 독공이었다.

관표는 묵기를 보는 순간 오싹해지는 한기를 느꼈다.

건곤태극신공이 위험 신호를 보내고 있었던 것이다.

반원을 그리고 돌아가던 도끼가 급격하게 꺾여 되돌아오며 묵기와 당진진을 향해 열두 번이나 난도질을 한다.

광월참마부법의 제칠초인 탈명수월(奪命收月)이 급하게 펼쳐진 것이다.

타다닥.

작은 소음이 연이어 들리며 관표의 신형이 뒤로 세 걸음 물러섰다. 당진진 역시 뒤로 두 걸음 물러섰는데 그의 소매가 예리하게 베어져 있었다.

"제법이다. 정말 대단하구나."

그녀는 진심으로 감탄하였다.

설마 후기지수라 할 수 있는 관표가 자신의 독공을 정면으로 받아낼 줄은 생각하지 못했던 것이다.

"당신도 진정 대단하십니다."

관표의 표정은 담담했지만 속으로는 많이 놀라고 있었다.

그의 손이 검게 변했다가 천천히 원래의 모습을 찾아가고 있었다. 만약 건곤태극신공과 대력철마신공이 아니라면 벌써 중독되어 죽었을 것이다.

독기가 무기를 타고 침투할 줄은 생각도 하지 못했었다.

당진진은 관표의 손을 보면서 다시 한 번 놀란 목소리로 말했다.

"그 나이에 만독불침이라니. 보지 않았으면 믿지 않았을 것이다."

"아직 감탄하기엔 이릅니다."

"옳아, 아직도 숨은 재간이 있겠구나. 그러나 이젠 나도 더 이상 너를 쉽게 보지 않겠다. 조심하거라! 지금부터 펼치는 것이 바로 진정한 천독수이니라."

관표의 표정이 조금 더 굳어졌다.

그렇다면 조금 전 무공은 천독수가 아니란 말이었다. 당진진은 관표의 마음을 짐작하고 미소를 지으며 말했다.

"오독묵영살이 대단하지만 어찌 천독수와 비견할 수 있겠느냐?"

그녀의 눈이 청색으로 물들기 시작했다.

당무영과 함께 절명금강독공을 연성하면서 천독수의 경지가 십성에 달한 그녀의 무공은 이미 입신의 경지에 달해 있었다.

역대 당가에서 천독수를 십성까지 익힌 것은 그녀가 단 두 번째였다. 처음 천독수를 만든 당중걸 이후로는 그녀가 처음이었다.

그녀의 손이 은은한 묵기를 머금었다.

같은 묵기지만 오독묵영살과는 또 달랐다.

진주처럼 광채가 나는 그녀의 검은 손은 아름답기까지 하였다. 그러나 관표는 그녀의 아름다운 손이 얼마나 무서운지 이미 느끼고 있었다.

"가라!"

고함과 함께 그녀의 두 손에서 묵빛의 원반이 만들어지면서 관표를 향해 날아왔다. 그것을 본 관표는 대경실색하였다.

단순히 기(氣)가 응집되어 만들어진 강기(剛氣)와는 질적으로 다른 강기(罡氣)였다.

많은 무인들이 강기(剛氣)와 강기(罡氣)를 착각하는 경우가 많다. 그러나 두 개의 강기는 전혀 다르다. 위력도 천양지차이지만 그 경지 또한 같은 급으로 말할 수 있는 것이 아니었다.

강기(剛氣)는 소위 말하는 기(氣)가 응집된 것이고, 강기(罡氣)는 기가 단련되고 단련되어 강기(剛氣)의 힘과 예리함이 수십 배 증폭된 상태를 말한다.

당연히 수련만으로 되는 단계가 아니라 깨달음이 동반되어야 도달할 수 있는 경지기도 하였다.

"수강(手罡)!"

놀랄 사이도 없었다.

관표는 잠룡어기환(潛龍魚奇幻)의 보법으로 다급하게 이동하였고, 손에 든 한월(도끼)로는 광월참마부법의 사령마왕살(死靈魔王殺)을 펼쳐 두 개의 수강에 대항하였다.

피하고 막는 동작을 동시에 한 것이다.

'팡!' 하는 소리와 함께 한 개의 수강은 그의 사령마왕살과 충돌하면서 튕겨 나갔고, 또 다른 한 개는 아슬아슬하게 그의 어깨를 스치고 뒤로 날아갔다.

'크윽' 하는 소리와 함께 관표는 도끼를 타고 오는 충격에 그 자리에서 주저앉을 뻔하였다. 이를 악물고 참는 순간, 이번엔 그의 왼쪽 어깨에서 무서운 통증이 밀려왔다.

'중독.'

관표는 식은땀이 흐르는 것을 느꼈다.

살짝 스치고 지나간 천독수의 강기가 그를 중독시킨 것이다.

건곤태극신공과 대력철마신공이 대항하면서 독기가 더 이상 퍼지지 않았지만 제아무리 철담이라도 놀라지 않을 수 없었다. 그리고 위기는 거기서 끝이 아니었다.

당진진의 신형이 무서운 속도로 다가오고 있었다.

관표의 왼손이 허리춤으로 가면서 손을 들어올렸다.

위잉.

소리와 함께 작은 손도끼 하나가 당진진을 향해 날아갔다.

광월참마부법의 오초인 비월(飛月)이었다.

신법을 펼쳐 날아오는 당진진과 마중 가는 도끼의 속도로 인해 실제 체감 속도는 상상을 불허하였다.

그 누구라도 지금 상황이라면 도저히 피할 수 없을 것 같았다.

비월로 날려 보낸 작은 도끼엔 강기(罡氣)의 힘이 어려 있어 어떤 보검이라도 잘라내고 상대를 죽일 수 있는 힘이 있었다. 그런데 그런 손도끼를 향해 당진진은 망설이지 않고 손을 휘둘렀다.

'깡' 하는 쇳소리와 함께 당진진의 손이 날아오는 도끼를 쳤고, 관표의 작은 도끼는 허무하게 튕겨졌다. 그러나 그걸로 인해 당진진의 다가오는 속도가 조금이지만 주춤하였다.

손으로 강기(罡氣)가 가미된 도끼를 쳐낼 수 있다면 그건 이미 단순한 인간의 손이라고 볼 수 없었다.

관표는 이를 악물고 다리에 내공을 모았다.

잠룡신강보법(潛龍神罡步法)으로 그의 발이 이 보 앞으로 전진하면서 오호룡의 광룡폭풍각(狂龍爆風脚)으로 당진진의 발을 차갔다.

아직 허공에 떠 있었고, 맹렬하게 돌진해 오던 그녀의 신형으로선 피하기가 쉽지 않은 공격이었다. 그런데 그녀는 관표의 공격을 피하지 않고 오히려 천근추의 신법을 펼치며 땅에 내려서면서 양손으로 다시 한 번 천독수를 펼쳐 관표의 두개골을 찍어갔다.

그녀가 바닥에 내려섬과 동시에 관표의 발이 그녀의 허벅지를 강타하였다. 그러나 '땅' 하는 소리와 함께 그녀는 멀쩡하게 관표의 광룡폭풍각을 맨몸으로 막아내었다. 그리고 동시에 그녀의 양손은 관표를 공격하고 있었다.

절명금강독공을 익힌 그녀의 몸은 사실상 금강불괴였던 것이다.

관표는 자신의 공격이 실패했다고 생각하는 순간 이미 위험을 감지하고 있었지만, 천독수는 너무 빨랐다.

급한 상황이라 고개를 뒤로 젖히며 두 손을 위로 쳐올려 당진진의 공격을 막아갔다.

오른손의 도끼로는 광월참마부법의 사령마왕살과 운룡천중기를 더했고, 왼손으론 광룡살수(光龍殺手)의 광룡철곽(光龍鐵郭)에 건곤태극신공의 신기결(神氣訣)을 겹으로 가미시켜 펼친 것이다.

단 일 수에 무려 네 개의 무공을 한꺼번에 펼친 셈이다.

'파박' 하는 소리가 들리며 관표의 신형이 뒤로 삼 장이나 튕겨 나가 겨우 멈추었다.

당장이라도 주저앉을 것처럼 힘이 들었지만 겨우 버티고 선다.

왼쪽 어깨가 은은히 결려오고 있었다.

찰나의 순간에 벌어진 일이었다.

당진진은 설마 그 상황에서 관표가 자신의 공격을 막아낼 줄은 생각도 하지 못했다가 다시 한 번 놀라고 말았다.

놀라움과 함께 광룡폭풍각에 맞은 허벅지가 끊어져 나갈 것 같은 통증이 밀려왔다. 비록 절명금강독공으로 인해 거의 완전한 불괴의 몸이 되었지만, 관표의 광룡폭풍각은 금강불괴의 몸을 일부 붕괴시킨 것이다.

'대단하다. 정말 대단한 놈이구나.'

십성의 절명금강독공과 천독수를 한꺼번에 펼치고도 죽이지 못했다. 당진진은 허탈함에 앞서 관표의 무공 수위가 놀랍기만 하였다.

"호호호!"

그녀는 갑자기 웃기 시작했다.

한동안 박장대소를 한 그녀가 관표를 보면서 말했다.

"정말 대단해. 어떻게 그 나이에 그런 무공을 지닐 수가 있는 거지? 마지막의 한 수는 정말 절묘했다."

관표의 얼굴에 씁쓸한 표정이 떠올랐다.

겨우 피해내긴 하였지만, 죽음 일보 직전이었다.

두 손으로 무려 네 종의 무공을 섞어 펼치고도 겨우 피하기만 하였다. 건곤태극신공의 초자결이 그에게 위험을 알렸고, 초식과 초식이 충돌하는 순간 밀려오는 압력을 역시 건곤태극신공의 신기결로 흘리면서 뒤로 물러섰었다.

그렇지 않았으면 내부가 붕괴될 뻔하였다.

당진진은 자신을 대단하다고 하지만, 관표가 본 그녀는 정말 대단하였다.

십이대초인과 능히 견줄 수 있다는 전륜살가림의 오제 중 두 명과 겨루어 이겼었다. 그걸로 인해 은근히 십이대초인을 낮추어보았던 관표였다. 그러나 이제야 그것이 얼마나 큰 착각이었는지 알 수 있었다.

지금 당진진만 하여도 염제나 환제보다 최소 두 수 이상은 강한 고수였던 것이다. 단순히 무공도 강했지만, 싸울 때 느끼는 기백도 달랐으며 여유도 달랐다.

관표는 한숨을 내쉬며 말했다.

"내가 대단하다면 당신에 대해선 어떻게 표현해야 할지 모르겠소."

당진진의 아미가 모아진다.

"패기와 그 당당함도 좋구나. 능히 나와 겨룰 만하다."

말하는 당진진의 표정엔 여유가 있었다. 단순한 오만함과는 다른 강자의 여유가 느껴지는 모습이었다.

관표는 가슴이 답답해지는 것을 느꼈다.

담담한 표정으로 서 있는 관표는 겉모습과는 달리 그의 내부는 그리 좋은 편이 아니었다.

절명금강독공이 가미된 천독수는 정말 지독한 무공이라고 할 수 있었다. 비록 피하긴 했지만 이미 내상을 입었고, 왼쪽 어깨의 중독은 이번 격돌로 인해 조금 더 확대되었다. 또한 또 다른 독의 기운이 도끼를 타고 흘러들어 오려 하였다.

건곤태극신공의 발(發)자결이 저절로 운용되어 두 곳의 독기를 밀어내는 중이었다.

중독이 되어 쓰러지거나 독상으로 운신하기조차 힘들겠지, 하고 여유있게 생각했던 당진진은 시간이 지나도 관표의 표정에 변화가 없자 더욱 놀라지 않을 수 없었다.

천독수에 스친다면 설사 금강불괴라 해도 견디지 못할 것이다. 그런데 상대는 자신을 상대하면서 그 독기를 견디고 있었다. 그리고 관표의 모습을 보니 특수한 무공으로 독기를 몰아내는 중인 것 같았다.

당무영이 절명금강독공을 익혔을 때 당진진은 앞으로 후기지수 중에선 그를 따를 자가 없을 것이라고 생각하며 기꺼워했었다.

이제 당문에서 천하제일인이 나올 것이라고 믿었던 것이다. 그런데 관표를 상대하면서 그 생각을 버려야 했다.

그녀는 결심을 굳혔다.

"너를 살려둘 수 없다. 오늘 반드시 죽어줘야겠다. 네가 없다면 다음 세대의 천하제일인은 내 후대에서 나올 것이다."

"그게 당신 마음대로 되겠소?"

"될 것이다."

당진진의 손에서 검은 광채가 다시 날아왔다.

말을 하며 손을 드는 것과 동시에 공격을 감행한 것이다. 그러나 관표도 준비를 하고 있던 참이었다. '이익' 하는 소리와 함께 관표는 잠룡어기환(潛龍魚奇幻)으로 강기를 피해내었다. 그러나 강기는 하나가 아니었다.

당진진의 왼손에서 날아온 또 하나의 강기는 마치 자석처럼 관표가 피한 곳으로 비행해 오고 있었는데, 그 속도가 바로 코앞에서 검을 내려치는 것만큼이나 빨랐다.

뿐만 아니라 그를 스치고 날아간 또 하나의 강기가 되돌아 날아오고 있었다.

피한다고 될 일이 아니었다.

관표는 이를 악물고 대력철마신공의 대력신기에 운룡천중기를 더한 채로 다시 한 번 사령마왕살을 펼쳤다.

'펑, 펑' 하는 소리가 들리면서 그의 도끼가 열두 번이나 두 개의 강기를 자르고 튕겨내었다.

'크윽' 하는 신음과 함께 관표의 신형이 다시 뒤로 다섯 걸음이나 물러섰고, 그의 코에서 검은 피가 흐르고 있었다. 그리고 어느 사인가 당진진은 관표와 삼 척의 거리까지 다가와 있었다.

"가라!"

고함과 함께 그녀의 천독수가 관표의 정수리를 찍어갔다.

천독수의 살수 중에서도 가장 위력이 강한 인혼독수령(人魂毒手靈)의 초식이었다. 순간 주춤하던 관표의 도끼에서 벼락이 뿜어지면서 천독수와 충돌하였다.

대력철마신공의 진천무적강기(震天無敵罡氣)를 도끼로 펼친 것이다. 천하제일마공이라는 대력철마신공의 정수인 진천무적강기는 손이나 일반 무기로도 응용해서 펼칠 수 있었으며, 대성하면 손바닥 두께의 만년묵철을 종이처럼 찢어놓을 수 있다 하였었다.

'퍽' 하는 소리와 함께 당진진의 신형이 일 장이나 주루룩 밀려났다. '큭' 하는 소리와 함께 그녀의 입가에 피가 새어 나왔다. 그러나 관표의 몰골은 당진진에 비할 바가 아니었다.

그의 손에 들렸던 도끼는 일 장이나 날아가 버렸고, 뒤로 이 장이나 굴러가 주저앉은 관표의 입과 코로는 연이어 피가 흘러나오는 중이었다. 쿨럭거릴 적마다 한 움큼씩 토해지는 피는 시커멓게 죽어 있었다.

당진진은 이를 부드득 갈았다.

부상당했다는 사실이 그녀의 자존심을 건드린 것이다.

"이노옴!"

고함과 함께 그녀의 신형이 다시 한 번 관표를 향해 날아갔다.

건곤태극신공의 초자결이 관표의 뇌를 자극하며 위험 신호를 보내고 있었다. 그러나 피할 수가 없었다.

피하게 되면 상황은 걷잡을 수 없게 되고, 제대로 반격조차 못한 채 패할 수 있다는 것을 관표는 잘 알고 있었다. 고수끼리의 대결에서 피하거나 물러서는 것은 그만큼 위험한 일이었다.

관표는 잠룡신강보법과 함께 광룡살수와 사혼참룡수를 동시에 펼쳤으며 그 안에 사대신공을 가미한 채 정면으로 당진진을 맞섰다.

강기의 폭풍이 사방 십여 장을 휩싸면서 주변에 있던 정의맹 수하들을 갈가리 찢어놓았다.

순식간에 이십여 합을 겨루었는데 관표는 다시 십여 걸음이나 물러서고 있었다. 다행이라면 그는 천문의 수하들이 없는 숲 쪽으로 물러섰고, 덕분에 수백 년 묵은 나무들이 수수깡처럼 부러져 날아가거나 한 줌의 독수로 녹아갔다.

그들의 주변에서 싸우던 자들이 넋을 잃고 바라본다.

"뭣들 하느냐? 여긴 내게 맡기고 천문을 몰살하라!"

관표를 몰아붙이며 당진진이 고함을 지르자 그제야 정신이 번쩍 든 정의맹과 천문의 수하들이 뒤엉킨다.

한편 두 사람의 결투를 지켜보는 제갈소는 혼백이 날아가는 기분이었다.

자기의 작은 머리만 믿고 무림인들을 일견 우습게 알던 그녀였지만 지금 관표와 당진진의 대결은 그녀의 상상을 초월하고 있었다.

고수들에 대한 이야기들을 수없이 들었지만 지금 당진진과 관표의 대결은 그녀의 상상과 상식을 넘어서 있었다. 실제 보고 있지 않았다면 인간들이 싸우는 광경이라 믿지 않았을 것이다.

마치 하늘의 신장들이 인세에 나타나서 싸우는 것 같았다.

몸에서 뿜어지는 강기와 독기가 사방 십여 장의 나무숲을 폐허로 만들어놓는 광경은 그녀를 충격 속으로 몰아넣기에 충분하고도 남았다.

그녀는 갑자기 불안해졌다.

스스로가 초라해지는 것을 느꼈다.

자신이 발을 잘못 들여놓았을지도 모른다는 느낌이 들었다.

마치 제 발로 지옥에 들어온 자의 기분이 이럴까?

하불범과 남궁일기는 단숨에 천문의 수하들을 부수어 버릴 수 있을 것 같았다. 어차피 그들이 아는 천문의 수하들 중 관표를 빼면 적수가 있을 수 없었다. 그리고 그런 관표는 당진진이 처리해 줄 것이다.

이젠 거리낄 것이 없다고 생각한 하불범과 남궁일기는 각자 검을 뽑아 든 채로 천문의 수하들을 향해 공격해 갔다. 그러나 그들의 검이 천문의 수하들을 유린하기 직전 기다렸다는 듯이 그 앞을 가로막는 자들이 있었다.

하불범은 자기 앞을 가로막은 거인을 보면서 그가 누구인지 한눈에 알아볼 수 있었다.

"네가 금강마인이라고 알려진 대과령이구나. 설마 너 혼자 나를 막으려는 것이냐?"

철탑처럼 단단한 체격을 지닌 대과령은 고개를 흔들며 말했다.

"나 혼자야 힘들지 않겠소. 하지만 둘이라면 좀 다를 것 같은데."

하불범은 대과령의 주변을 보았다. 그러나 어디에도 그의 협력자는 보이지 않았다.

"자네와 함께 할 자가 내 눈엔 보이지 않는군. 어차피 누가 더 있어 보았자 소용없을 테지만."

"무인이 상대를 낮게 보는 것은 옳지 않다고 우리 문주님이 말씀하시더이다. 자고로 자신보다 고수가 하는 말은 귀담아듣는 것이 좋습니다. 장문인도 명심하고 나를 너무 쉽게 생각하지 마시길 바랍니다."

한마디로 너는 우리 문주님보다 하수이니 그분이 하는 말을 명심하란 말이었다. 하불범은 속이 부글거리는 것을 느꼈지만 억지로 눌러 참았다.

아무리 화를 내도 관표가 자신보다 고수임은 세상이 다 알고 자신이 아는 사실이었다.

"그래, 그 말을 명심하지. 하지만 내가 도적 놈의 말을 새겨듣든 말든 네놈은 오늘 반드시 여기서 죽는다."

"당신이 뭔데 나를 죽일 수 있단 말이오? 내가 보기엔 힘들 것 같은데."

"도적이 되더니 말만 늘었구나."

"가장 안 늘은 것이 말이라고 하던데."

“그 말이 진실인지 내 검이 확인할 것이다.”

하불범의 검이 대과령의 미간을 겨누었다.

대과령의 얼굴에 힘줄이 불끈하였다가 가라앉았다.

대과령은 천천히 자신의 무기인 철봉을 들어올렸다.

남들은 이 철봉을 금강혈봉 또는 금강마봉이라고 불렀었다.

현재 천문에서 관표를 빼고 무공이 가장 고강한 사람은 자운이라고 할 수 있었다. 그리고 그런 자운 다음이 대과령이었다.

일 년 전의 대과령이라면 감히 화산의 장문인과 대결하려는 생각은 꿈도 꾸지 못할 일이었다. 그러나 지금의 대과령은 그때와는 완전히 달랐다.

관표에게 개정대법을 받으면서 임맥과 독맥이 완전히 소통되었고, 자신의 무공을 완전하게 소화한 상태였다. 현재 그의 무공은 일 년 전의 그에 비해서 배 이상 강해져 있었다. 실제 자신의 무공이 얼마나 강해졌는지 아직 대과령 자신조차도 확실하게 모르고 있었다.

대과령은 호흡을 조절하며 하불범을 노려보았다.

처음 하불범을 보는 것만으로 긴장했었다. 아무리 대범한 대과령이라고 해도 하불범은 분명히 벅찬 상대였다. 비록 연자심이 함께 하기로 약속했지만, 상대는 대화산파의 장문인이었다.

긴장하지 않으면 오히려 이상한 일이라고 할 수 있었다. 그러나 처음 긴장했던 마음은 말싸움 속에 풀어낼 수 있었다.

대과령은 생애 최고의 강적과 만났다고 생각했다.

第二章

십 년 후면 천하무적이 될 것이다.
그래서 살려둘 수 없다.

하불범의 검이 움직였다.

화산이 자랑하는 이십사수 매화검법이 검로를 따라 천천히 펼쳐지면서 하불범의 검이 대과령의 미간을 향해 찔러왔다.

매화지로(梅花之路)라는 초식이었다.

보통 사람들이 아는 매화검법은 모두 이십사수로 되어 있다고만 알려져 있지 실제 이십사수 매화검법에 대해서 제대로 알고 있는 강호의 무인은 그리 많지 않았다.

매화검법은 모두 셋으로 나뉘어져 있다.

전 십삼식과 중 팔식, 그리고 후 삼식이 바로 그것이었다.

보통 일반 제자들이 익힐 수 있는 무공이 바로 전 십삼식인 매화십삼검이었다. 그리고 직전제자들만이 익힐 수 있는 무공이 중 팔식에

해당하는 매화팔기검법(梅花八氣劍法)이었다. 그러나 역대로 매화검법의 정수라고 전해지는 이 매화팔기검법을 완전히 익힌 화산의 인물들은 거의 없었다.

검기상인이란 말이 있다.

바로 매화팔기검법은 검기상인의 극의에 이른 검법이라고 세상에 알려진 화산의 자랑이었다. 당연히 쉽게 배울 수 없는 검법이었고, 평생을 수련해도 완전히 익히기 어려운 검법이었다. 하지만 매화검법은 이것이 끝이 아니었다.

마지막으로 매화검법의 하늘이라는 삼절매화심검(三絶梅花心劍)이 있었다. 그러나 삼절매화심검을 아는 무인은 강호상에서 거의 없었다. 화산에서도 일부만 알고 있을 뿐이고, 익힐 수 있는 자격도 장문인과 차기 장문인, 그리고 전대의 장로들 정도뿐이었다.

실제 삼절매화검법을 제대로 익혔던 자는 화산 역사상 단둘뿐이었다.

한 명은 삼절매화심검을 만들었던 매화상인이었고, 이백 년 전 무림제일검수로 불리던 매화검성(梅花劍聖) 호목풍뿐이었다.

아쉽게도 호목풍 이후 매화심검은커녕 매화팔기검법조차 완전히 익힌 화산의 인물이 거의 없었다.

지금 하불범이 펼친 매화지로는 매화십삼검상에 있는 초식이었다. 비록 전 십삼식 안에 있는 평범한 검초였지만, 장문인의 손으로 펼쳐진 매화지로는 절대 무시할 수 없는 위력을 지니고 있었다.

대과령은 철봉을 아래에서 위로 올리며 하불범의 검을 쳐내려 하였다. '땅' 하는 소리가 들리며 철봉과 검이 충돌하는 소리가 들려왔다.

중병기인 철봉과 검이 충돌하였다면 당연히 검이 손해를 보게 마련이었다. 하지만 하불범의 검은 대과령의 철봉과 충돌하는 그 순간 매화사두(梅花蛇頭)의 초식으로 변화하며 교묘하게 철봉을 타고 미끄러져 들어왔다.

당장이라도 철봉을 잡고 있는 대과령의 손을 자를 듯한 기세였다.

"이얍!"

고함과 함께 대과령은 철봉을 돌려 하불범의 검을 쳐내면서 봉황수련(鳳凰水聯)의 초식을 펼쳐 내어 오히려 역공을 가했다.

하불범의 안색이 굳어졌다.

설마 대과령이 자신의 공격을 이렇게 쉽게 떨쳐 낼 줄은 생각도 못한 것이다.

놀라움은 거기서 끝이 아니었다.

당장이라도 자신의 머리를 부수어놓을 것 같은 철봉이 머리를 향해 날아오고 있었던 것이다.

대화산의 장문인으로서 자존심이 구겨진 하불범의 얼굴에 노기가 어렸다.

"이노옴!"

고함과 함께 하불범의 검로가 매화팔기검법으로 변하였다. 순간 그의 검에서 시원한 검기가 약 오 척 정도 뿜어져 나왔는데, 뿜어진 검기가 매화 송이로 변하며 대과령을 공격해 갔다.

매화팔기검법의 화후가 최소 칠성 이상이 되어야 펼칠 수 있다는 매화검기였다.

대과령은 기겁을 해서 철봉을 휘두르며 붕산금강혈마봉법(崩山金剛

血魔鋒法)으로 자신을 공격하는 매화 송이들을 쳐내었다. 그러나 하불범의 공격은 거기서 끝나지 않았다.

찌르고 가르고 휘젓는 하불범의 공격은 마치 질풍노도 같았으며, 그의 검은 가을 바람에 휘날리는 낙화처럼 유려하였다. 검기를 타고 도는 매화 송이는 조금씩 저물어가는 모과산의 황혼을 수놓았다.

대과령 역시 지지 않고 철봉을 휘두르는데, 그 모습은 마치 금강력사가 금강저를 들고 싸우는 모습과 견주어도 뒤지지 않을 만한 모습이었다.

'피융' 하는 소리가 연이어 들리며 두 사람이 일순간에 십여 합을 겨루었지만, 서로의 무기가 충돌하는 경우는 없었다. 대신 대과령이 뒤로 다섯 걸음이나 물러서고 있었는데, 그의 몸에는 벌써 세 군데나 상처가 나 있었다.

큰 상처는 아니었지만, 얼마나 악전고투하고 있는지 알기엔 부족함이 없는 상처였다.

아직은 화산파 장문인을 상대하기엔 벅차다 할 수 있었다.

"이제 그만 가라!"

하불범의 차가운 목소리와 함께 그의 검봉에서 세 개의 하얀 매화가 생겼다가 무서운 기세로 대과령을 향해 쏘아왔다.

매화팔기검법의 제육초식인 매화삼점(梅花三點)이었다.

대과령의 얼굴이 딱딱하게 굳어졌다.

직감적으로 위기를 느낀 것이다.

자신이 제아무리 금강불괴에 가까운 외공을 익히고 있다 해도 이 세 가닥의 매화 중 어느 하나에 적중하면 치명상을 면하기 어렵다는 것을 느꼈다. 만약 보통의 고수라면 세 개의 매화 중 어느 하나에 스치기만 해도 위험할 것이다.

대과령이 다급하게 철봉을 휘둘렀지만 매화삼점은 그렇게 쉽게 막을 수 있는 무공이 아니었다.

지금의 화산을 구파일방 중에서도 상위권에 올려놓은 것은 매화검법의 힘이 크다고 할 수 있었다.

그중에서도 매화검법의 정수가 바로 매화팔기검법이었고, 하불범은 거의 절정이라 할 수 있는 구성의 경지였다. 단순한 수치상의 구성이 아니라 완벽한 구성의 경지란 하늘과 땅 차이라 할 수 있었다. 검이 나가고 들어오는 절도와 힘이 다르고 상대가 공격하고 방어하는 틈새를 찾아가는 안목이 달랐다.

타다당!

하는 소리가 들리면서 한 개의 매화가 대과령의 철봉과 충돌하면서 튕겨 나갔다. 그러나 그 순간 또 하나의 매화가 대과령의 품으로 파고들었으며 남은 한 개는 대과령의 머리를 향해 날아왔다.

대과령은 다급한 나머지 금강신법으로 몸을 옆으로 회전하며 땅바닥을 굴렀다. 그러나 하불범의 검은 대과령이 피하는 것을 용납하지 않았다.

그의 검이 마치 자석처럼 대과령을 좇았다.

이미 바닥을 구르고 있는 대과령이 그의 검을 막기란 쉽지 않은 일이었다.

하불범을 막아선 것이 대과령이었다면 남궁일기를 막아선 것은 녹림군자 여광과 장칠고였다.

두 명의 고수를 앞에 두고 남궁일기는 여유있게 웃었다.

"도적들이 염치가 없구나. 협공이라니."

장칠고가 그 흉악한 얼굴에 비웃음을 머금고 말했다.

"이천이나 되는 놈들이 겨우 몇백의 천문을 협공한 것에 비하면 별거 아니지."

"협공이 아니라 토벌이다."

"토벌은 네놈 생각이고, 내가 볼 땐 강도 짓이다."

남궁일기의 눈에 살기가 어렸다.

"버릇이 없는 놈이군."

"버릇은 네 아들놈에게 가서 찾아라! 죽이러 온 놈에게 이 정도만 해도 예의 바른 것이다."

"죽여서 입을 찢어놓고 말겠다."

"네놈 실력으로 가능하겠냐? 맞아 죽지 말고 그냥 집에나 가라!"

말로는 천하무적인 장칠고였다.

남궁일기는 더 이상 말싸움에 대한 미련을 버리고 자신의 검을 들어 올렸다.

장칠고가 히죽 웃었다.

"진작 그랬어야 했다. 이제야 도적 놈 같군."

"이노옴!"

결국 남궁일기의 노화가 터지며 그의 검이 장칠고의 목을 노리고 찔러왔다. 순간 장칠고의 신형이 섬광영(閃光影) 신법으로 물러섰고, 대신 여광이 자신의 애도를 휘두르며 남궁일기의 옆구리를 공격해 왔다.

'슈욱' 하는 소리와 함께 여광의 도에서 차가운 도기가 남궁일기의 몸을 습격해 왔다.

"헛!"

남궁일기는 자신도 모르게 신음을 하며 얼른 검을 회수하여 여광의 도를 막았다. '타당' 하는 소리가 들리며 여광의 도가 튕겨졌다. 그러나 바로 그 순간 뒤로 물러섰던 장칠고가 어느새 앞으로 다가오며 검을 찔러왔다.

섬광검법의 제일초인 추혼발검이었다.

추혼발의라고도 하는 이 검초는 이미 그 위력을 증명해 보인 바 있었다. 남궁일기는 다급하게 몸을 틀어 장칠고의 검초를 피했지만 그사이에 다시 여광의 공격이 이어지고 있었다.

기겁을 한 남궁일기는 남궁세가의 자랑인 창궁무애검법을 세 초식이나 한 번에 휘두르고 나서야 겨우 두 사람의 공격 범위에서 벗어날 수 있었다.

남궁일기는 등에 식은땀이 흐르는 것을 느꼈다.

단순하게 녹림의 도적들 이상으로 생각하지 않았던 자들이었다. 여광이 제아무리 녹림 여가채의 채주이고 여가채가 녹림의 산채 중에 유명했다고 하지만, 그래 보아야 녹림이었다.

녹림의 무공으로 수백 년 전통을 자랑하는 남궁세가의 무공과 겨룰 수 있으리란 생각은 한 적이 없었다. 그러나 단 한 번의 겨룸으로 그 생각을 버려야만 했다.

"이건 시작에 불과하지."

장칠고가 이죽거리며 공격해 왔다. 동시에 여광의 도가 남궁일기의 정수리를 협공하고 있었다. 남궁일기가 이를 악물고 마주 공격하였다. 그의 기분대로라면 여광과 장칠고를 단숨에 죽여 버리고 싶었지만, 두 사람의 협공은 제아무리 남궁일기라 해도 쉽게 이겨낼 수 없는 것이었다.

녹림 여가채의 채주였던 여광의 무공은 능히 일파의 종주에 비해서도 크게 뒤지는 실력이 아니었으며, 여광의 곁에서 느닷없이 펼쳐 대는 장칠고의 섬광검법은 남궁일기를 곤혹스럽게 만들기에 절대 부족하지 않았다. 하지만 남궁일기의 무공은 생각보다 무서웠다.

그의 손에서 펼쳐지는 창궁무애검법은 당장이라도 여광과 장칠고의 목을 자를 것만 같았다.

여광은 남궁일기의 검초를 막아내면서 식은땀을 흘리고 있었다.

'만약 내가 문주님에게 무공을 배우지 않았다면 십초지적도 되기 힘들겠다. 과연 수백 년을 이어온 전통이란 쉽게 볼 수 있는 것이 아니구나.'

원래부터 강했던 무공에다가 관표로부터 도법을 전수받은 다음 내심으로 자신의 무공을 은근히 자부하던 여광은 큰 경험을 하는 셈이었다.

장칠고 역시 화산의 제자들을 이기고 은근히 자부심을 가지고 있었지만 막상 남궁일기와 손속을 나누고 나서는 그 마음이 싹 달아나 버렸다.

마치 노도와 같이 흘러나오는 남궁일기의 검력은 하나의 철벽을 보는 느낌이었다.

다행이라면 그들은 관표와 겨루었던 경험이 있었기에 두려워하거나 당황하지는 않았다. 비록 남궁일기의 무공이 강하지만 관표와 비교할 순 없었던 것이다.

여광이나 장칠고가 명문정파의 저력을 새삼 느끼고 있었다면, 그들과 겨루는 남궁일기는 지금 일어나는 일이 꿈만 같았다.

설마 녹림의 무리 두 명을 상대로 자신이 전력을 다하고도 이기지 못할 줄은 생각도 하지 못했다.

생각보다 둘의 무공이 강하기는 하지만, 길어야 십 초식 이내면 끝낼 것이라고 생각했었다. 그러나 여광과 장칠고의 무공은 그렇게 만만하지 않았다. 그의 무공이 생각보다 강한 것처럼. 하지만 남궁일기의 자존심으로는 도저히 용납하기 어려운 일이었다.

"이놈들, 제법이다. 그러나 감히 녹림 도적의 무공으로는 거기까지가 한계다."

고함과 함께 창궁무애검법의 후반 육식이 펼쳐지기 시작했다.

푸르스름한 검기가 오 척이나 솟아나면서 살을 가를 듯한 예기가 뿜어져 나왔다. 드디어 오백 년 남궁세가의 전통검법이라는 창궁무애검법의 정수가 펼쳐진 것이다.

여광이나 장칠고는 속으로 뜨끔하지 않을 수 없었다. 그러나 겁을 먹은 것은 아니었다.

"이야압!"

고함과 함께 여광은 그동안 관표에게 배운 분광사자도법(分光獅子刀法)을 펼치기 시작했다.

사나운 도기가 대각선으로 각을 이루며 남궁일기의 검기와 충돌하였다. '파르릉' 하는 소리가 들리며 두 사람의 신형이 무섭게 엇갈리고 있었다. 그리고 그 틈새 안으로 장칠고의 섬광검이 찌르고 들어왔다.

장칠고의 검은 교묘하게 여광의 도기 속에 숨어서 들어왔기 때문에 남궁일기는 바로 코앞까지 다가오도록 그 기세를 눈치채지 못했었다.

다급하게 몸을 틀어 피하던 남궁일기의 눈에 당혹감이 어렸다. 그의 시선 속에 막 대과령을 공격하는 하불범의 모습이 보였고, 그에게 날아가는 화살이 보였던 것이다.

"화살! 조심하시오!"

남궁일기의 고함에 막 대과령을 찔러가던 하불범은 기겁을 해서 몸을 뒤로 젖혔다.

'피융' 하는 소리와 함께 화살 하나가 그의 이마를 스치고 피를 튀기며 지나갔다. 조금만 늦었어도 치명적일 수 있었던 상황이었다.

처음엔 놀라움이, 그리고 그 다음엔 겨우 도적 놈에게 상처를 입었다는 분노가 하불범의 투기를 불러일으켰다.

"이노옴!"

고함과 함께 다시 한 번 매화팔기검법을 펼치며 대과령을 공격해 갔지만, 이미 기다리고 있던 대과령은 이번엔 그리 호락호락하지 않았다.

둘은 다시 엉켜들었다.

하불범은 화가 나긴 했지만 섣부르게 행동할 수 없는 것이 약간의 틈만 보여도 날아오는 화살 때문이었다. 결국 하불범, 남궁일기는 대과령, 여광, 장칠고를 상대로 잡혀 있을 수밖에 없었다.

그들로부터 약 십여 장 정도 떨어진 곳에는 연자심이 이들을 지켜보고 있었는데, 여기저기 불리한 곳에 화살을 날리고 있었다.

특히 그는 하불범과 남궁일기 쪽에 거의 모든 정신을 집중하고 있었다.

처음 정의맹 무사들은 약 이천여 명 정도였다. 그러나 그들 중, 실제 실력이 있는 무사는 모두 팔백여 명이고, 그들 중에서도 정예라 할 수 있는 무사는 약 사백여 명이었다.

그 외에 천이백여 명은 실제 삼류에도 끼지 못한 무사들도 많았다. 이름조차 알려지지 않은 중소방파의 무사들이나 정의맹의 이름 하에 편승하려는 하류무사들이 그들이었는데, 제갈소는 그들을 모두 받아들여 정의맹의 수하로 삼았다.

그래도 검을 차고 강호에 사는 자들이니 아주 무시할 수 없었고, 수적으로 압도함으로 인해 상대의 기를 죽일 수도 있기 때문이었다. 그리고 실제 전투에서도 녹림의 일반 수하들에 비해서는 충분히 강해 한 몫할 수 있을 것이라고 판단한 것이다. 하지만 실제 전투가 벌어지자 녹림이라 생각했던 천문의 수하들은 제갈소의 상상을 훨씬 넘어서 있었다.

실제 오백여 명밖에 안 되는 천문의 수하들은 정의맹 정예들과 겨루어도 크게 밀리지 않았다. 비록 초식의 운용에서는 뒤지고 있었지만, 용맹과 기백에서는 오히려 훨씬 앞서고 있었다.

실력에서 큰 차이가 나지 않으면 실전에서 용맹과 기백은 큰 영향을 준다. 비록 예기치 못한 화살 공격에 이백여 명의 사상자가 났지만, 천팔백여 명이 한꺼번에 밀고 들어갈 땐 단숨에 천문을 무너뜨리고 그들을 한꺼번에 일망타진할 수 있을 것 같았다. 그러나 그것은 제갈소와 정의맹의 착각이었다.

압도적인 숫자의 열세와 절대고수의 부족에도 불구하고 천문의 수하들은 침착했다. 조금도 대열을 흐트러뜨리지 않고 그들 나름대로 간단한 사상진을 펼쳐 필사적으로 대항하기 시작했던 것이다.

비록 정의맹의 수하들이 밀리진 않았지만 그렇다고 당장 천문의 사상진을 뚫기도 힘들어 보였기에 제갈소의 모든 신경은 당진진과 관표의 결투에 모아져 있었다. 실제 지금 전투의 향방은 두 사람의 대결로 결판이 나리란 것을 잘 알기 때문이었다.

당진진은 기가 막혔다.

벌써 사십여 합이다.

금방이라도 쓰러질 것 같은 관표는 뒤로 밀리고 밀리면서도 그녀의 공격을 받아내고 있었다. 이젠 감탄도 도가 넘어서 무서운 질투심과 일말의 공포심도 들었다.

그녀는 자신이 관표의 나이였던 때를 생각해 보았다.

지금 관표의 무공과 비교해 보면 어림도 없었다.

'앞으로 십 년이 지나면 이놈은 정말 천하무적이 될지도 모른다.'

당진진은 절대 불가능한 이야기가 아니라고 생각했다.

무림의 천고기재를 자신의 손으로 죽이는 게 아닌가 싶은 감상적인 생각마저 들 정도였다. 그러나 달리 생각하면 관표로 인해 사천당가가 무너질지도 모른다는 생각과 그땐 자신도 관표의 손에 죽을 거란 공포심이 그녀를 더욱 잔인한 생각을 하게 만들었다.

'모두 죽인다. 오늘 이놈은 물론이고 천문의 인간들을 모두 죽여야 한다. 그렇지 않으면 앞으로 사천당가는 숨을 죽이고 살아야 한다. 그리고 십이대초인의 전설도 사라질 것이다.'

개인적으로도, 그리고 당가를 위해서도 도저히 용서할 수 없는 관표였다.

"죽어라!"

고함과 함께 당진진은 십성의 공력으로 다시 한 번 천독수의 마지막 살수인 인혼독수령을 펼쳤다.

보고 있던 제갈소의 입가에 미소가 떠올랐다. 아무리 관표의 무공이 강해도 지금 당진진의 공격을 피하진 못할 것 같았던 것이다.

당진진의 공격을 막아내느라 팔다리가 떨려 당장이라도 주저앉고 싶은 관표는 정신마저 아득한 상황이었다.

숨소리는 거칠었고, 그의 몸 여기저기에 상처가 나 있었다.

'강하다! 정말 강하다!'

관표는 벌써 그 말을 속으로 몇 번이나 했는지 모른다.

당진진의 강함, 그것은 관표에게 충격이었다.

무공에 대해서 다시 한 번 생각하는 계기를 만들어주었다.

아득한 정신 속에서 당진진이 공격해 오는 것이 흐릿하게 보였다.

육체는 무너지고 있었지만, 그의 건곤태극신공과 대력철마신공은 당진진의 공격을 감지하고 그에게 위험 신호를 보냈다.

관표는 이를 악물었다.

문득 백리소소의 얼굴이 떠오른다.

그녀는 환하게 웃고 있었다.

언제나 어떤 상황에서도 그녀는 자신을 믿어주었다.

부모님과 동생들의 모습도 떠오른다. 그리고 어느 순간 그들은 모두 피투성이가 되어 쓰러지고 있었다.

한 줌 독수로 녹아내린다.

정신이 번쩍 들었다.

건곤태극신공의 혜자결이 관표의 정신을 굳건하게 보호하며 그의 무너져 가는 육체에 생기를 불어넣었다.

'강하다. 그러나 질 수 없다. 내가 죽으면 천문도 죽는다. 소소도 죽고 부모님과 동생들도 다 죽는다.'

관표의 굳은 결심을 알기라도 한 것일까? 그의 몸에 있던 진기들이 갑자기 활성화되었다. 건곤태극신공이 그의 몸 안에 있던 마지막 진기까지 짜내면서 조금이라도 남아 있던 공령석수의 기운이 움직인 것이다.

만족할 만큼은 아니지만 조건은 훨씬 좋아졌다.

관표는 맹룡칠기신법의 맹룡출해(猛龍出海)를 펼치며 당진진을 향해 몸을 날렸다. 어떻게 보면 당진진의 공격에 자살이라도 하려는 듯한 모습이었다.

방어를 도외시한 관표의 오른손에 흐릿하게 금색의 강기가 어리면서 하나의 도끼로 형상화되고 있었다. 드디어 맹룡십팔투의 최후 비기라 할 수 있는 광룡삼절부법(光龍三絶斧法)의 제일절인 광룡참(光龍斬)이 펼쳐진 것이다.

'퍽!' 하는 둔탁한 소리와 함께 금색의 부강(斧罡)이 일순간에 스물네 번이나 허공을 가르고 지나갔으며, 검은색의 묵기가 폭풍처럼 몰아치며 금색의 기가 지배하려는 공간을 차단하였다.

너무 갑작스럽게 벌어진 일이라 무공이 미약한 제갈소로서는 어떤 일이 벌어졌는지 알 길이 없었다. 당진진 또한 관표에게 숨겨둔 수가 있으리란 생각은 하지 못했었기에 조금 놀란 표정이었다. 그러나 공격을 가하는 손속은 조금의 멈칫함도 없었다.

두 가닥의 광채가 몽환처럼 나타났다가 사라지는 순간 '끄르륵' 하는 소리가 들리며 관표의 몸이 뒤로 십여 걸음 물러섰고, 당진진 역시 다섯 걸음 정도 뒤로 물러서 있었다.

관표의 가슴엔 검은색 장인(掌印)이 찍혀 있었으며 입으로는 검은색의 피가 새어 나오고 있었는데, 당장이라도 쓰러질 것 같았다. 하지만 겉으로 보기에는 관표의 부상은 당진진에 비해서 약해 보였다.

머리는 산발을 하고 옷이 너덜너덜하게 찢어진 당진진의 몰골은 말이 아니었다. 얼굴은 두 가닥의 사선이 그어져 있었고, 가슴과 가슴 사이는 쩍 벌어져 있었다. 신기한 것은 그 상처들에서 약간의 피가 흐르다가 바로 멈추고 있다는 점이었다.

제갈소의 표정이 당혹스럽게 변했다.

대체 관표가 어떤 무공을 펼친 것인지, 그리고 지금 누가 이긴 것인지 분간이 되지 않았던 것이다.

관표를 보는 당진진은 기가 막혔다.

조금 전 일을 상상하면 등골이 서늘하다.

상대의 무공이 심상치 않음을 알고 전력을 다해 천독수의 최고 초식인 인혼독수령을 펼치고, 역산단행의 보법을 십이성으로 펼쳤다. 그런데도 결과는 양패구상이었다.

실제적으로 자신이 조금 더 손해를 보았다고 볼 수 있었다.

만약 절명금강독공이 아니었으면, 가슴이 두 쪽으로 쪼개질 뻔하였다.

문제는 자신의 공격을 가슴에 격중당한 관표의 모습이었다. 비록 금색의 강기를 막느라 겨우 육성 수준의 힘이었지만, 인혼독수령을 맞고도 살아 있다는 점이었다. 그리고 자신의 상처가 아물어가는 속도에 뒤지지 않게 관표의 상처도 아무는 중이었고, 독상도 치료되어 가는 중이었다.

제아무리 금강불괴라도 독사시킬 수 있다고 자부하던 천독수의 전설이 깨지는 순간이었다. 이는 관표가 자신의 절명금강독공에 뒤지지 않는 신공을 터득하고 있다는 증거이기도 했다.

"대단하다, 정말 대단해! 대체 네가 익힌 무공이 무엇이냐? 그리고 지금 펼친 초식이 무엇이냐? 무형부법(無形斧法) 같던데?"

관표가 손으로 입을 닦으며 침중한 표정으로 말했다.

"대력철마신공에 광룡부법입니다."

당진진은 대력철마신공이란 말에 눈이 커졌다.

"대력철마신공이라니. 그거라면 절명금강독공에 뒤지지 않는 유일한 무공 중 하나라고 할 수 있지. 하지만 그것만으로는 조금 이해가 되지 않는구나. 그리고 광룡부법은 처음 듣는 무공이지만 정말 대단했다. 그런데 왜 처음부터 그 무공을 펼치지 않았느냐?"

"세상은 넓고 무공은 많소. 내가 굳이 그런 것을 일일이 설명할 필요가 있겠습니까? 우리가 소꿉장난 하는 것도 아니고. 하지만 광룡부법을 펼치지 않은 것은 기회가 없어서 함부로 펼치지 못했을 뿐입니다. 어차피 그것을 펼친다고 이길 것 같지도 않았고."

당진진은 관표의 말을 알아들었다.

"호호호! 네 말이 옳다, 옳아. 내가 욕심을 부렸었군. 하지만 대단하다."

'정말 대단한 놈이구나. 당가에 저 아이가 있다면 당가는 천하를 군림할 것이다.'

당진진이 감탄한 이유는 간단했다.

당진진의 실력을 안 관표는 자신의 최고 비기를 숨겼다. 어차피 그것을 펼친다고 이길 수 있는 상대가 아니라고 판단했기 때문이다. 차라리 숨기고 있다가 기회를 보아 그 무공으로 역습을 한다면, 조금이라도 승산이 있을 거라고 판단한 것이다. 그러나 말이 쉽지 조금이라도 잘못하면 죽을지 모르는 생사의 결투에서 끝까지 자신의 비기를 숨기는 일이 쉬운 일은 아니었다.

반대로 처음부터 광룡부법을 펼쳤다면 당진진은 광룡부법에 약간의 피해는 보았을지언정, 지금처럼 큰 피해는 당하지 않았을 것이다. 그리고 곧 광룡부법의 초식에 익숙해졌을 것이다.

당진진은 조금 전 관표와의 대결을 생각해 보았다.

당장이라도 죽을 것처럼 밀리던 관표의 모습이 생각난다.

그 급박한 와중에도 끝까지 반전을 준비하고 비기를 감추고 있었을 줄이야.

"다시 생각해도 너는 정말 대단한 녀석이다. 그래서 너를 더욱 살려둘 수가 없다. 내가 너를 상대로 이 무공까지 펼치게 될 줄은 몰랐다. 이제 네가 지닌 것을 다 뽑어내어도 살아남을 수 없을 것이다."

말을 하는 당진진의 얼굴과 몸이 점점 묵빛으로 물들기 시작했다.

그러나 관표는 이미 준비를 하고 있었다.

서로 말을 주고받는 동안 건곤태극신공의 해자결 안에서 모든 진기를 끌어 모아 기습을 준비했던 것이다. 그리고 건곤태극신공은 그 특성상 관표의 진기가 흐르는 것을 외부에 드러내지 않았고, 당진진도 그 점은 눈치채지 못하고 있던 참이었다.

그녀가 무공을 채 펼치기도 전에 관표의 오른손이 먼저 올라갔다. 그의 손에 들린 금빛 도끼에서 광채 하나가 당진진을 향해 날아갔다. 그 광채의 모습은 비룡의 모습을 하고 있었는데, 한 마리의 비룡은 단숨에 허공을 격하고 당진진을 향해 날아갔다.

제갈소는 금빛의 비룡 하나가 번쩍 하고 허공에 나타났다가 사라지는 것만 보았을 뿐이었다.

광룡부법의 제이절인 비룡섬(飛龍閃)이 펼쳐진 것이다.

아직 십성에 이르지 못한 초식이었지만, 지금 관표에겐 그것을 따질 여유가 없었다.

여유가 없기는 당진진도 마찬가지였다.

그녀 역시 절명금강독공을 익힌 지 얼마 되지 않았고, 아직은 완전하지 않은 상황이었다. 그런데 독공을 펼치기도 전에 갑자기 공격하는 한 마리의 비룡을 보자 마음이 다급해졌다.

조금 전 보았던 무공보다 지금의 비룡이 더 무섭다는 것을 안 것이다. 당진진은 절명금강독공의 절기인 절명금강수(絶命金剛手)로 비룡을 마주 공격하였다. 하지만 조금 전 관표의 광룡부법에 당한 가슴의 상처로 인해 그녀는 절명금강수를 제대로 끌어올리지 못했다. 결국 관표의 기습은 제대로 성공을 한 셈이었다.

'퍽' 하는 소리와 함께 당진진은 자신의 절명금강수를 파괴하면서 자신의 머리로 날아오는 비룡의 환상을 보았다.

"끄아악!"

비명 소리와 함께 당진진은 이 장이나 뒤로 날아가 땅바닥에 처박혔고, 관표는 그 자리에 주저앉았다.

그녀의 날카로운 비명 소리와 함께 천문과 정의맹의 전투도 갑자기 멈추어졌다.

모든 시선이 관표와 당진진에게 모아졌다.

정의맹의 인물들은 모두 믿을 수 없다는 표정으로 땅바닥에 고꾸라져 있는 당진진과 주저앉은 채 검은 피를 토하고 있는 관표를 번갈아 보고 있었다.

칠종의 한 명이 패한 것이다.

어쩌면 칠종 중에서도 가장 무서운 여자가 그녀일지도 모른다.

그런 그녀가 쓰러져 있는 모습은 무엇인가 현실감이 없어 보였다. 관표 또한 조금 얼떨떨한 표정이었다. 비록 기습은 했지만 이렇게 큰 성공을 거두리란 생각은 하지 못했던 것이다.

광룡부법이 강한 것은 알고 있었지만, 지금의 결과는 관표로서도 뜻밖이었다.

第三章

누가 천문을 약하다고 했는가?

"우와아!"

천문의 제자들은 자신도 모르게 함성을 질러대었다.

반대로 제갈소를 비롯한 정의맹의 인물들의 얼굴은 검게 변했다. 특히 당무염은 지금 사실을 쉽게 믿을 수 없었다. 당황한 제갈소의 얼굴 표정이 굳어졌다.

지금 상황은 그녀도 예측하지 못했던 일이었다.

그녀는 빠르게 정신을 수습하고 하불범 등에게 심한 부상을 당한 관표를 기습하게 하려다 멈추었다. 그녀의 시선이 당진진을 향해 있었으며, 함성을 질러대던 천문의 수하들도 당진진을 보며 조용해졌다.

쓰러져 있던 당진진이 고개를 든 것이다. 그런데 고개를 든 그녀의 모습이 조금 이상했다.

무표정한 얼굴에 눈동자가 사라졌다.

흰자위만 남은 그녀의 눈이 녹색으로 물들어가고 있었으며, 부상을 당했던 그녀의 상처들이 순식간에 아물어갔다.

'무엇인가 비정상이다.'

그녀를 지켜보며 주저앉은 채 호흡을 조절하던 관표는 불안함을 느꼈다. 당진진의 몸에서 뿜어지는 기세가 점점 더 강해지며 그의 불안함을 가중시키자, 그는 벌떡 일어서며 고함을 질렀다.

"천문의 제자들은 모두 뒤로 후퇴하라!"

관표의 고함에 천문의 수하들이 급급하게 뒤로 물러서기 시작했다. 정의맹의 수하들은 어정쩡한 자세로 제갈소와 하불범, 그리고 남궁일기를 보고 있었다.

"꺄아악!"

날카로운 괴소와 함께 당진진의 신형이 누가 잡아당긴 듯 허공으로 올라갔다. 그리고 그녀의 몸에서 검은색의 형체 세 개가 뿜어져 나왔다.

형체는 약 다섯 살 정도의 어린아이처럼 생겼는데, 그 모습들에는 전혀 무게감이 느껴지지 않았다. 마치 허공을 날아다니는 유령 같다고 할까.

부상을 당한 채로 제갈소 옆에서 지켜보던 당무염은 당진진과 아이처럼 생긴 세 개의 검은 형체를 보고 몸이 굳어졌다.

다른 사람은 몰라도 그는 그것이 무엇인지 알 수 있었던 것이다.

그의 몸이 와들와들 떨고 있었다.

"절명독인수형(絶命毒人獸形)이라니. 당가의 전설이 실현되었다."

그는 정신을 차릴 수가 없었다.

어떤 상황에서 지금 같은 일이 벌어졌는지 알 수가 없었지만 당가의 전설에서 말하는 절명독인수형이 분명해 보였다.

전해 내려오는 당가의 전설에 보면 다음과 같은 이야기가 있었다.

절명금강독공은 십성의 경지가 끝이라 할 수 있다. 그러나 누군가가 죽음의 벽을 넘어 공(空)의 경지에 도달하게 된다면, 그 벽을 깰 수 있을 것이다.

공의 경지란 혼과 넋이 잠이 든 상태로 독성이 머리를 지배하는 단계를 말하는 것으로, 이미 이성을 잃고 완벽한 독인이 되었다는 뜻과 같다. 이때의 독인을 만난다면 무조건 도망을 쳐야 한다.

이성이 없는 독인은 몸 안에서 갑자기 폭발하는 힘을 분출하기 위해서 적아를 구분하지 못하고 파괴와 죽음만을 갈구하게 된다. 생명력이 있는 것이라면 무엇이든지 그 안에서 죽음을 면치 못하리라. 공의 경지에 달하면 세 개의 절명독인수형을 만들어낼 수 있으니 수형에 스치는 것은 모두 한 줌의 독수로 변해 사라지리라.

만에 하나 독인이 이 공의 경지를 넘어설 수 있다면 당가는 천하 위에 군림하리라. 그러나 공의 경지에서 독인이 이성을 찾는 것은 아주 잠깐이고, 그것을 벗어나기란 공의 경지에 들어서는 것보다 더욱 어려운 일이다.

독인은 죽을 때까지 파괴만을 일삼다가 모든 정기가 말라가면서 죽어갈 것이다.

전설대로라면 지금 당진진은 그 공의 경지에 들어서서 이성을 잃은 절대독인이 되었다는 말이다.

"대체 어쩌다가?"

너무 정신이 없어서 당무염은 정의맹의 수하들에게 피하란 말도 못하고 있었다. 제갈소가 당무염을 보고 물었다.

"저게 어떻게 된 것이죠?"

그 말을 듣는 순간 당무염은 정신이 번쩍 들었다.

"모두 피해라! 빨리 피하란 말이다!"

그의 고함 소리가 사방으로 울려 퍼질 때 당진진의 몸에서 나타난 세 개의 절명독인수형들이 사방으로 흩어지면서 날아갔다.

한 개의 절명독인수형이 정의맹의 수하들이 있는 곳을 스치고 지나갔다. 그 빠르기란 마치 하나의 섬광이 지나간 것 같아 어떻게 대항하거나 피할 시간적인 여유가 없었다.

절명독인수형이 지나간 자리에 있었던 이십여 명의 정의맹 수하들이 그대로 녹아내리기 시작했다.

비명도 지르지 못한 채 물로 녹아가는 그들의 모습은 보는 사람들에게 공포심을 주기에 충분하였다.

그들만이 아니었다.

이미 사방으로 날아간 독인들이 정의맹은 물론이고 천문의 수하들까지 유린하기 시작했다.

"비켜라!"

고함과 함께 관표가 신형을 날리면서 십여 명의 천문 제자들을 녹이고 재차 공격해 오는 절명독인수형을 향해 대력철마신공의 진천무적강기를 펼쳤다. 가슴이 '찌르르' 하는 고통을 눌러 참고 겨우 육성 경지의 진천무적강기를 만들어낼 수 있었다.

'퍽' 하는 소리와 함께 절명독인수형이 깨어져 나갔다. 그러나 깨진 절명독인수형은 순식간에 다시 합쳐지면서 관표를 공격해 왔다. 관표는 광룡십팔투를 전개하여 절명독인수형이 더 이상 천문의 수하들을 공격할 수 없게 하려 하였다.

그러나 겨우 한 개의 절명독인수형에 관표는 연신 뒤로 밀리고 있었다. 내외상이 심한 데다 내공마저 정상이 아니라서 오호룡이나 진천무적강기를 펼치기에 큰 무리가 있었던 것이다.

천문과 정의맹이 싸우던 곳은 아수라장으로 변하고 말았다.

남궁일기의 동생이자 한때 강호의 미남으로 유명했던 구호애검(球好愛劍) 남궁도형이 절명독인수형을 막으려고 달려들었다가 단 일 초에 뒤로 날아가며 큰 부상을 당하자, 정의맹의 그 어느 누구도 절명독인수형에 대항하려는 자가 없이 사방으로 흩어져 도망가려 하였다. 그러나 도망치는 것도 쉬운 것은 아니었다.

당진진이 유령처럼 사방으로 날아다니기 시작했다.

단 반 각 만에 정의맹의 사백여 명과 천문의 백여 명이 독수로 변해 버렸다. 당진진의 신형이 천문의 수하들을 향해 날아오자, 관표가 막아섰다.

세 개의 절명독인수형이 관표를 향해 날아오자, 관표는 이를 악물고 광룡천부를 손에 쥐었다. 그의 허리에는 다시 주워 든 한월과 작은 손도끼가 단단하게 차여 있었다.

세 개의 흑인이 섬전처럼 관표의 얼굴과 가슴, 그리고 옆구리를 향해 날아왔고, 관표는 전력을 다해서 광룡참을 펼쳤다.

사가각.

금색의 섬광이 세 개의 흑인을 수십 조각으로 나누어놓았다. 그러나 갈라지면서 흩어졌던 절명독인수형들이 다시 합체를 하고 관표의 손에 들렸던 광룡천부가 사라지고 있었다.

이젠 더 이상 광룡천부를 유지할 수 있는 내공이 없었던 것이다.

당진진의 사나운 시선이 관표를 향해 모아졌다.

'까아악' 하는 소리와 함께 당진진이 자신을 향해 다가오자, 관표는 피할 수도 없었다. 피한다면 천문의 제자들에게 너무 큰 피해가 갈 것이다. 그는 제일진의 부지휘자인 벽력철부 오대곤에게 전음을 날렸다.

"내가 당진진을 상대할 테니 비상시 오 장로님이 이곳을 지휘해 주십시오. 그리고 절대로 수하들이 흩어지지 않도록 해주시길 바랍니다."

"조심하십시오, 문주님."

전음을 주고받은 관표는 자신에게 다가오는 당진진에게 마주 다가서며 한월을 뽑아 들었다.

"까아악!"

소리와 함께 세 개의 절명독인수형이 그녀의 주위로 몰려들었다. 동시에 그녀의 손에서 천독수가 뿜어져 나오는데 조금 전 관표와 겨룰 때에 비해서 그 위력이 더욱 무서웠다.

'퍽', '퍽' 하는 소리가 들리며 관표가 뒤로 주르륵 밀려났다.

당진진이 조금도 여유를 주지 않고 달려들자 관표는 한월을 왼손으로 바꿔 들면서 오른손으로 작은 손도끼를 던졌다.

다시 한 번 비월의 절기가 펼쳐진 것이다.

묵빛의 강기를 향해 날아간 손도끼가 '퍽' 하는 소리와 함께 되돌아 왔다. 당진진은 조금도 충격을 받지 않은 듯 주춤하였다가 다시 공격해 온다. 헉헉거리던 관표는 기가 막혔다.

비월을 전개하느라 내상이 더욱 악화되었고, 독기는 사정없이 그의 몸을 유린하는 중이었다.

만약 건곤태극신공이 아니었으면 벌써 죽었을 것이다.

공격해 오는 당진진을 바라보았다.

이번엔 절명금강수였다.

"차앗!"

고함과 함께 관표의 신형이 갑자기 위로 치솟으며 길옆의 숲으로 숨어들었다.

당진진이 무서운 속도로 관표의 뒤를 쫓는다.

이미 이성을 잃은 당진진이었지만, 관표를 쫓는 그녀의 흰 눈동자엔 증오와 적개심이 불타고 있었다. 다시 정면으로 겨루면서 약간의 이성이 그녀에게 적수에 대한 집착을 불러일으킨 것 같았다. 막연하게 자신을 고통스럽게 했던 자가 누구인지 알아본 것이다.

순식간에 두 명의 절대고수가 싸움터에서 사라져 갔다.

모두 멍청한 표정으로 두 사람이 사라진 곳을 지켜본다.

'휴' 하는 한숨과 함께 정신을 차린 장칠고는 자신과 비슷한 한숨을 듣고 옆을 돌아보았다.

마침 함께 한숨을 쉰 상대도 자신을 돌아보던 중이었다.

둘의 시선이 마주쳤다.

둘의 표정이 일순간에 굳어졌다.

장칠고를 본 상대가 얼굴에 살기를 담고 말했다.

그는 정의맹의 십대당주 중 한 명인 호심창(虎心槍) 유가고였다.

"네… 네놈은?"

"장칠고지."

대답과 함께 장칠고의 검이 재빠르게 유가고의 배를 찔렀다.

기겁을 한 유가고의 창이 호선을 그리며 뒤로 물러섰고, 장칠고의 검은 아슬아슬하게 유가고의 배를 스치고 지나갔다.

장칠고의 얼굴에 아쉽다는 표정이 스친다.

"모두 천문을 공격하라!"

정신을 차린 제갈소의 고함이 들려왔다. 그리고 그와 동시에 벽력철부 오대곤의 고함도 들려왔다.

"천문의 수하들은 대열을 유지한 채 침입자들을 주살하라!"

"와아!"

고함과 함께 다시 천문과 정의맹의 이차 전투가 불이 붙었다.

사방으로 흩어져 도망치던 정의맹 수하들이 다시 모여들었고, 천문의 수하들은 더욱 단단하게 사상진을 구축하고 있었다.

관도에서 천문으로 가는 길 양옆은 나무가 우거진 숲이었다. 그리고 그 숲의 뒤쪽으로는 험한 산들이 첩첩으로 들어차 있어서 사람이 다니기에 용이하지 않은 곳들이었다.

한데 이 숲을 가로질러 천문의 터라 할 수 있는 녹림도원의 바로 앞

강가로 다가서는 자들이 있었다.

바로 해남파의 장문인이자, 정의맹 사대무상 중 한 명인 칠살검(七殺劍) 역소산이 이끄는 정의맹 제이군이었다.

역소산과 해남파의 고수들, 그리고 화산과 당문의 제자들을 포함해서 모두 사백 명의 정예들이 제이군에 속한 무사들이었다.

역소산의 곁에는 화산의 칠매 중 한 명인 열화문검(烈火刎劍) 도지삼과 당문의 여걸로 유명한 탈혼비(奪魂匕) 당청청이 함께하고 있었다.

사십대의 당청청은 당무염의 딸로 시집조차 안 가고 당가의 귀신으로 남겠다고 공언한 여자였다.

그녀의 탈혼비는 강호에서 모르는 사람이 없을 정도로 유명했으며, 독에 있어서는 그녀의 오빠이자, 당무염의 장남인 천리표(千里剽) 당진구보다 더 뛰어나다고 소문이 난 여걸이었다. 그리고 세 사람의 앞에는 견오자(犬遻者)라 불리는 오자순이 있었다.

길을 찾고 사람을 추적하는 일에 능하고 진법에도 능한 견오자 오자순은 정의맹 십대당주 중 한 명이었다.

오자순은 지금 숲을 가로질러 가는 길을 안내하고 있는 중인데 그는 이미 이 숲에 대해서 숙지하고 있었다.

오자순이 뒤를 돌아보며 말했다.

"조금만 더 가면 천문이 있는 마을에서 흘러나오는 작은 강이 나올 것입니다. 만약 천문에서 우리가 올 것을 예상하고 있다면 이쯤에서 매복이 있을 것 같습니다. 한데 아무리 둘러보아도 매복의 흔적이 보이지 않습니다."

칠살검 역소산 역시 공력을 모아 귀를 기울였지만, 아무런 기척도 들리지 않았다.

당청청이 품 안에서 작은 주머니를 꺼내 풀었다.

주머니 안에서 가루약을 꺼낸 당청청은 그 가루약을 바람에 날리기 시작했다. 마침 바람은 그들이 있는 곳에서 바깥쪽을 향해 불고 있었다. 약 반 각의 시간이 지나자 당청청이 역소산과 도지삼을 보면서 말했다.

"숲에 매복이 있다면 지금 뿌린 약에 반응이 있었을 것입니다. 비록 독약은 아니지만 이 약이 피부에 닿으면 가려움과 재채기를 참지 못합니다. 매복은 없는 것 같습니다."

역소산이 그녀의 말에 물었다.

"우리가 저곳으로 가면 어찌 되는 거요?"

"약의 효과는 반 각입니다. 지금은 바람 속에 모두 중화되었을 것입니다."

"그럼 빨리 숲을 벗어납시다."

사백여 명의 정의맹 제이군이 빠르게 숲을 빠져나가기 시작했다. 채 반 각도 지나기 전에 제이군은 숲을 빠져나갈 수 있었다.

숲의 앞에는 작은 둔덕이 있었고 그 둔덕 아래론 폭 오 장(십오 미터) 정도의 작은 강이 나타났다. 산속에 있는 강치고는 작다고도 할 수 없는 크기였다.

강은 삼 장 정도로 깊었지만 바닥의 물은 많지 않아서 겨우 무릎 정도의 깊이로 흐르고 있어, 건너는 데는 문제가 없어 보였다.

강을 건너 좌측으로 녹림도원으로 올라가는 길이 보였다.

강을 건너기만 하면 천문으로 침투해 가는 것은 그다지 어려울 것 같지 않았다.

맞은편은 편편한 분지가 있었고, 그 뒤는 숲과 산이었다.

자세히 살폈지만 특별히 매복이 있는 것 같지가 않았다.

있어도 여기까지 와서 물러설 순 없는 일이었다.

"가자."

역소산은 나직하게 명령을 내린 후 먼저 강으로 뛰어내렸다.

역소산 일행이 강을 건너기 위해 물속으로 뛰어들었을 때였다.

맞은편 분지의 땅이 갈라지면서 그 안에서 삼십여 명의 사람들이 뛰쳐나와 화살을 쏘기 시작했다.

'피융' 하는 소리가 들리면서 이십여 명의 정의맹 수하들이 그 자리에서 죽고 말았다. 설마 땅속에서 갑자기 사람이 나올 줄은 생각하지 못했고, 거리가 너무 가까워 피할 틈이 없었다.

더군다나 화살은 빛살처럼 빠르고 날카로웠다.

단순한 화살이 아니라 화살 하나하나에 내력이 실려 있어서 어지간한 무사들은 검으로 쳐내기도 힘들었다.

"기습이다! 모두 조심해라!"

역소산은 고함과 함께 해남의 비전신법을 펼치며 단숨에 강을 뛰어넘으려 하였다. 그러자 십여 대의 화살이 역소산의 사혈을 노리고 날아온다.

역소산이 허공에서 몸을 뒤집었다.

그러자 그의 몸이 다시 한 번 허공으로 도약하였고, 다시 떨어지려 할 때 그는 해남의 비전인 운하신법(雲下身法)으로 날아오는 화살을 밟으며 앞으로 쏘아나갔다.

마치 한 마리의 제비가 허공을 차고 날아올랐다가 먹이를 향해 쏘아 가는 것 같았다.

그 모습을 본 천문의 수하들 중 십여 명이 역소산을 향해 다시 한 번 화살을 날렸다.

역소산은 해남의 청하난운검법(淸颬蘭雲劍法)으로 날아오는 화살을 쳐내며, 화살을 쏘고 있던 천문의 수하들이 있는 강의 맞은편에 발을 디뎠다.

화살을 쏘던 천문의 수하들은 귀영천궁대의 이조로 부대주인 소귀궁(小鬼弓) 서성이 이끌고 있었다.

천문의 오대 중 특성상 귀영천궁대만 이 개 조로 나뉘어 칠십여 명은 대주인 연자심이 이끌고 제일조의 관표와 함께 하였고, 이조는 이곳에서 습격해 오는 정의맹 이군을 기다리고 있었던 것이다.

역소산이 발을 디디는 바로 그 순간, 부대주인 서성의 화살이 날아왔다. 그리고 그의 수하들 넷이 한 번에 화살을 날려 역소산을 협공하였는데, 그 화살들은 품(品) 자형으로 역소산의 가슴과 얼굴을 노리고 날아왔으며 또 하나의 화살은 그의 배를 노리고 있었다.

땅에 발을 디디려는 역소산의 발에 서성이 쏜 화살이 지척까지 날아와 있었다.

피하기조차 쉽지 않은 상황.

역소산의 검이 발보다 먼저 땅을 짚었다.

정확하게 발과 화살 사이였다.

서성의 화살이 그 검에 맞고 튕겨질 때 역소산의 몸이 가로로 길게 누우며 나머지 화살을 날려 버렸다. 그리고 그의 신형이 그 상태로 쏘아가며 검을 휘둘렀다.

"모두 피해라!"

서성의 고함과 함께 귀영천궁대의 대원들이 급하게 뒤로 몸을 날렸다. 그러나 그중에서 미처 몸을 피하지 못한 다섯 명이 역소산의 일검에 쓰러지고 말았다.

그 모습을 본 서성의 눈에 불길이 일었다. 그러나 자신이 이길 수 있는 상대가 아니었다.

역소산이 다시 한 번 검을 휘두르려 할 때 귀영천궁대의 뒤쪽에서 한 명의 인물이 나타나 그의 앞을 가로막았다.

역소산의 앞을 가로막은 것은 자운이었다.

두 개의 대패를 손에 쥔 자운이 단신으로 자신을 막아서자 역소산은 코웃음을 치며 일검으로 그의 목을 날리려 하였다. 순간 자운의 두 손에서 차가운 한기가 뿜어져 나왔다.

두 가닥의 기운 중 한 가닥은 역소산의 검을 쳐내었고, 다른 한 가닥은 역소산의 얼굴을 향해 종으로 그어왔다.

그 위세 앞에 아무리 역소산이라도 대경실색하지 않을 수 없었다.

"이런, 제기랄!"

고함을 지르며 청하난운검법을 연이어 세 초식이나 사용하고서야 겨우 한기의 그늘을 벗어날 수 있었다. 가슴이 벌렁거리는 것을 느낀 역소산은 자운을 다시 한 번 바라보았다.

왜소한 체격에 그다지 강해 보이지 않았지만 눈매가 날카롭다.

역소산은 상대의 무공이 자신과 견주어 별로 차이가 나지 않음을 알았다.

'어떤 개자식이 천문의 수하들은 전부 녹림 도적이라 무공이 강한 자가 없다고 개 허풍을 떨었는지 모르지만, 내 반드시 그 입을 찢어주마.'

속으로 욕을 하며 자운을 노려본 역소산이 물었다.

"넌 누구냐?"

"너의 적."

너무 담담하고 무감정한 말에 역소산은 무시당한 것 같은 기분이 들었다.

"이런 씨발. 네놈의 정체가 무엇이냐?"

"서로 죽이려 하는 관계다. 넌 적에게 그런 것까지 알려주며 싸우나?"

역소산은 한숨을 쉬었다가, 다시 한 번 숨을 뱉어내며 말했다.

"그래, 알 필요 없겠지. 죽이면 그만이니."

말을 하면서 역소산은 주변을 살펴보았다.

활을 쏘던 자들은 이미 숲 쪽으로 숨어들었고, 분지 땅과 숲에 숨어 있던 또 다른 천문의 수하들이 강을 도하하는 정의맹 수하들을 저지하고 있었다.

천문의 수하들은 모두 사백여 명 정도 되는 것 같았다.

이 또한 예상보다 훨씬 많은 숫자였다.

현재 자신 이외에 강을 넘은 사람은 모두 십여 명이었고, 그중에서 화산의 도지삼은 청수한 모습의 중년인과 대치하고 있었다.

대충 상황을 파악한 역소산은 검을 잡은 손에 힘을 주면서 자운의 얼굴에 검을 내밀었다.

우선은 눈앞의 적이 먼저였던 것이다.

역소산이 앞장서서 도하를 한 순간 사백여 명의 정의맹 수하들과 도지삼, 그리고 당청청들이 한꺼번에 도하를 하고 있었다. 그때 '와아' 하는 소리와 함께 분지의 바닥이 터져 나가면서 그 안에서 약 이백여 명의 천문 수하들이 나타나 이들을 막았다. 그리고 숲에서도 약 이백여 명의 무사들이 나타나 이들과 합세하였다.

천문의 수하들은 모두 이인 일조를 이루고 있었는데, 이는 자신들의 무공이 약하다는 것을 알고 둘이서 정의맹의 수하 한 명을 상대하려는 심산인 듯하였다.

도지삼과 당청청은 코웃음을 쳤다.

산적질을 하던 자들이었다.

이들의 무공 정도로는 둘이 힘을 합해도 정의맹 사백의 정예를 상대할 수 없을 것이다. 명문정파와 일개 도적들의 전투란 그 결과가 이미 정해져 있다고 할 수 있었다.

배운 무공의 틀이 다르고 무공에 정진해 온 세월의 질이 달랐다.

실제 명문정파의 일반 제자 한 명이면 어지간한 녹림채의 수하들은 십여 명이 덤벼도 이길 수 없는 것이 정석이라 할 수 있었다.

도지삼이 정의맹의 수하들을 보면서 고함을 질렀다.

"한 명도 살려놓지 마라! 협과 정의가 세상에 살아 있음을 저들에게 보여줘라!"

"모두 죽여라!"

정의맹의 제이군은 합창하듯이 외치면서 강으로 뛰어들었다. 그들은 조금이라도 빨리 강을 건너 천문의 수하들을 처리하고 공을 세우고 싶어했다.

당청청의 뒤로는 당문의 가솔들 사십여 명이 따르고 있었는데 그들은 모두 허리에 주머니 하나씩을 차고 있었다.

당청청은 신법으로 단번에 도하를 하면서 당문의 제자들에게 명령을 내렸다.

"단봉침(短蜂鍼)을 사용해라."

명령이 떨어지자 그녀의 뒤를 따르던 사십여 명의 당문 가솔들은 빠르게 장갑을 낀 후, 주머니에서 단봉침을 꺼내 강 위에 있는 천문의 수하들에게 뿌렸다.

단봉침은 당가의 십대암기 중 하나로, 침에는 산공독과 함께 절독이 발라져 있어 단 한 개라도 스치면 치명적이라고 할 수 있는 암기였다.

당문의 십대암기는 강호무림에 너무 유명해서 단봉침이란 말이 나오자 같은 정의맹의 수하들조차 안색이 변할 정도였다.

처음부터 너무 강수를 둔다고 생각했던 것이다.

'피융' 하는 소리가 들리며 수백 개의 단봉침이 하늘을 뒤덮고 천문의 수하들에게 날아갔다.

천문의 수하들은 암기가 날아오자, 각 한 명이 앞장을 서고 다른 한 명은 앞선 자의 뒤로 숨어버렸다. 실제 이인 일조의 천문 수하들은 한 명이 조금 앞에 서 있었기 때문에 뒤에 있던 다른 한 명이 그 한 명의 뒤로 숨는 것은 어려운 일이 아니었다.

앞에 서 있던 천문의 수하들은 들고 있던 무기를 휘두르며 날아오는 암기를 쳐내었다. 그러나 약 삼십여 명은 한두 개 혹은 십여 개나 되는 단봉침을 고스란히 맞아야 했다.

당청청의 입가에 고소가 어렸다.

이런 식으로 몇 번 더 단봉침을 던지면 생각보다 쉽게 적을 제압할 수 있을 것이라 생각한 것이다. 그러나 그녀의 생각은 바로 씻은 듯이 사라졌다.

단봉침을 맞은 천문의 수하들이 아무 일도 없었다는 듯 움직인 것이다. 심지어 얼굴에 단봉침을 맞은 자들조차 별 무리 없이 움직이는 것을 보고 당청청은 어이가 없었다.

'전부 금강불괴인가?'

그럴 일은 천지가 개벽해도 힘든 일이었다.

"어디 이것도 받아보아라!"

당청청이 고함을 치면서 천문의 수하들을 공격하려 할 때였다.

"계집 너는 나랑 놀아야겠다."

걸쭉한 목소리와 함께 단혼검 막사야가 그녀의 앞을 가로막았다.

"네놈은 누구냐?"

"천문의 대주인 막사야다."

"녹림의 도적 주제에 감히 내 앞을 막다니. 담도 큰 놈이군."

막사야의 눈에 살기가 어렸다.

"천문은 도적의 집단이 아니다. 네년은 귓구멍이 없어서 제대로 듣지도 못한 모양이군. 너같이 멍청한 계집이 있으니 당문도 망할 날이 가깝다는 것을 알 거 같군."

"이노옴!"

계속된 막사야의 모욕에 당청청이 참지 못하고 달려들었다.

그녀의 손에 당문의 비전인 오독장이 펼쳐지면서 막사야를 공격해 갔다. 하지만 그것은 그녀의 실수였다.

만약 그녀가 처음부터 막사야를 우습게보지 않고 자신의 절기인 탈명비를 전개하였다면, 막사야는 상당히 고전을 했을 것이다. 그러나 장법으로 덤비자, 막사야는 기다렸다는 듯이 유성검법을 펼치며 그녀를 맞이하였다.

막사야의 검법 수준은 그녀가 쉽게 볼 정도로 만만한 것이 아니었다. 막사야는 처음부터 유성검법의 중 사식을 펼치며 그녀를 공격하였다.

전 육식에 비해서 위력이 훨씬 강한 중 사식은 막사야가 그녀를 몰아붙이기에 부족함이 없는 무공이었다.

당청청은 막상 직접 충돌하고 나자 막사야의 검법이 자신의 상상을 훨씬 넘어섰다는 사실을 알았지만, 이미 늦은 다음이었다.

탈명비를 펼치기 위해 거리를 두려 해도 막사야가 그 기회를 주지 않았다. 아예 탈명비를 꺼낼 수 있는 기회조차 차단하고 있었다.

후회는 아무리 빨라도 늦게 마련이었다.

막사야의 검법은 집요하고 날카로웠다.

당청청은 필사적으로 방어에만 전력을 기울일 수밖에 없었다.

第四章
장충수라 하오

당청청과 함께 분지로 올라온 화산파 열화문검 도지삼의 앞을 가로막은 중년의 남자는 표풍검 장충수였다.

도지삼은 청수한 모습의 장충수가 제법 강단이 있어 보였지만, 열화와 같은 성격대로 우선 공격을 하고 보았다.

단 일 격에 죽이려는 듯, 매화검법의 살초로 장충수의 미간을 찔러갔다. 그러나 상대는 그리 호락호락하지 않았다.

장충수의 검이 묘한 각도에서 호선을 그리며 도지삼의 매화검법을 풀어내었다. 이어서 장충수의 검이 반월을 그리며 도지삼의 얼굴을 찔러갔다. 그 각도가 심히 기기묘묘해서 도지삼은 기겁을 하고 뒤로 물러섰다.

공격을 했는데 오히려 반격을 당한 것이다.

장충수는 적을 상대로 처음 단월검법을 펼쳐 보인 다음 안심을 하였다. 수백 년 전 당시 무당의 최고검수였던 현무자와 삼백 합을 겨루어 무승부를 이루면서 유명해진 검치 조산호의 검법.

단 한 수 만에 그 위력을 증명해 보인 것이다.

능히 화산의 매화검법과 겨룰 만한 검법이라 할 수 있었다.

도지삼은 가슴이 서늘해지는 것을 느끼면서 장충수를 바라보았다. 설마 도적의 무리 중에 자신과 겨룰 수 있는 인물이 있으리란 생각은 하지 못했었다.

이제야 상대가 누구인지 궁금해졌다.

"너는 누구냐?"

"장충수라 하오."

"장충수?"

잠시 생각에 잠겼던 도지삼은 상대가 누구인지 기억해 내었다.

"설마 네가 바로 금룡표국의 표풍검 장 표두란 말이냐?"

"그렇소."

도지삼의 얼굴이 일그러졌다.

"이런 쳐 죽일 놈! 네놈은 정협으로 이름이 높건만 어째서 도적의 무리가 되어 내 앞을 가로막는 것이냐?"

"누가 도적이라 했소. 당신이 규정하면 세상이 다 그렇게 되는 것이라 생각하는 것이오? 여긴 엄연히 천문의 영역으로 우린 도적이 아니라 엄연한 강호의 문파일 뿐이오. 우리를 도적이라 한 것은 당신들이고, 화산의 곡무기나 당문의 당무영이 당한 것은 그들이 그럴 만한 짓을 했기 때문이오. 분명히 말하지만 우리는 녹림의 도적이 아니외다."

도지삼은 잠시 기가 막힌 듯 대답을 못하다가 말을 이었다.

"천문의 구성이 이전의 녹림 잔당이란 사실은 세상이 다 안다. 그런데 무슨 헛소리냐?"

"어제 도적이었다고 오늘도 도적일 거란 생각은 하지 마시오. 어제의 내가 오늘의 나와 다르듯이 말이오."

"말은 그럴듯하구나. 하지만 이미 도적으로 길들여진 무리가 녹림왕이라 불리는 관표의 밑에 모여서 무엇을 하겠느냐?"

"도적이 아니었던 무리들도 있소. 우린 우리 나름대로 할 일이 있소."

"그 할 일이 뭐냐?"

"그걸 일일이 말해줄 필요는 없지 않소."

"할 말이 없나 보군. 내 앞에 선 용기는 가상하다만, 지금이라도 무릎을 꿇으면 목숨은 살려주마."

"당신은 그럴 자격이 없소."

"이놈. 단 한 번 나의 공격을 막았다고 기고만장이구나."

도지삼은 매화팔기검법의 매화노도(梅花怒濤)를 펼치며 장충수를 공격해 갔다. 매화로 변한 십여 송이의 검기가 노한 물결처럼 검의 궤적을 좇아 쓸어가는 모습은, 마치 폭풍우에 밀려오는 밀물처럼 거침이 없었다.

사람을 죽이는 검법이 아름답다는 말은 이상할지 모르지만 지금 도지삼의 검법은 충분히 아름답다고 할 수 있었다.

매화팔기검법 중에서도 열화문검 도지삼과 가장 잘 어울리는 검초 중 하나가 바로 이 매화노도였다. 그러나 장충수는 침착했다.

장충수는 단월검법의 절초로 도지삼이 펼치는 검기의 결을 가르고 오히려 역공을 하였다. 그의 검은 마치 물결을 거슬러 올라가는 한 마리의 잉어 같았다.

검기의 물결을 흘리며 유연하게 찔러오는 장충수의 단월검법 앞에 도지삼은 공격을 수세로 바꾸어야만 하였다.

'팟' 하는 소리와 함께 둘은 다시 검을 멈추었다.

도지삼은 이제 장충수를 자신의 아래로 보지 않았다.

기가 막힌 일이었지만, 금룡표국의 일개 표두에 불과했던 장충수의 무공은 대화산의 장로인 자신과 거의 비슷한 수준으로 올라 있었던 것이다. 그리고 지금 장충수가 펼친 검법도 그가 소문으로 들어 알고 있던 표풍검법이 아니었다.

아무리 표풍검법을 대성해도 화산의 매화검법과 겨룰 순 없을 것이다. 자신이 일개 이름없는 화산의 제자라면 모르겠지만, 매화검법의 진수를 익힌 화산의 장로로 능히 화산파에서 열 손가락 안에 들어가는 고수였다. 그런 자신과 대등한 실력자라면 결코 무시할 수 없는 실력자라 하겠다.

문제는 천문에 들기 이전의 장충수가 지녔던 무공이었다. 비록 그의 이름이 섬서성에서 유명하긴 하였지만, 자신과 겨룰 수준은 아니었었다. 결론은 천문에 들어온 후 무공이 갑작스럽게 늘었다는 것인데, 그렇다면 장충수 이외의 다른 사람들의 무공 역시 비약적으로 늘었을지 모른다.

도지삼은 처음으로 불안함을 느꼈다.

슬쩍 사방을 둘러본 그의 표정은 더욱 굳어졌다.

이인 일조를 이루고 있는 천문의 제자들은 결코 정의맹 수하들에게 뒤지지 않았는데, 그들은 정의맹 수하들이 강을 넘어오지 못하게 막고 있었다.

무엇보다도 가장 큰 충격은 해남의 장문인이자, 정의맹 이군의 최고 고수인 역소산이 이름도 없는 한 명의 청년과 겨루면서 오히려 밀리고 있다는 사실이었다. 그리고 당청청 역시 이름도 들어보지 못한 산적 하나와 겨루면서 고전하고 있었다.

도지삼은 지금의 사실이 잘 믿어지지 않았다.

무공이 하루아침에 강해질 수 있는 것도 아니고, 이름도 들어보지 못한 청년이 중소문파도 아닌 구대문파 중 하나인 해남파의 장문인보다 무공이 높다는 사실도 그렇고, 당가의 기녀라는 당청청이 산적 한 명에게 밀리고 있다는 사실도 그랬다.

당장 눈앞의 장충수만 해도 불가해한 일이었다.

당문의 제자 하나가 고함을 지르는 소리가 들린다.

"상대편엔 강시가 있다! 강시를 조심해라!"

"강시까지."

도지삼은 기가 막혔다. 그러나 그의 놀라움은 거기까지였다. 더 이상 놀랄 여유가 없어졌던 것이다. 장충수의 검이 날카롭게 찔러오고 있었던 것이다.

"헉!"

자신도 모르게 헛바람을 뱉어낸 도지삼은 급히 매화팔기검법을 펼쳐 장충수의 검법에 대항하였다.

녹림도원의 앞쪽 저수지를 가로막은 둑 위에 오십여 명의 인물이 모여 정의맹 이군과 천문의 이군이 싸우는 모습을 내려다보고 있었다.

그들 중 가운데엔 반고충이 서 있었고, 그의 오른쪽엔 황하동경 유대순이, 그리고 왼쪽엔 백골노조 이충과 소천성검(小天聖劍) 시전이 서 있었으며, 그들의 뒤쪽으로 천문의 수하들이 도열해 있었다.

천문의 이조와 정의맹의 이군이 맹렬하게 싸우고 있는 곳을 내려다보면서 반고충이 말했다.

"정말 자랑스럽습니다. 천문의 수장들이 정의맹 고수들에게 전혀 뒤지지 않고 있습니다. 그동안 흘린 땀의 대가를 받는 것 같습니다."

반고충의 말에 시전이나 유대순도 자부심이 어린 표정을 지었다. 특히 시전의 경우 당장 달려가서 자신의 무공을 시험해 보고 싶은 충동을 억지로 눌러야만 했다.

유대순이 반고충의 말을 받았다.

"짧은 시간에 비해서 이 정도의 성과를 얻을 수 있었던 것은 모두 문주님의 가르침 덕분이라고 할 수 있을 것입니다. 앞으로 그 은혜는 죽을 때까지 갚아도 모자랄 것입니다."

유대순의 말에 모두들 고개를 끄덕였다.

무공의 비술을 전수받은 것도 더없는 은혜인데, 시간을 쪼개가며 모두에게 개정대법을 펼쳤던 관표의 노력은 지금 생각해도 고마울 뿐이었다.

그것이 얼마나 어려운 일인지는 누구나 아는 일이었다.

반고충은 자신의 제자에 대해서 다시 한 번 자부심을 느끼며, 백골노조 이충을 보고 말했다.

"제 제자도 제자지만, 이 장로님의 강시들은 정말 훌륭합니다. 거의 인간과 비슷하게 움직이는 데다 당가의 독에 대한 내성이 강해서 기대 이상의 성과를 올리고 있습니다."

반고충의 칭찬에 백골노조 이충이 조금 쑥스런 표정으로 말했다.

"제 작은 공을 어찌 문주님과 비교하겠습니까. 그리고 강시들은 조금 더 개선해야 할까 봅니다. 그보다도 이젠 시작해야 할 것 같습니다."

반고충은 이충의 말에 아래를 내려다보았다.

강으로 뛰어든 수백 명의 정의맹 고수들이 계속해서 강가로 올라오는 중이었다. 그것을 막고 있는 천문의 이군은 필사적이었다. 특히 그들 중에 발군의 실력을 발휘하고 있는 것은 대충산 철우와 귀영천궁대의 부대주인 서성이었다.

철우의 손에 들린 육중한 도는 패도적인 대풍산도법과 너무 잘 어울렸다. 한 번 휘두를 때마다 정의맹의 수하들이 한꺼번에 두세 명씩 죽어갔다.

결국 정의맹 이군의 후미에 있던 해남파의 장로인 파랑검(波浪劍) 우청이 나서고서야 겨우 철우를 막을 수 있었지만, 우청은 철우에게 밀리고 있었다. 그 외에 서성은 귀영천궁대의 삼십여 명을 지휘하며 산기슭으로 피한 후 도하해 오는 정의맹 수하들을 한 명씩 처리하고 있었다.

특히 조금 강하다 싶은 정의맹 고수들에겐 집중적으로 화살을 날려 쓰러뜨리곤 하였다. 그 모습은 보기만 하여도 시원하였다. 하지만 정의맹 측은 고수도 많았고, 특히 수하들 간의 실력 차가 있어서 어느덧

강 위로 올라서는 자들이 많아지고 있었다.

"유 당주, 시작하십시오."

"알았습니다."

유 당주가 대답을 하고 가볍게 휘파람을 불었다. 그러자 기다리고 있던 수하들이 저수지 둑 아래로 내려갔다. 잠시 후 녹림도원의 저수지를 가로막고 있는 수문이 동시에 열렸다.

기관 장치로 닫혀 있던 세 개의 수문은 기다렸다는 듯이 거대한 물줄기를 토해놓았다.

한참 강을 넘어오던 정의맹의 수하들은 '우르릉' 하는 소리에 놀라서, 소리가 들리는 곳을 보았다가 모두 기겁을 하였다.

거대한 물줄기가 강을 향해 쏟아져 내리고 있었던 것이다.

쏟아진 물줄기는 저수지 수문 아래 있던 작은 돌 더미를 덮쳤다. 그리고 그 돌 더미를 휩쓸고 그대로 정의맹 수하들을 향해 덮쳐 왔다.

"모두 피해라!"

누군가가 다급하게 고함을 지르자, 얕은 강 안에 가득했던 정의맹 수하들은 빠르게 뒤로 물러서기 시작했다. 그러나 수백 명에 가까운 사람들이 갑자기 피하기란 그리 쉬운 일이 아니었다. 약 절반가량의 정의맹 수하들이 겨우 피했을 때 강물이 그들을 덮쳤다.

거친 급류가 그들을 휩쓸었고, 급류의 아래로는 처음 휩쓸고 왔던 돌 더미의 돌들이 격하게 흘러내리면서 그들을 사정없이 공격하였다. 분지 반대편의 강둑으로 급히 돌아가 피했던 정의맹의 수하들은 동료들의 비극에 넋을 놓고 구경할 수밖에 없었다.

빠르게 물살을 빠져나오는 자들도 있었지만, 그것은 그리 쉬운 일이 아니었다. 특히 급류 아래로 흐르는 돌들은 강을 빠져나오려는 정의맹 수하들에게 치명적이었다.

자운과 겨루고 있는 해남의 장문인 칠살검 역소산은 십여 합을 겨루면서 두 군데나 상처를 입었다. 이름조차 들어보지 못한 자운의 무공은 그보다 오히려 위에 있는 것 같았다.

두 개의 대패에서 뿜어지는 살기는 당장이라도 그의 안면을 깎아버릴 것 같았고, 자운의 보법과 신법은 해남의 그것에 뒤지지 않았다. 경험이라면 누구에게도 뒤지지 않는 역소산이었지만 대패를 사용하는 적수와 싸워보기는 처음이었다.

대패를 사용하는 초식이 괴이하고 악랄했다.

역소산은 미치기 직전이었다.

머나먼 해남에서 중원까지 자신의 꿈을 이루기 위해서 왔다.

그동안 갈고닦은 무공에 어느 정도 자신이 있었다. 한데 녹림의 도적이라고 생각했던 일개 소두목조차 이기지 못하고 절절매고 있으니, 자신이 얼마나 한심해 보이겠는가. 그러나 실제 자운의 정체를 안다면 역소산이 절망할 이유가 없었다.

천문에서 무공이 가장 강한 자가 자운이었다.

그는 원래의 무공만 해도 전륜살가림의 십이대전사인 살탄을 이길 정도였으며, 천문에 들어와서 조금 약하다 싶었던 보법과 신법까지 전수받았다.

살탄과 싸울 때에 비해서 더욱 강해진 자운의 무공은 일파의 장문인

이상이라 할 수 있었다. 역소산이 고전하는 것은 당연했다.

수문 위에서 역소산과 자운의 대결을 살피던 백골노조나 유대순, 그리고 시전은 자운의 무공에 많이 놀라고 있었다. 평소 전혀 이름도 들어보지 못했고, 그 무공 수위조차 알 수 없는 자운이 특별한 대접을 받고 있다는 생각도 했었던 것이다.

관표를 믿기에 별다른 불만은 없었지만 그의 실력이 궁금했던 것은 사실이었다. 그러나 지금 자운의 실력을 보니 생각 이상으로 강한 자라는 것을 알 수 있었다.

천문에서 자운이 아니라면 누가 감히 해남파의 장문인과 일 대 일로 겨룰 수 있겠는가.

고전을 면치 못하던 역소산이 해남파 비장의 절기를 펼치려 할 때였다. 갑자기 수문이 열리면서 정의맹 수하들이 물에 쓸리는 것을 보았다.

역소산이 놀라는 순간 자운의 대패가 기다렸다는 듯이 허공을 대각선으로 가르며 공격해 왔다.

따다다당!

하는 맑은 소리가 들리며 역소산은 다시 몇 걸음 뒤로 물러섰다.

물러서는 역소산을 향해 자운이 따라붙으며 다시 한 번 두 개의 대패를 휘둘렀다.

잠깐 정신이 분산되었던 것이 역소산을 치명적인 상황으로 몰고 갔다.

"이익!"

역소산은 젖 먹던 힘까지 다해서 검을 휘둘러 자운의 대패를 막으려

하였다. 순간 자운은 하나의 대패로 역소산의 검로를 차단하면서 다른 하나의 대패로 역소산의 얼굴을 쓸어내렸다.

"크윽!"

신음과 함께 뒤로 물러서는 역소산의 코가 자운의 대패에 밀려 깨끗하게 절단이 되었다. 그러나 잘린 코에서는 피가 나지 않았다.

그곳에는 피 대신 하얀 서리가 앉아 있었던 것이다.

역소산은 기겁을 해서 다시 뒤로 물러섰지만, 더 이상 물러설 곳이 없었다. 그의 뒤는 거친 급류로 가득한 강이었던 것이다.

자운은 망설이지 않고 단혼십삼절(斷魂十三絶)의 살초를 펼쳐 결투의 끝을 보려고 하였다. 이때 반대편 강둑에 네 명의 괴인이 나타났다.

"모두 멈추어라!"

사나운 고함과 함께 한 명의 괴인이 검을 뽑아 던졌다.

괴인이 던진 검은 역소산을 공격하려는 자운에게 날아왔다.

자운은 갑작스런 상황에 놀라서 뒤로 몸을 물리며 단혼십삼절의 추혼빙하탄(追魂氷河彈)으로 날아오는 검을 쳐내었다.

'깡' 하는 소리가 들리며 자운은 세 걸음이나 물러서서 겨우 걸음을 멈출 수 있었다.

"어검술!"

자운의 말과 함께 서로 죽이고 죽이던 천문과 정의맹의 결투가 멈추었다. 돌아온 검을 받아 쥠과 동시에 네 명의 괴인은 단 한 번의 신법으로 십오 장의 강을 단숨에 건너왔다.

괴인들이 건너오는 것을 본 천문의 수하들과 강시들이 한꺼번에 그들에게 달려들었다. 그것을 본 자운이 놀라서 고함을 질렀다.

"모두 멈춰라! 뒤로 물러서라!"

네 명의 괴인에게 달려들던 천문의 제자들이 걸음을 멈추려 할 때였다. 검을 던졌던 괴인이 눈살을 찌푸리며 말했다.

"이 버러지 같은 놈들이!"

괴인의 검이 사선을 그렸다.

그리고 괴인들에게 달려들던 천문의 제자들 표정이 굳어졌다. 도저히 항거할 수 없는 검의 기세 앞에 기가 죽은 것이다. 괴인이 휘두른 검의 궤적 안에 있던 다섯 명의 천문 수하와 다섯 구의 강시가 반듯하게 반으로 갈라지며 바닥으로 뒹굴었다.

살아남은 천문의 수하들이 다급하게 뒤로 물러섰다.

자운의 얼굴이 미미하게 떨렸다.

수문 위에서 지켜보던 반고충의 얼굴도 굳어졌다.

유대순이 질린 표정으로 반고충에게 물었다.

"태상장로님, 대체 저자들은 누구일까요?"

반고충은 안색을 딱딱하게 굳힌 채 말했다.

"지금 검을 쓴 자는 매화삼검 중에 한 명이 아닐까 싶습니다."

그 말을 들은 백골노조와 유대순, 그리고 시전의 표정도 딱딱하게 굳어졌다.

매화삼검이면 그들의 수준을 벗어난 고수들이라 할 수 있었다.

화산엔 수많은 고수들이 있었다. 그중에 전대의 고수들 중 가장 강한 무공을 지닌 자들을 일컬어 삼검일수라고 했었다.

삼검을 따로 매화삼검이라고 했는데 그들은 전대 장문인인 매화봉검(梅花峰劍) 가동청, 그의 첫째 사제인 매화패검(梅花敗劍) 왕대순, 그리고 넷째 사제인 매화절검(梅花折劍) 하도웅을 일컬어 하는 말이었다.

한때 이들로 인해 화산이 부흥할 수 있을 것이라 큰 기대를 갖기도 하였었다.

당시 화산의 장문인이자 하불범의 스승이기도 한 가동청은 칠종과 겨루어도 능히 겨룰 수 있을 것이란 소문이 있을 정도였다. 그러나 매화삼검과 일수로 일컬어지던 고죽수는 검종(劍宗) 요보동에게 패하면서 화려한 명성에 종지부를 찍었다.

당시의 패배로 인해 충격을 받은 삼검일수는 하불범에게 화산을 맡기고 모두 은거를 했던 것으로 유명했다.

반고충은 등에 식은땀이 흐르는 것을 느꼈다.

'역시 명문대파란 이래서 무서운 것인가? 껍질을 벗기면 벗길수록 그 저력이란 것이 새롭게 느껴지는구나.'

그러나 걱정만 하고 있을 순 없었다. 어떻게든 조치를 해야 하는데 문제가 있었다. 당장 저들을 막아야 하는데 상대할 수 있는 고수가 없었다.

매화삼검 정도의 고수라면 일반 무사들은 숫자가 아무리 많아도 소용이 없을 것이다.

'자 호법이라면 겨우 한 명과 겨룰 수 있을까? 하지만 나머지 세 명은 누가 막는단 말인가?

반고충은 정신이 아득해지는 기분이었다.

장충수나 막사야, 그리고 철우가 다 덤벼도 매화삼검의 일인을 막을 수 없을 것이다. 자신이나 백골노조 이충, 그리고 시전이 내려가 도와봐야 역시 별다른 힘이 되지 못할 것 같았다. 하지만 천문의 반고충도 정의맹의 고수들인 삼검이나 당문의 전대 고수인 당화도 모르는 한 가지 사실이 있었다.

그들이 싸우고 있는 맞은편 산 위에서 이들을 내려다보는 인물들이 있다는 것을.

한편 모과산 뒤쪽.

산을 타고 녹림도원의 뒤를 공격해 오는 자들이 있었다.

제갈소가 별동대라고 이름 붙였던 정의맹의 또 다른 공격조가 그들이었다.

당무영을 비롯해서 하수연과 두 명의 여승.

두 명의 괴인과 백여 명의 젊은 무사들로 이루어진 이들의 얼굴엔 자신감이 어려 있었다.

실제 이들에게 있어서 녹림의 화신이라고 믿는 천문은 여흥거리밖에 되지 않았다.

더군다나 지금 별동대의 면면을 살펴보면 이들의 자신감이 어디서 오는지 알 수 있었다.

무림십준 중의 한 명인 당무영과 남궁세가의 남궁준을 비롯해서 화산의 대사형인 유청생. 하수연, 불괴의 두 여제자, 그리고 두 명의 괴인들이었다. 거기에 더해서 해남파의 고수 세 명이 더 있었다. 그들 중 두 명은 해남의 일대제자들이었으며, 수인검(獸印劍) 동자단은 해남칠검 중 한 명으로 해남파의 장로 신분이었다.

일행 중 가장 괴이한 자들이라면 두 명의 괴인이었는데, 그들은 장포로 얼굴을 가리고 있었으며, 보는 사람들을 오싹하게 만드는 힘이 넘치고 있었다.

이들의 정체는 당무영을 비록해서 별동대의 몇 명만이 알고 있을 뿐이었다. 그러나 이들의 정체를 모르지만 이 괴인들이 대단하다는 것은 별동대의 누구나 짐작할 수 있었다.

당무영과 유청생, 하수연은 물론이고 불괴의 제자들조차 이 두 명의 괴인들 앞에서는 공손한 모습을 보였던 것이다. 그리고 별동대엔 기문진법의 대가라 일컬어지는 삼뇌서생(三腦書生) 제갈단도 포함되어 있었다.

제갈단은 제갈세가가 자랑하는 후기지수 중 한 명으로 특히 기문진법에서는 제갈세가 내에서도 다섯 손가락 안에 들 정도로 뛰어난 자였다.

제갈소의 사촌 남동생이었으며 가장 마음이 잘 맞는 지기이기도 했다. 제갈소의 초청으로 이번 일에 끼어들게 된 자였다.

모과산의 뒤쪽으로 기문진이 있을 거라 예상한 제갈소는 제갈단을 별동대에 포함시키기 위해 많은 공을 들였었다.

천문의 뒤를 치러가고 있었지만, 별동대의 무사들 중 일부 청년 무사들은 별다르게 큰 감흥을 느끼지 못하고 있었다. 겨우 산적의 잔당을 치기 위해서 가는 별동대의 전력이 너무 강하다고 생각한 것이다. 아무리 근래에 관표의 명성이 뛰어나다고 했지만 그것은 관표 한 명에게 국한된 것이다.

현재 전면에서 당진진이 공격해 오는 상황이라 관표도 없을 것이고 천문의 내부는 거의 텅 비었을 것이다. 그것을 감안한다면 천문의 구성원을 잘 아는 그들에게 있어서 지금의 전력은 과하고도 넘친 면이 있었다.

어떤 면에서는 제갈소가 너무 소심하다는 생각도 들 정도였다.

모과산은 섬서성의 남동부에 있는 산치고 상당히 높고 거친 산이었지만 무인들에게 큰 장애를 줄 정도는 아니었다.

당무영을 비롯한 별동대는 거침없이 몇 개의 봉우리를 넘고 있었다. 그들은 정확하게 모과산의 앞쪽에 있는 천문의 뒤를 향해 전진하는 중이었다. 산과 산이 중첩된 계곡 사이로 들어선 일행은 속도를 조금씩 늦추기 시작했다.

이제 그들이 원하는 곳이 점차 가까워지고 있었다. 하지만 이들은 산 위, 거대한 나무 곁에서 자신들을 지켜보는 그림자가 있을 줄은 생각도 못하고 있었다.

다가오는 별동대를 바라보고 있었지만, 백리소소의 눈동자는 한 점의 감정조차 없이 투명하게 빛나고 있었다.

일 점의 살기, 조금의 내면조차 내보이지 않는 그녀의 모습은 누가 본다면 유리로 만든 인형이라 생각할 것이다.

'사람을 죽이러 왔으니 반대로 죽을 생각도 하고 왔으렷다.'

그녀는 강하지만 자비심이 있는 관표와는 달랐다.

어차피 전쟁은 시작되었다. 그렇다면 상대를 위해 조금이라도 자비를 베풀 필요는 없었다.

오늘 이후를 위해서도.

백리소소는 영웅건을 꺼내 머리가 흘러내리지 않게 동여매었다.

그리고 허리에 달랑거리며 달려 있던 조그만 단궁을 손에 들었다. 백옥색의 단궁은 보는 사람을 섬뜩하게 하는 한기가 뿜어져 나오고 있었는데, 궁의 전면에는 악귀의 모습이 정교하게 음각으로 그려져 있었다.

그녀의 눈에서 서늘한 살기가 흘러나와 단궁의 한기와 묘한 조화를 이루고 있었다.

第五章

돌아가면 살 것이요, 넘어오면 죽는다

"멈춰라!"

앞장서서 조심스럽게 신법을 펼치던 별동대의 조장 당무영이 짧게 명령을 내리며 걸음을 멈추었다. 옆에서 나란히 달리는 제갈단이 걸음을 멈추었고, 그 뒤를 따르던 별동대의 무사들 역시 걸음을 멈추었다.

두 명의 괴인은 당무영에 앞서 무엇인가를 본 듯 먼저 걸음을 멈추었다.

당무영의 시선은 바로 앞에 있는 큰 나무를 바라보고 있었다.

나무 둥치엔 작은 천이 매달려 펄럭이고 있었는데 거기엔 다음과 같은 글씨가 써져 있었다.

돌아가면 살 것이요, 넘어오면 죽는다.

천에 적힌 먹 냄새로 보아 그리 오래전에 쓴 글씨는 아니었다.

당무영이 코웃음을 치며 말했다.

"들켰다는 것인가? 어차피 상관은 없겠지. 여기서 돌아갈 거라면 오지도 않았다. 가자!"

당무영과 별동대는 다시 앞으로 십여 장을 더 전진하였지만, 다시 걸음을 멈추어야 했다.

그들의 앞에는 또 다른 천 하나가 나무에 걸려 있었는데, 거기엔 붉은 피로 다음과 같이 적혀 있었다. 독을 실험하기 위해 수많은 짐승을 죽여본 당무영은 그 피가 짐승의 피로 쓴 것임을 알았다.

이젠 돌아갈 수 없다.

그것을 본 당무영을 비롯한 별동대의 대원들은 가슴이 섬뜩해지는 것을 느꼈다. 그러나 그것은 잠시일 뿐이었다.

"후후, 죽을지도 모르고 까부는 족속들은 어디든지 있지. 감히 이따위 심리전으로 우리를 상대하려 하다니."

당무영은 글씨가 적힌 흰 천을 낚아채 삼매진화를 일으켜 단숨에 재로 날려 버렸다. 그것을 본 별동대는 다시 한 번 사기충천할 수 있었다.

삼매진화로 천을 단숨에 재로 만드는 것은 아무나 할 수 있는 것이 아니었다. 불괴의 제자들과 하수연, 그리고 유청생의 얼굴도 몹시 놀란 표정이었다. 지금 당무영이 보여준 간단한 한 수는 불괴의 제자인 금연조차 쉽게 할 수 있는 경지가 아니었다.

당무영을 다시 볼 수밖에 없었다.

당무영의 입가에 의미심장한 미소가 감돌았다.

'흐흐, 놀랐을 것이다. 하지만 잠시 후면 더 놀랄 일이 많을 것이다. 그리고 이번 천문의 일이 끝나고 나면 십준은 나 하나로 인해 빛이 가려질 것이다.'

"가자!"

당무영의 고함과 함께 별동대는 빠르게 신법을 펼쳤다. 그런데 불과 십 장 앞으로 더 간 별동대의 표정이 어리둥절해졌다.

갑자기 나무숲이 사라지고 없었던 것이다.

나무 대신 울퉁불퉁한 바위와 작은 풀들로 가득한 골짝은 양옆의 산 위까지 이어져 있었는데, 앞쪽으로도 삼백 장 정도의 거리 안에는 나무가 전혀 없었다.

지형적으로 돌과 그 틈에 자라는 작은 풀들만 있는 곳인 것 같았다. 사방을 둘러본 당무영은 땅이 흙 대신 거의 돌로 되어 있어 나무가 자랄 수 없는 지형임을 알았다.

나무숲과 바위산이 이어지는 것은 모과산의 특징 중 하나였다.

당무영 일행으로선 앞으로 전진하기엔 오히려 편하다 할 수 있는 곳이었다.

당무영은 제갈단을 보고 말했다.

"제갈 선생께서는 뒤쪽 중간쯤에 서셔야겠습니다. 아무래도 이런 곳에서 화살 공격이라도 받으면 위험합니다."

"그렇게 하겠습니다."

제갈단은 망설이지 않고 대답하였다.
자신의 능력을 잘 알기 때문이었다.

강호무림에는 오래전부터 전해오는 수많은 전설이 있었다. 그중 가장 유명한 것 중 하나가 바로 사대마병에 대한 전설이었다.

마겸(魔鎌), 수라창(修羅槍), 사령도(死靈刀), 요궁(妖弓)이라고 불리는 이 사대마병은 마도무림의 가장 강한 무기이자, 가장 무서운 네 가지의 무공을 지칭하는 말이기도 하였다.

한번 사용하면 상대의 혼마저 죽인다는 이 마병들은 각기 다른 시대에 한 번씩 나타나서 무림을 큰 혼란에 빠뜨리고 사라졌던 무기들이었다.

일천 년 전 세상을 피로 물들였던 아수라마궁의 유물인 사대마병은, 당시 삼십 년 동안 세상을 거의 지배하다시피 했던 아수라마궁의 모든 무공과 기술을 집대성해서 만들어졌다고 한다.

그 외에 자세한 것은 알려져 있지 않았다.

백리소소는 단궁을 들고 천천히 활시위를 당겼다.

활에는 화살이 걸려 있지 않았다.

화살 없이 시위만 당기자, 그녀의 주변에 기이한 일이 벌어지기 시작했다. 갑자기 주변의 습기가 모이면서 결빙되더니 그녀의 활엔 투명한 얼음화살 하나가 걸려 있었다.

바위산으로 들어온 별동대와 그녀의 거리는 무려 삼백 장.

백리소소는 바위산 앞쪽에 있는 숲 속에 몸을 숨기고 기다리던 중이었다.

삼백 장이면 충분한 거리.

문득 돌아가신 어머니의 모습이 떠오른다.

그녀의 어머니는 어린 소소의 손을 잡고 한 장의 비단 천을 전해주며 말했었다.

"소소야! 사랑하는 나의 딸. 너에게 이것을 전해주는 것이 잘하는 것인지 모르겠다. 그러나 나는 수호신녀의 맥을 이은 여자로서 다음 대 수호신녀인 너에게 이것을 전한다. 나는 이것을 어머니에게서, 그리고 나의 어머니는 어머니의 어머니로부터 이렇게 여자에게만 비밀스럽게 전해 내려왔단다. 이 비단 천에는 세상이 놀랄 만한 비밀이 들어 있단다. 후에 네가 이것을 어떻게 처리하든지 그것은 너의 자유다. 단 이 어미의 모계는 아수라마궁이라 불리던 곳의 직계란다. 네가 이 비밀을 풀던지 아니면 나처럼 그저 간직했다가 후세에 전하던지 그것은 네가 알아서 할 일이다. 하지만 지금까지 수호신녀들은 이 비단 천의 비밀을 풀려고 하지 않았다. 그렇게 하기엔 천 년 전 아수라마궁의 저주가 너무 두려웠단다."

그 후부터 백리소소는 세상에 단둘만이 아는 하나의 비밀을 간직하게 되었다. 어머니가 돌아가신 후론 그 비밀을 혼자 간직해야만 했다.

아련하게 어머니의 모습이 다시 한 번 떠오른다.

"얘야, 행복하게 살거라! 꼭 좋은 남자 만나서 사랑받고 살거라!"

어머니의 눈물이 백리소소의 눈에 어린다.

'나는 어머니처럼 약하게 살지 않을 것입니다. 사랑하는 사람을 지키고 그 누구에게도 빼앗기지 않을 것입니다.'

소소는 거침없이 시위를 놓았다.

얼음화살은 무서운 속도로 날아갔지만, 화살이 바람을 가르는 소리가 전혀 들리지 않았다.

빙혼요궁(氷魂妖弓)의 궁술 중 가장 기본 궁술법인 빙영섬(氷影閃)이었다.

빠르고 은밀한 화살.

삼백 장을 격하고 상대를 죽일 수 있는 죽음의 화살이 날아간 것이다.

당무영의 걸음이 갑자기 멈추었다.

모든 시선이 그에게 모아졌을 때였다.

'헛' 하는 놀란 소리와 함께 당무영이 고개를 젖혔다. 순간 무엇인가가 당무영의 머리를 스치고 날아가 바로 그의 뒤에 서 있던 화산파 제자의 이마에 꽂혔다.

비명조차 지르지 못하고 죽는다.

당무영은 간담이 서늘해지는 기분이었다. 비록 절명금강독공으로 인해 저 정도의 화살에 큰 상처를 입진 않을 것 같았지만, 소리도 없이 날아온 화살은 그의 간담을 철렁하게 하기에 부족함이 없었다.

모두 안색이 일변해서 멍하니 화산 제자를 바라볼 때였다.

다시 한 번 '팍' 하는 소리와 함께 또 한 명의 정의맹 수하가 얼음화살을 맞고 쓰러졌다.

"모두 나무 뒤로 숨어라!"

두 명의 괴인 중 한 명의 고함에 백여 명의 별동대는 급하게 여기저기로 몸을 숨겼다. 일부는 바위 아래로 몸을 숨겼고, 뒤쪽에 있던 일부는 모두 큰 나무 뒤로 몸을 숨겼다. 그러나 그 와중에 다섯 명의 정의맹 수하가 얼음화살에 생명을 잃고 말았다.

간담이 서늘해진 당무영은 빠르게 죽은 시체를 바라보았다.

투명한 화살은 마치 수정으로 만들어진 것 같았다. 그러나 그것이 수정이 아님은 금방 알 수 있었다.

'설마 수정 같은 것으로 만들어진 화살이란 말인가?'

당무영은 물론이고 정의맹 수하들은 모두 놀란 표정들이었다. 더군다나 화살이 날아온 방향을 보아선 맞은편 숲에서 날아왔다는 말인데, 거기서 여기까지의 거리는 삼백여 장이나 되었다.

그들이 아는 상식으로 그렇게 먼 거리에서 살상력을 가진 활이 있다는 말은 들은 적이 없었다.

삼백 장 밖에서 정의맹 별동대의 모습을 지켜보는 백리소소의 얼굴은 마치 얼음을 조각해서 만들어놓은 것처럼 차갑고 감정이 없었다.

별동대의 모습들이 바위 아래나 큰 나무 사이로 사라졌지만, 변한 것은 없었다. 그녀는 별동대의 인물들 중 서생 차림의 남자를 찾고 있었다.

천문의 기진을 파괴하기 위해 온 자, 그는 반드시 죽여야 할 자였다. 만약을 위해서도.

그녀는 다시 한 번 시위를 당겼다.

소소의 어머니가 전해준 비단 천에는 아수라마궁의 사대마병과 보물이 묻혀 있는 지도가 숨어 있었다.

병으로 허약했던 그녀였지만 머리는 누구보다도 뛰어났기에 비단 천의 재질을 파악하고, 그 안의 지도를 찾는 일은 그리 어렵지 않았다. 아마도 대대로 내려온 수호신녀들은 아수라마궁의 물건이라는 단 하나의 이유로, 그리고 자신이 그곳의 직계라는 사실이 들킬까 봐 두려워, 단지 비단 천을 간직하고만 있었던 것 같았다. 그러나 모두 그랬던 것은 아니었다.

수호신녀들 중 몇 명이 비단 천을 연구했고 모두 세 명의 여자가 사대마병의 무공을 연성했었다. 그래서 세상엔 사대마병이 차례대로 나타났었던 것이다. 문제는 아수라마궁의 수호신녀들은 삼대마병만을 차례대로 연성했었다는 사실이었다. 그런데 세상엔 사대마병이 모두 나타났었다.

그녀는 무공을 익히지 못하는 체질로 인해, 언니인 백리청에게 당하는 것도 싫었고, 자신을 죽이려는 누군가가 있다는 사실을 알았기에 누구보다도 강한 힘을 원했었다.

비록 그녀가 천검의 손녀이고, 투괴의 외손녀였으며, 스승 또한 천고의 기인으로 칠종 한 명이었지만, 어차피 무공을 배울 수 없는 지병을 앓고 있었기에 강함과 세상에 대한 호기심이 가득했었다.

비단 천은 그런 그녀에게 새로운 희망을 주었다.

그리고 그녀는 사대마병 중 세 개를 손에 넣을 수 있었으며 그 안에서 기연으로 만년설삼과 하수오를 먹을 수 있었다. 그러나 두 개의 영약으로도 그녀의 병은 고칠 수가 없었다.

백리소소는 네 번째로 마병의 주인이 되었지만, 이전에 마병의 무공을 익혔던 신녀들과 다른 점이 있었다.

그녀는 삼대마병의 무공을 모두 익히려 했었고 그 삼대마병을 모두 들고 나왔다는 사실이었다. 그러나 무공을 익힐 수 없다는 점도 그녀들과 달랐다.

아수라마궁의 비처에서 백리소소가 얻은 것은 적지 않았다.

아쉽다면 사대마병 중의 한 개는 오래전 아수라마궁의 배신자가 가지고 사라졌다는 사실이었다. 그러나 사실상 삼대마병만으로도 충분하다고 할 수 있었다. 어차피 사람 한 명이 한 가지 이상을 연성하기가 어려워, 아수라마궁의 부활을 위해서는 네 명이 나누어 연성하기를 바랐던 무기들이었다.

'강해질 것이다. 그래서 나를 괴롭힌 백리청을 비롯해서 세상을 내 발아래 놓을 것이다.'

삼대마병을 손에 넣고 결심은 했지만 세상은 그녀의 마음대로 되지 않았다. 우선 그녀의 지병이 그녀의 야망을 막은 것이다.

그때의 답답했던 마음이 떠오른다.

만약 관표를 만나지 못했다면 그녀는 지금도 그렇게 답답한 마음으로 살아야 했을 것이다. 백리소소의 눈이 진홍색으로 변하고 있었다.

요안(妖眼).

요궁의 법술을 익히기 위해서 반드시 익혀야 하는 무공 중 하나였다. 그리고 이 요안은 많은 용도를 지닌 무공 중 하나이기도 했다. 요안의 술을 일으키자, 수많은 기운들이 얽히며 지나가는 것들이 보인다.

그중에서 그녀가 찾는 기의 성질은 유연하고 현명한 자의 기.

약 백여 개의 서로 다른 기 중에서 단 한 개만이 그녀가 원하는 기의 성질을 지니고 있었다.

요안의 진결 중에 다음과 같이 적혀 있었다.

사람이든 짐승이든 살아 있는 생명체는 모두 기(氣)를 지니고 있고, 그 기의 성질은 조금씩이지만 모두 다르다. 살아 있는 누군가가 머물렀거나 지나간 곳에는 그 기의 기운이 흔적으로 남아 있다. 그중에서 자기가 원하는 자의 기를 볼 수 있는 것이 요안의 법술이 지닌 능력 중 하나이다.

백리소소는 그들 중 누가 진법의 대가인지는 모른다. 그러나 그녀가 생각한 기의 성질이 맞다면 그 기의 주인이 그자일 것이다.

기의 흐름은 하나의 나무 뒤로 이어져 있었다.

백리소소의 요궁이 기가 숨어든 나무를 겨냥하였으며 시위를 놓았다. 시위를 놓자 화살은 그녀의 마음을 시원하게 뚫으며 날아갔다.

강궁빙살추(强弓氷殺錐).

요궁의 두 번째 궁술이 펼쳐진 것이다.

자기가 두 손으로 안아야 겨우 안을 수 있을 정도로 굵은 소나무 뒤에 숨은 제갈단은 가슴이 쉽게 진정되지 않았다.

비록 뒤쪽에 있던 터라 멀리서 보긴 했지만 눈 깜짝할 사이에 죽어 가는 사람들의 모습을 얼추 보았다.

눈앞에서 사람이 죽는 것을 처음 본 것이다.

겨우 마음을 진정시키고 있을 때였다.

'휘이익' 하는 기묘한 휘파람 소리가 들려왔다.

이어서 '퍽' 하는 소리와 함께 제갈단은 정신의 끈을 놓았다.

바위 뒤에 있던 당무영과 하수연 등의 표정이 굳어졌다.

그들도 휘파람 소리를 들었다. 그리고 그것이 화살이 날아오는 소리란 것은 짐작하고 있었다. 그러나 모두 숨어 있는 상황에서 그 화살이 어떤 위력을 보이리란 생각은 하지 않았다.

화살이 바람을 가르는 소리는 제갈단이 숨어 있는 나무를 향하고 있었으며, 나무에 화살이 꽂히는 둔탁한 소리를 들었다.

나무를 쏘아서 어쩌자는 말인가?

모두들 의아한 시선으로 화살이 날아간 곳의 나무를 바라보았다. 그런데 나무에 꽂혀 있어야 할 화살이 안 보인다. 대신 나무에 뚫린 하나의 구멍만 선명하게 보였다.

당무영은 갑자기 불안해졌다.

혹시나 하는 마음이 들었지만 고개를 흔들었다.

그가 혹시나 하고 짐작한 일은 정말 터무니없는 것이었다.

삼백 장 밖에서 화살을 쏘아 아름드리 나무를 관통하고 사람을 살상한다는 것이 가당키나 한 말인가? 그러나 분명히 제갈단의 비명을 들은 것 같았다.

"누가 제갈 선생을 살펴보아라! 무사하신가?"

당무영의 고함에 제갈단이 숨은 옆쪽 나무에 숨어 있던 한 명의 당문 제자가 떨리는 목소리로 말했다.

"죽었습니다."

당무영은 물론이고 그 말을 들은 하수연과 다른 정의맹 사람들은 모두 아연한 표정을 감추지 못했다.

화살은 아름드리 나무를 관통하고 제갈단의 머리를 관통했다.

처음 날아온 화살은 겨우 사람의 머리를 관통하고 멈춘 정도의 위력밖에는 없었다. 그런데 지금 날아온 화살은 은밀함이 없는 대신 아름드리 나무를 관통하고 그 뒤에 있던 사람까지 죽였다.

가슴이 서늘한 일이 아닐 수 없었다.

"모두 조심해라!"

괴인 중 한 명이 고함을 질렀다.

휘이익!

휘파람 소리가 들리며 또다시 날아온 화살이 나무 뒤에 숨어 있는 당문의 가솔 한 명을 즉사시키고 있었다. 비명조차 지르지 못하고 죽어간다. 그리고 그것은 시작이었다.

연이어 들려오는 휘파람 소리와 함께 나무 뒤에 숨어 있던 정의맹 수하들이 하나씩 쓰러지자, 당무영은 다급해졌다.

"모두 바위 뒤로 피해라!"

당무영의 명령이 아니라도 나무 뒤에 있던 정의맹 수하들이 숲에서 뛰어나와 바위 뒤로 뛰기 시작했다. 그리고 그 순간 또다시 날아오는 화살.

순식간에 십여 명이 얼음화살에 죽어갔다.

그중에서도 제갈단의 죽음은 뼈아픈 것이었다.

기고만장하던 별동대의 얼굴이 공포로 파랗게 죽어가고 있었다.

당무영의 근처 바위 뒤에 있던 하수연이 자신과 가까운 바위 뒤에 숨어 있던 두 명의 괴인 중 한 명을 보면서 물었다.

"대사조님, 대체 무슨 일이 벌어진 것이죠? 상대는 한 명인 것 같은데."

두 명의 괴인 중 마르고 키가 큰 노인은 잠시 생각에 잠겼다가 대답하였다.

"상대는 맞은편 숲에서 활을 쏘고 있다. 삼백 장을 격하고도 이런 위력을 보이는 활이라면 요궁밖에 없다. 상대가 누구인지 모르지만 사대마병 중 하나인 요궁을 지니고 있는 것 같다."

요궁이라는 말을 들은 당무영과 하수연, 그리고 불괴의 두 제자는 모두 얼굴이 창백해졌다. 그녀들도 요궁을 비롯한 사대마병의 전설에 대해서는 잘 알고 있었던 것이다.

괴인의 시선은 활에 맞아 죽은 자의 시신을 향해 있었다.

머리를 관통한 채 박혀 있던 화살이 녹아서 물로 변하고 있었다.

얼음으로 만든 화살이라니.

두 괴인이 아무리 무림의 대선배이고 식견이 높다고 하지만 설마 얼음을 깎아 만든 화살이 있다는 말은 들은 적이 없었다. 요궁에 대한 전설은 있었지만 그 화살이 얼음이란 말은 없었던 것이다.

키가 약간 큰 괴인이 옆의 노인을 보고 물었다.

"당 형, 요궁의 화살이 얼음이란 말을 들은 적이 없었습니다."

당 형이라 불린 노인은 사천당가의 전대 장로로 무형독수(無形毒手)

당명이었고 질문을 던진 괴노인은 화산의 전대 고수인 고죽수 왕소동이었다.

화산의 삼검일수로 불리던 일수가 바로 왕소동이고, 당명은 당진진의 동생으로 아직까지 살아 있는 당가의 몇 안 되는 전대 고수 중 한 명이었다.

당명은 왕소동을 보면서 침중한 목소리로 말했다.

"얼음이란 빠른 속도에서 마찰열로 녹게 마련입니다. 그런데 저 얼음화살은 무려 삼백 장의 거리에서 변화없이 날아와 살상을 한 후에야 녹기 시작했습니다. 대체 얼음화살을 어떻게 만드는지도 궁금하고, 어떻게 지니고 다닐 수 있는지도 궁금합니다. 한 가지, 지금 우리를 공격하는 자가 가진 활이 요궁이란 것은 틀림이 없을 것 같습니다."

당명의 단정적인 말에 왕소동도 고개를 끄덕이며 말했다.

"제아무리 요궁이라도 바위를 뚫지는 못할 것입니다. 하지만 우리도 함부로 나설 수 없으니 조금 답답합니다."

당명도 답답하다는 표정으로 왕소동을 바라본다.

"우리가 앞장서서 나가 날아오는 화살을 막아주면서 앞으로 전진하면 어떻겠습니까?"

왕소동이 고개를 흔들었다.

"조금 더 신중한 것이 좋을 것 같습니다. 실제 요궁이 어떤 힘을 지니고 있는지도 확실히 모르고, 상대가 누구인지도 아직 모릅니다. 겁이 나서가 아니라 여기서 나와 당 형이 잘못되면 저자를 상대할 수 있는 사람이 없을 것 같습니다."

"그건 그렇습니다."

대답을 하면서 당명은 슬쩍 당무영을 보았다.

당명이 절명금강독공을 익히면서 자신과 겨루어 지지 않을 정도의 실력을 지녔다는 것을 알고 있었지만 그것을 다른 사람에게 말할 필요는 없을 것 같았다.

두 사람의 대화를 들은 당무영과 하수연, 그리고 불괴의 두 제자들도 안색이 굳어졌다.

잠시 호흡을 가다듬은 백리소소는 정의맹 수하들이 숨은 바위 밭을 바라보았다.

약간 숨이 가빠왔지만 천천히 진정이 되었다.

확실히 강궁빙살추는 심력과 내력이 너무 많이 소모되는 궁술이었다. 더군다나 거리도 삼백 장이면 그리 가까운 편도 아니라고 할 수 있었다.

일반 활이라면 근처는커녕 절반도 날아가지 못했을 것이다.

삼대마병을 구한 후 그녀는 마병을 쓰는 방법이 적힌 비급을 읽고 또 읽고 이해하였다. 그것을 완벽하게 터득하였지만 펼칠 수 있는 내공을 익힐 수 없는 백리소소는 절망하고 있었다.

스승과 외할아버지, 그리고 할아버지한테서 이어져 온 천고의 절기들이 그녀의 머릿속에 있었지만, 그것은 모두 허상이나 다름없었다. 익히지 못하는 무공을 어디다 쓸 것인가.

거기에 더해서 자신의 목숨을 노리는 손길은 점점 집요해지고 있었다. 백리소소는 모든 한을 안으로 삼켜야 했다. 이미 자신을 죽이려는 자가 누구인지 대충 짐작을 하고 있었다.

짐작이 아니라 확신이라 할 수 있었다.

하지만 누구에게도 말할 수 없었다.

증거도 없었거니와 검은 손길은 너무 교묘해서 정말 그런 의도가 있었는지조차 의심스러울 정도였다. 무엇보다도 누가 적이고 누가 아군인지조차 확신할 수 없었다.

외할아버지와 스승님께 말을 하였고, 두 사람의 도움으로 그녀는 목숨을 부지할 수 있었다.

적이 누구인지 알면서도 복수할 수 없는 약자의 슬픔은 그녀의 가슴을 차갑게 얼려놓았다. 그리고 그녀는 기적처럼 관표를 만났고, 병을 고칠 수 있었다.

그 후 그녀는 무공을 수련하면서 절대로 자신을 세상에 드러내지 않았다. 그리고 자신만의 힘을 만들기 시작했으며 가끔 강호에 나가서 활약도 하였다.

세상은 그녀를 일컬어 무후천마녀라고 불렀다.

그녀는 당장이라도 세상을 피로 물들이고 싶은 충동을 느끼곤 하였다. 그녀의 피는 아수라의 힘을 그대로 이어받아 본능적으로 피를 원하곤 하였었다. 그럴 때 그녀를 지켜준 것이 바로 관표에 대한 막연한 사랑이었다.

아무런 대가도 없이 자신을 구해준 사람.

따뜻했던 관표와의 첫 입맞춤은 그녀의 가슴에 온기를 불어넣었고 자제력의 힘을 심어놓았던 것이다. 그런데 그런 자신의 사랑을 해치러 온 자들이었다.

용서할 수가 없었다.

그녀의 요안이 다시 한 번 번득였다.

진홍색의 눈빛은 마치 노을처럼 아름답다.

자신이 원하는 기의 성질을 감지한 백리소소는 다시 단궁을 들었다.

'강한 기운이 셋이나 된다. 그들이라면 내 화살을 피하거나 쳐낼 수 있을 것이다. 그리고 그들 주변에 있는 자들은 그들의 보호를 받을 수 있다. 그렇다면……'

천천히 시위를 당기자 주변의 습기가 단숨에 모이면서 한 개의 화살로 변하여 시위에 걸렸다.

한데 활의 방향이 직선이 아니라 허공을 향해 있었다.

요궁의 세 번째 술.

빙혼이기어시(氷魂以氣馭矢).

어검술과는 다르지만 술법으로 화살을 다스리는 경지였다.

'슈욱' 하는 소리와 함께 하나의 화살이 허공으로 날아올랐다.

第六章

무후의 전설은 시작되고

"화살입니다."

당무영의 말이 아니라도 왕소동과 당명은 약 오 장 높이로 날아오는 화살을 보고 있었다. 너무 빨라서 일반 무사들은 그 빠르기를 쫓을 수 없었지만 왕소동과 당명은 화살의 흐름을 읽을 수 있었다.

두 사람은 준비를 하였다.

화살이 공격하는 사람을 구해줄 요량이었다. 하지만 오 장 높이로 날아오는 화살이 어떻게 사람을 공격할지는 몰랐다.

오 장 높이로 날아온 화살은 사람들이 숨어 있는 바위 아래 부근까지 날아왔다.

모두 화살을 바라보고 있을 때였다.

직선으로 날아오던 화살이 갑자기 직각으로 꺾이며 하수연을 향해 떨어져 내렸다. 그것을 본 당명과 왕소동의 안색이 굳어졌고 하수연은 기겁을 하였다. 처음 화살이 날아온 곳은 하수연과 거리가 있는 곳이었다. 그런데 아래로 꺾인 화살은 단순하게 직각으로 꺾인 것이 아니라 옆으로도 같이 꺾이며 날아온 것이다.

"이, 이기어시라니. 피해라!"

고함을 지르며 왕소동이 허공으로 몸을 날렸다.

'슈욱' 하는 소리와 함께 그의 손에서 펼쳐진 고죽수가 날아오는 화살을 쳐내었다. 화살이 허공에서 산산이 부서진다. 하지만 그때 '컥' 하는 비명과 함께 일대제자 중 한 명이 머리에 화살이 꽂힌 채 쓰러졌다.

왕소동이나 당명이 막아줄 수 없는 거리에 있는 자였다.

"이익!"

왕소동은 이를 갈았다.

"모두 바위 밑에서 은밀하게 이동해라!"

왕소동의 명령을 들은 정의맹 수하들이 은밀하게 이동을 하였다.

왕소동은 화살을 쏘는 자가 정의맹의 제자들이 숨을 때 미리 위치를 기억해 두었다가, 그곳으로 화살을 쏜다고 가정을 하였다. 그렇지 않다면 무슨 방법으로 바위 밑에 숨은 사람을 보고 쏠 수 있겠는가? 만약 자신의 생각이 맞다면, 몰래 자리를 이동해 어림짐작으로 쏘는 화살의 궤적에서 벗어나자는 생각이었다. 그러나 왕소동의 생각은 빗나갔다. 그 이후에도 날아온 화살들은 정확하게 정의맹의 고수들을 골라서 공격하고 있었다.

"대체……."

왕소동이 질린 표정으로 당명을 보자 당명 역시 고개를 흔들며 말했다.

"천리안이라도 터득한 모양입니다. 그렇지 않고서야……. 더군다나 화살을 쏘는 자는 아주 영리한 자입니다. 화살을 막거나 쳐낼 수 있는 고수들은 철저하게 배제를 하고 공격합니다."

그 말을 들은 왕소동은 자신들이 숨어 있을 필요가 없다고 생각을 하였다. 고죽수에 부서질 정도의 화살이라면 날아오는 족족 쳐내면 된다는 생각이 든 것이다. 그리고 자신들이라면 공격해 오는 화살로부터 수하들을 보호할 수도 있을 것 같았다.

그의 시선이 당명을 향했다.

당명 역시 왕소동의 생각을 이해했다.

왕소동이 정의맹 수하들을 보면서 말했다.

"모두 들어라! 우리가 화살을 막으며 전진을 할 것이다! 그러니 너희들은 전력으로 우리의 뒤를 바싹 따르도록 해라!"

"간다!"

당명의 고함과 함께 왕소동과 당명이 앞장서서 신법을 펼치기 시작했다. 어차피 숨어 있어도 소용없다는 것을 안 다음이었고, 절정의 두 고수가 앞에서 화살을 막아주려고 한다는 것을 안 이상 방법은 정해진 것이나 마찬가지였다.

왕소동의 주변으로 당무영과 하수연, 그리고 불괴의 두 제자인 금연과 금진이 검을 뽑아 들고 나란히 선 채 앞으로 달리기 시작했다.

그 뒤로 살아남은 팔십여 명의 정의맹 수하들이 필사적으로 달린다. 삼백 장의 거리는 멀다면 멀지만, 달리 생각하면 아주 가까운 거리였다. 물론 도착하기 전에 이들 중 몇 명은 죽을지도 모른다. 그러나 그 자리에 있어도 어차피 마찬가지였다.

'피융' 하는 소리와 함께 연이어 몇 개의 화살이 허공으로 올라갔다가 곡선을 그리며 떨어져 내렸다. 화살은 허공에서 갑자기 빨라지면서 떨어지는데 그 떨어지는 낙하 지점을 알 수가 없었으며 달려오는 정의맹의 뒤쪽을 향하고 있었다.

화살이 허공에서 이리저리 꺾이며 떨어졌던 것이다.

약 백여 장을 전진했을 때 다시 다섯 명이 죽었다.

정확하게 한 발당 한 명씩 죽고 있었다.

왕소동이나 당명, 그리고 당무영 등에게 화살이 날아왔다면 피하거나 막을 수 있을 것 같은데 화살은 철저하게 죽일 수 있을 정도의 인물들에게만 날아갔다. 그리고 날아오는 화살을 막을 수 있는 왕소동이나 당명 등의 고수들의 손길이 닿지 않는 곳만 찾아서 날아갔다.

왕소동 등은 멀쩡하게 두 눈을 뜨고 그들이 죽는 모습을 맥없이 바라봐야만 했다. 그래도 이젠 거리가 빠르게 좁혀지고 있었기 때문에 조금 안심할 수 있었다.

백리소소는 요궁의 시위를 당긴 채 심호흡을 하였다.

외조부인 투괴의 모습이 아른거렸다.

세상에 누구보다도 자신을 사랑해 주었던 분.

산적이었던 관표와의 관계도 기꺼이 허락해 주셨던 분.

"소소야, 나는 너를 믿는다. 네가 믿고 사랑할 수 있는 사람이라면 나는 누구라도 허락할 수 있단다."

어려울 때 항상 힘이 되어주셨던 분이었다.

삼대마병을 취한 것을 안 후 자신의 절기를 가르치면서 말했었다.

"삼대마병은 살기가 짙은 무공이란다. 너는 그것을 배우더라도 함부로 사용해선 안 된다. 대신 내가 가르치는 무공을 배워라. 비록 여자가 사용하기엔 적합하지 않을지도 모르지만, 그래도 네가 사람을 죽이지 않고 너 자신을 지키는 덴 아주 유용한 무공이 될 거라고 믿는다."

그 이후 백리소소는 투괴의 철두신공을 배웠다.

친할아버지에게 반발심이 강했던 그녀는 백리가의 무공 중 기초적인 몇 가지를 빼고 다른 것은 쳐다보지도 않았던 시절이었다. 물론 지금도 백리가의 진짜 절기라 할 수 있는 무공들은 배우지 않았다. 내공을 익히고 나서도 가문의 무공은 돌아보지 않았다.

사실은 조금 기상천외한 무공에 신기하기도 했었다. 그러나 배워놓고 나니 많은 면에서 편리한 점이 있었다. 우선 뽑아 들면 사람을 상하게 하는 삼대마병의 무공에 비해서 상대를 죽이지 않고 제압하는 데 편리하였고, 통쾌하게 고통을 선사하는 데도 좋았었다.

그녀가 삼대마병을 뽑아 들었다면 그것은 이미 상대의 죽음도 불사하겠다는 의지였으며, 둘 중 하나가 완전히 굴복할 때까지 싸우겠다는 뜻이기도 하였다.

또한 상대가 강적이 아니라면 굳이 삼대마병을 뽑아 들지 않는다.

그녀의 시위에 얼음화살이 맺힌다.

이제 백오십 장의 거리였다.

백리소소는 심호흡을 하고 내공을 극한까지 끌어 모았다.

'피융' 하는 소리와 함께 다시 한 대의 화살이 날아갔다. 그런데 이번의 화살은 이전의 화살과 달랐다.

날아가는 화살이 무섭게 회전하며 주위 대기의 습기를 빨아들이며 날아갔던 것이다. 그리고 날아가는 화살 주변으로 모인 습기들은 얼음 조각으로 변하며 화살을 따라 회전하기 시작했다.

허공으로 올라가는 화살은 어느새 얼음 기둥처럼 변하며 회전하고 있었다.

빙살폭뢰전(氷殺爆雷箭)은 요궁의 궁술 중에서도 상위에 속하는 궁술법이었다. 얼음화살은 허공으로 올라갔다가 달려오는 정의맹 바로 위까지 내려왔다. 얼음화살의 주변으로 엄청난 얼음 조각들이 빠른 속도로 회전하고 있었다.

"더 이상은 안 된다!"

고함과 함께 왕소동의 고죽수가 얼음 기둥을 가격하였다. 순간 '퍽' 하는 소리가 들리며 얼음 기둥이 터져 나갔다. 그리고 그 기둥을 이루었던 얼음 조각들이 예리한 날처럼 쪼개지면서 사방으로 날아가며 정의맹 수하들을 덮쳤다.

기겁을 한 정의맹 수하들이 신법으로 피하거나 장법, 검법을 펼쳐 얼음 파편에 대항하였다. 그러나 얼음 파편은 그들이 생각했던 것보다 강하고 예리했으며 빨랐다.

"크아악!"

"으으으!"

무려 이십여 명의 정의맹 수하들이 얼음 파편에 맞고 죽어갔다.

왕소동은 처참한 광경에 몸을 부르르 떨었다.

요궁이란 말만 들었지 이렇게 무서울 줄은 생각도 하지 못했다. 생전 듣도 보지도 못했던 광경들이었고, 화살이 날아오면서 파편을 모았다가 터뜨린다는 것도 전혀 생각하지 못했던 일이다.

왕소동과 당명마저 가슴이 서늘해지는 것을 느꼈다.

갑자기 두려운 생각이 들었다.

대체 앞으로 또 어떤 형식의 화살이 날아올지 두려웠다. 이제 거의 백여 장 남은 거리가 천 리 길 같았다.

요궁의 전설이 다시 한 번 떠오른다.

요궁을 만나면 무조건 십 리 밖으로 도망가야 살 수 있다.

믿지 않았지만 이젠 믿을 수도 있을 것 같았다.

비록 지금 확인한 것은 십 리가 아니라 삼백 장밖에 되지 않았지만, 그것만으로 공포심을 심어주기엔 충분했다. 그렇다고 지금 물러설 순 없었다.

"좀 더 빨리 달려라!"

왕소동의 고함과 함께 당명과 당무영 등은 죽을힘을 다해 달리기 시작했다.

다시 한 대의 빙살폭뢰전으로 인해 십여 명이 쓰러졌다.

이제 지척지간이다.

백리소소는 달려오는 왕소동 등을 바라보면서 여전히 무감정한 눈빛이었다. 약간의 흔들림조차 없었다.

처음 살인을 했을 때가 떠오른다. 자신을 집요하게 쫓아오던 살수를 잡아 고문하고 그 살수들의 본거지를 찾아내 완전히 괴멸시킬 때, 수많은 사람들을 죽였었다. 그리고 며칠 동안 밥조차 먹지 못하고 울고 또

울었다.

사방에서 원귀가 달려드는 환상에 잠도 제대로 자지 못했었다.

죽일 때는 정신이 없었다. 그녀 스스로도 겁에 질려 있었고, 두려움은 그녀를 잔인하게 만들었었다.

정신을 차려보니 모두 죽어 있었다.

어떤 핑계도 살인에 대한 정당성으로 자신을 위로해 주지 못했다. 그러나 세상을 알수록 죽어야 할 자가 많다는 것을 알았고 죽이지 않으면 자신이 죽을 수도 있는 상황이 되면서 그녀는 죽음과 가까워질 수 있었다.

무후천마녀라는 명성은 그렇게 얻은 결과물이었다.

그녀는 살인이 싫었지만 죽일 때는 단호해야 한다는 것을 잘 안다. 삼대마병의 무공은 그녀에게 강함과 함께 죽음과 피의 길도 가르쳐 주었다.

정말 위험하고 정말 필요한 상황이 아니면 삼대마병의 무공을 쓰려 하지 않았다. 소소는 지금이야말로 삼대마병이 필요할 때라고 결론을 내렸었다. 여기서 막지 못하면 녹림도원의 죄없는 사람들이 죽는다.

사랑하는 사람의 가족이 죽고 자신의 집이 불탈 것이다.

그녀는 그것을 용납할 수 없었다.

백리소소는 요궁을 들어올렸다.

이제 이들 중 고수라고 할 수 있는 자들에게 마지막 한 방을 전해줄 때가 되었다. 궁술이라기보다는 술법에 가까운 요궁술은 많은 심력과 내공을 소모시킨다.

하지만 그 위력은 실로 절세무쌍이었다.

왕소동 일행이 삼십 장까지 왔을 때였다.

그녀의 요궁이 다시 한 번 얼음화살을 발사했다.

요궁술의 가장 무서운 화살 중 하나인 빙살요비단뢰전(氷殺妖飛刜銇箭)이었다.

이제 다 왔다 싶은 순간 한 개의 화살이 섬전처럼 왕소동을 향해 날아왔다. 거리가 가까워질수록 화살의 위력은 강해지고 느끼는 체감 속도는 더 빨라지게 마련이다. 그러나 왕소동은 전대의 고수답게 침착했다.

빠르게 몸을 틀면서 이미 준비하고 있던 고죽수로 화살을 쳐내었다.

'퍽' 하는 소리와 함께 고죽수와 화살이 충돌하였다. 그런데 화살은 화산의 내가중수법으로 세상을 떨어울리던 고죽수를 그대로 뚫고 들어와 갑자기 방향을 바꾸며 몸을 피한 왕소동의 가슴 복판에 꽂혔다.

화살은 거리가 가까워지면서 더 큰 위력을 지니게 되는 건 사실이지만 이 정도는 아니었다.

정의맹을 공격한 얼음화살의 위력 중 가장 무서운 것이 거목을 뚫고 들어왔던 화살이었다. 하지만 속도가 그다지 빠르지 않았고, 정면이 아니라 옆으로 비껴내며 쳐낸다면 충분히 막을 수 있을 것이라 생각하였다.

그것은 왕소동의 착각이었다.

통나무를 뚫고 들어갔던 강궁빙살추(强弓氷殺錐)와 빙살요비단뢰전은 전혀 다른 궁술이었고, 화살의 위력도 다르다.

강궁빙살추는 일단 근처까지 날아간다면 목표 지점에 와서야 갑자기 강해지는 특성이 있다. 만약 어느 정도 고수가 피하려고 한다면 피할 수 있을 것이다. 그러나 나무 뒤에 숨어 있거나 방패 같은 것으로 막으려 한다면 그것은 막기 힘들다.

빙살요비단뢰전은 전적으로 가까운 거리에서 절정고수 이상을 상대하기 위해 만들어진 것이다.

화살 자체가 쳐내거나 비껴내려 해도 방향이 잘 틀어지지 않고 빠르다. 그리고 그 변화도 심한 편이다. 물론 공격하는 사람도 심력과 내력 소모가 큰 편이라고 할 수 있었다.

고죽수로 인해 힘이 저하된 얼음화살이었지만, 겨우 심장을 피하고 왕소동의 가슴에 박힌 채 부르르 몸을 떤다.

'컥' 하는 소리와 함께 왕소동은 땅으로 추락하면서도 고함을 질렀다.

"이제 바로 코앞이다! 나는 무사하니까 어서 가라!"

그 고함 속에 또 한 대의 화살이 날아와 해남검파의 일대제자인 다른과 토고의 생명을 앗아갔다. 문파의 동량이라고 불리던 두 명의 일대제자가 죽자 해남의 장로인 수인검 동자단의 얼굴은 파랗게 변했다. 그러나 그는 한 문파의 장로였다.

일의 선후를 알고, 지금은 어쩔 수 없다는 것을 안다.

죽을힘을 다해 앞으로 달려갔다.

또 하나의 화살이 날아왔다.

이번엔 화산의 고수인 오가구였다.

오가구는 화산의 속가제자들 중 가장 무공이 강했다.

그는 자신의 심장을 향해 날아오는 화살을 들고 있던 검으로 쳐냈지만, 화살은 오히려 그의 검을 튕겨내면서 갑자기 방향을 바꾸어 그의 목 아래 턱 부분부터 뚫고 머리 뒤쪽으로 빠져나가다 멈추었던 것이다.

오가구는 달리던 그 자세로 바닥에 쓰러졌다.

옆에서 달리던 금연과 하수연의 얼굴이 달아올랐다. 그리고 그때 당명과 당무영이 숲으로 뛰어들며 요궁을 들고 있는 백리소소를 향해 철련자와 금전표를 던졌다.

드디어 지옥의 길을 다 통과한 것이다.

이제 그동안 자신들을 괴롭힌 자를 절대 용서하지 않을 것이다.

당가의 이름을 드높이던 암기들은 단숨에 백리소소를 죽일 듯이 날아왔다. 백리소소는 이미 허리에 차고 있던 사혼마겸을 꺼내 들고 있었다. 그리고 손에 들고 있던 요궁은 그녀의 허리 뒤쪽에 찼다. 두 개의 무기가 바뀌는 것은 눈 깜짝할 사이에 벌어졌다.

마겸이 회전하듯이 허공에 원을 도는 순간 날아오던 세 개의 철련자와 세 개의 금전표는 마겸의 궤적을 따라 흩어지면서 힘없이 바닥에 떨어져 내렸다. 그리고 허공에 원을 돌던 그녀의 마겸이 당명과 당무영을 향해 무서운 속도로 날아갔다. 마치 비발을 던지듯이 마겸을 던진 것이다.

암기를 던지며 달려들던 두 사람은 기세를 죽이고 급급하게 무공을 펼쳐 백리소소의 마겸을 쳐내었다

'윽' 하는 신음과 함께 당명과 당무영은 그 자리에 멈추었고, 마겸은 다시 백리소소에게 날아갔다.

이기어겸술이라고 해야 할까?

두 사람은 지금 백리소소가 펼친 무공이 이기어검술과 비슷한 수준

의 무공임을 알고 다시 한 번 등골이 시려오는 것을 느꼈다. 그러나 백리소소를 본 두 노손은 지금까지 놀랐던 것보다 더 놀라야 했다.

설마 자신을 공격했던 사람이 일개 나이 어린 여자일 줄은 몰랐다. 그리고 그녀는 너무도 아름다웠다.

둥근 원통을 등에 매고 마겸을 들었으며, 요궁을 뒤 허리에 찼다. 그리고 영웅건으로 머리를 질끈 동여맨 그녀의 모습은 마치 여신과도 같았다.

아름답기로는 세상에 짝을 찾을 수 없다던 하수연의 미모도 그녀와 비교하고 나니 많은 손색이 있음을 인정하지 않을 수 없었다. 이때 금연 사태와 하수연, 그리고 화산의 제자에게 부축을 받은 왕소동 등이 차례대로 숲 안으로 들어왔다.

백여 명이던 별동대는 이미 사십여 명으로 줄어 있었고, 수많은 고수들이 죽었다. 가장 중요한 역할을 해야 하는 제갈단마저 죽었다.

참으로 비통한 상황에 그들 앞에 나타난 또 하나의 진실은 그들로 하여금 허탈감을 느끼게 하였다.

아주 잠깐이지만 자신들을 공포로 몰고 갔던 상대가 겨우 한 명의 여자, 그것도 이제 약관이나 되었을까 싶은 나이임을 알고 나니, 일순간 어떻게 대응을 해야 할지 몰라 모두 침묵하고 말았다.

모두들 설마 하는 표정으로 백리소소를 바라본다.

아니, 남자들은 모두 넋을 잃고 바라보고 있었는데, 이 아름다운 여자가 정말 지금까지 일어난 살인의 원흉임을 믿을 수 없다는 표정들이었다.

왕소동이 당명을 바라보았다.

먼저 온 당명조차도 정말 눈앞의 여자 혼자서 자신들을 공격한 것일까 의구심을 지니고 있는 것 같았다.

"혹시 네가 요궁으로 우리를 저격하였느냐?"

왕소동이 믿을 수 없다는 표정으로 묻자, 백리소소는 담담한 표정으로 고개를 끄덕이며 말했다.

"나이가 많다 하나, 처음 본 성인의 여자에게 하대를 하다니 참으로 예의가 없군요. 화산은 명문이라더니 그 말도 허언인가 합니다."

왕소동은 할 말이 없었다. 그리고 지금까지 당한 일을 생각하면 화가 나야 하는데 백리소소를 보고 있으면 화가 나지 않았다.

참으로 특이한 분위기를 가진 여자였다.

당명이 얼굴을 굳히며 물었다.

억지로라도 화를 낸 모습을 지어야만 했다.

상대는 자신의 가솔들을 죽인 원수였다.

미모에 속으면 안 된다고 마음을 다진다.

"너는 대체 뭐 하는 계집이냐? 그리고 대체 정체가 무엇이냐? 무슨 원한이 있길래 정의맹의 수하들을 살해한 것이냐?"

당명의 말에 백리소소의 얼굴엔 조소가 어린다.

"나는 녹림왕의 여자요. 너희가 이곳을 침입하였기에 막았을 뿐이다. 설마 우리와 술래잡기하려고 이곳을 침범한 것은 아니겠지. 나는 당연히 내가 지키고자 하는 것들을 위해서 싸웠을 뿐이다. 그리고 늙은이, 말조심해라! 너 따위가 함부로 하대를 해도 될 나이도 아니거니와 그럴 만한 신분도 아니다."

그녀의 얼굴에 서릿발 같은 위엄이 어리자, 당명은 자신이 위축되는 것을 느끼고 소스라치게 놀랐다. 나이 어린 여자의 몸에서 일대종사의 기세가 뿜어져 나왔던 것이다.

그 모습을 지켜보는 당무영은 아예 넋을 놓고 있었다.

모든 사고가 마비되는 기분이었다.

지금까지 살아오면서 이렇게 충격을 받은 것은 처음이었다. 심하게 가슴이 두근거린다. 그런데 저런 여자가 겨우 녹림 도적의 여자라니 그것은 있을 수 없는 일이었다.

갑자기 관표에 대해서 무서운 질투가 솟구쳤다.

'반드시 내 여자로 만들겠다. 당무영의 여자로 저 여자만이 어울린다.'

그의 눈에 열정이 어리고 있었다.

옆에서 이를 지켜보는 하수연의 눈에는 또 다른 불이 일고 있었다. 당무영의 눈이 무엇에 대한 열정인지 그녀는 너무도 잘 알고 있었다. 그리고 미모와 매력으로 세상의 그 어떤 여자에게도 져본 적이 없던 그녀에게 있어서 백리소소는 충격이었다.

처음으로 자신이 초라해진다. 더군다나 저런 여자가 관표의 여자라니.

갑자기 자신의 존재감이 사라지는 기분을 느꼈다.

질투와 이유를 알 수 없는 분노는 살기로 변질되어 하수연의 가슴을 가마처럼 끓게 만들었다.

'개 같은 년! 여우 같은 년! 반드시 죽여서 뼈를 갈아 마시겠다. 저 개자식은 아무 여자에게나 이빨을 내미는구나. 언제고 그것을 뽑아버리겠다.'

잃어버린 존재감을 찾기 위해 발버둥 치는 그녀의 질투는 당무영마저도 이유없는 원한의 대상이 되어버렸다.

이유는 없지 않았다.

수많은 생명들이 그녀의 화살에 죽지 않았던가.

사실 그녀는 그것을 별로 슬프게 생각하지도 않았지만.

"어린 계집이 어른에게 말을 함부로 하는구나."

왕소동이 당명을 거들고 나섰지만 돌아온 것은 그다지 좋은 말이 아니었다.

"늙었으면 그만한 예의도 배웠을 터. 그 나이가 되도록 세상을 어떻게 살았는지 모르겠군. 그보다도 언제까지 노닥거릴 참인가?"

백리소소의 차가운 말에 그들은 정신이 번쩍 들었다. 그러고 보니 그들은 이곳에 놀러 온 것이 아니었다. 또한 수십 명의 정의맹 수하를 죽인 원수가 바로 눈앞에 있지 않은가.

갑자기 살기가 충천하며 정의맹의 수하들이 백리소소를 포위하였다. 그러나 그녀는 여전히 변함없이 서 있었다.

그녀의 오른손에 들린 사혼마겸만이 차갑게 빛을 내고 있었다.

그들 중 그녀의 손에 들린 낫 한 자루가 얼마나 무서운 무기인지 아는 사람은 아직 아무도 없었다. 한 명의 여자가 사대마병 중 두 개씩이나 가졌을 것이라고 생각하는 사람은 없었던 것이다.

실제 조금 전 화살로 자신의 동료들을 죽인 자가 눈앞의 여자라는 사실도 믿어지지 않았다.

그렇게 믿기에는 그녀의 모습이 너무 아름답고 너무 어렸다.

그녀의 아름다움은 보는 것만으로 숨이 막히는 기분이었다. 그러나 언제까지나 그녀의 아름다움에 반해 있을 수는 없었다.

백리소소에게 가장 먼저 반발하고 나선 것은 당연히 하수연이었다. 자신과 비교할 수 없이 아름다운 백리소소가 그렇지 않아도 눈에 거슬리던 참이었다.

"어린 년이 입이 걸구나. 네년은 이분들이 누구인 줄이나 알고 입을 놀리는 것이냐?"

"내가 알 필요가 있을까? 중요한 것은 내 적이라는 사실이지."

"흥, 옳은 말이다. 그럼 죽기 전에 네년이 누구인지나 말해라!"

"말이 많은 계집이군."

백리소소의 말에 하수연의 눈썹이 다시 한 번 꿈틀하였다.

"네년은 나 하수연의 손에 반드시 죽을 것이다. 죽기 전에 이곳에 있는 분들의 이름이나 알아두는 것이 좋을 것이다."

상대가 하수연이란 말을 들은 백리소소의 입가에 조소가 어렸다.

"내가 죽여야 할 자들의 이름을 알아야 할 이유는 없지."

'하지만 네년은 정말 잘 만났다.'

마지막 말은 백리소소의 입 안에서 감돌았다.

하수연은 분했다.

백리소소에게 말로 지는 것 같아 자존심이 상했고, 아무도 자신을 편들어주지 않는 것도 억울했다. 결국 막말이 나오고 말았다.

"네년이나 네년의 염치없는 남편 자식이나 도적의 종자답게 예의가 없구나."

하수연은 내심으로 자신의 말에 화가 난 백리소소를 상상하며 즐거워하였지만 백리소소의 표정엔 약간의 변화조차 없었다.

"자꾸 말이 많군. 한 번 더 떠들면 거시기의 털을 다시 뽑아버리겠다. 뽑을 것도 없나?"

하수연의 얼굴이 붉게 물이 들고 말았다.

그녀에게 있어선 가장 수치스런 말이었고, 뼈아픈 말이었다.

듣고 있던 왕소동마저도 고개를 돌리고 말았으며, 다른 사람들도 몹시 민망스런 표정들이었다.

"이, 이 개 같은 년이!"

고함과 함께 하수연이 검을 들고 백리소소에게 달려들려고 하였다. 그러나 왕소동이 빠르게 그녀의 손을 잡아채었다.

"조금 침착하거라!"

왕소동의 말에 하수연은 숨을 헐떡이며 겨우 화를 참아내었다.

백리소소는 하수연을 바라보고 있었다.

그녀의 차가운 시선을 본 하수연은 화가 났던 감정이 싹 달아나며 몸을 부르르 떨었다.

갑자기 겁이 났다. 그러나 애써 태연한 표정을 짓고 있었다.

당무영은 갈수록 백리소소가 마음에 들었다.

어떻게 하든지 자신의 여자로 만들고 싶었다.

그는 기회다 싶어 앞으로 나서며 말했다.

"소저에게 할 말이 있습니다. 어째서 소저처럼 아름다우신 분이 관표 같은 도적과 어울리는 것입니까? 참으로 안타깝습니다. 지금이라도 마음을 돌리시면 제가 바른길로 인도할 용의가 있습니다."

백리소소의 입가에 차가운 한기가 떠올랐다.

"네놈이 감히 나의 지아비에게 도적이라고 했단 말이지."

"소저, 세상은 바로 보아야… 어억!"

당무영은 말을 다 하지 못했다.

백리소소의 신형이 화살처럼 날아왔고, 그녀의 손에 쥐어진 사혼마겸이 열십 자를 그리며 그의 몸을 난도질해 왔다.

갑작스런 백리소소의 공격에 기겁을 한 당무영이 빠르게 뒤로 물러섰지만 그녀의 마겸은 그렇게 쉽게 피할 수 있는 것이 아니었다.

더군다나 그녀가 펼친 신법은 강호무림에서 가장 빠르다는 은하탄섬류(銀河彈閃流)였다. 절명금강독공을 익히고 난 후 나름대로 무공에 자신이 생겼던 당무영이지만 아직 그의 독공은 당진진과 비교할 수 없었고, 백리소소의 공격을 막아내기에도 역부족이었다.

무엇보다도 백리소소의 무공이 상식 이상으로 너무 강했다고 할 수 있었다.

'서걱' 하는 소리와 함께 당무영의 팔이 잘려 나갔다.

'끄윽' 하는 신음과 함께 뒤로 물러서려는 그의 품 안으로 뛰어든 백리소소의 발이 전궁무영탄이라는 절세의 각법으로 당무영의 낭심을 걷어찼다. 그리고 그때 그를 돕기 위해 급하게 뛰어든 당명의 무형독수(無形毒手)가 백리소소의 뒤를 노리고 공격해 왔다.

보고 있던 사람들은 당무영이 허무하게 당하는 것에 놀라면서도 지금 당명의 공격에 백리소소가 반드시 쓰러질 것이라고 생각하였다. 그런데 백리소소의 신형이 간단하게 반 바퀴 회전하면서 무형독수는 빗나갔고, 당무영이 눈을 뒤집으며 땅에 엎어진 것은 거의 동시였다.

백리소소가 회전하면서 무형독수를 피하기만 한 것이 아니었다.

회전하는 그녀의 몸을 좇아 사혼마겸이 사혼마광(死魂魔光)의 초식으로 겸의 강기를 뿜으며 횡으로 그어졌다.

다시 한 번 '서걱' 하는 소리가 들리며 당명의 목이 허공으로 날아올랐다. 모두 넋이 나간 표정으로 입을 쩍 벌린 채 굳어버렸다. 당가의 전대 고수 중 한 명으로 무림의 명숙이라 할 수 있는 고수 한 명이 너무 어이없게 죽었던 것이다.

이는 백리소소의 무공이 강한 탓도 있었지만, 당무영을 구하기 위해 급하게 서둘렀던 당명의 탓도 컸다. 그는 급한 상황이라 우선 당무영을 구하고 보자는 식으로 무공을 펼쳤고, 백리소소는 이미 당명을 끌어들일 생각을 하고 있었던 것이다.

간단하게 휘두른 그녀의 겸은 그녀의 십이성 공력이 실려 있었다. 협공을 하기 전에 가장 강한 고수 중 한 명을 처리함으로 그녀는 상황을 더욱 유리하게 만들 수 있었다.

하지만 그녀의 행동은 거기서 끝난 것이 아니었다.

당명의 목이 날아갈 때 백리소소의 신형이 꺼지듯이 사라졌다.

'커억, 꺽꺽!' 하는 소리가 들리면서 하수연이 바둥거리고 있었다. 언제 어떻게 그녀가 하수연에게 날아갔는지 본 사람은 아무도 없었다.

"나는 네년이 마음에 들지 않았다. 언제고 만나면 주리를 틀어놓을 생각이었는데, 감히 제 발로 걸어와?"

백리소소의 입가에 서늘한 미소가 감돌았고, 하수연은 몸을 부르르 떨었다. 그녀가 백리소소의 살기를 감당하기엔 너무 부족한 것이 많았다.

모두 멍청하게 서서 백리소소와 하수연을 바라본다.

너무 일이 급박하게 돌아갔고, 하수연이 인질로 잡혀 있는 이상 함부로 달려들 상황도 아니었다.

불괴의 제자들 중에서 가장 성질이 급한 여자는 다섯째 금진이었다. 그녀의 불 같은 성격은 연화사 내에서도 유명했다.

지금까지는 많은 사람들과 함께 행동하느라 억누르고 있었지만, 사매가 백리소소에게 잡히고 나자 특유의 성격이 발동하고 말았다.

그녀가 강하다고 했지만 금진은 자신의 실력에 자신이 있었다.

"사매를 놓아라!"

고함과 함께 금진이 허리에 찬 검을 뽑아 들고 백리소소에게 달려들었다.

천검 백리장천의 무무수천검법(武武修天劍法), 그리고 검종 요보동의 귀혼수라검법(鬼魂修羅劍法)과 더불어 현 무림의 삼대검법이라고 불리는 불괴의 대비연화구검(大丕蓮花九劍)이 펼쳐진 것이다.

백리소소는 그녀의 검법을 보고 코웃음을 치며 말했다.

"불괴의 대비연화구검이군. 제법이다."

그녀는 말을 하면서도 피하려 들지 않았다.

여전히 하수연의 멱살을 잡고 느긋하게 그녀의 혈을 짚고 있었다. 그리고 그사이에 금진의 검은 백리소소의 지척으로 다가왔다. 금진의 검이 막 백리소소를 찌르려 할 때였다.

백리소소의 신형이 흐릿하게 변하면서 금진이 펼친 검의 궤적 안으로 파고들어 왔다. 여전히 하수연의 멱살을 잡은 채였다.

금진이 놀라서 초식을 변화하려 하였을 때 백리소소는 한 손으로 하수연을 들어 그녀의 얼굴로 금진의 얼굴을 뭉개 버렸다.

정확하게 하수연의 이마와 금진의 코와 입 부분이 충돌한 것이다. '퍽' 하는 소리가 들리면서 금진은 얼굴이 코와 입까지 한꺼번에 깨져 버렸다. 이어서 백리소소가 껑충 뛰었다가 이마로 휘청거리는 그녀의 이마를 받아버렸다.

'퍽' 하는 소리가 들리며 금진은 그 자리에서 기절하였다. 하지만 그땐 백리소소도 위험 속에 빠져야 했다. 바로 그녀의 등을 노린 왕소동의 고죽수가 다가와 있었던 것이다.

화살에 맞고 심한 부상을 당했지만 그의 고죽수는 여전히 위력적이었다. 하지만 백리소소는 이미 그의 움직임을 읽고 있었다. 그리고 지금 그의 능력은 부상으로 인해 평소의 반도 되지 못했다.

다시 한 번 백리소소의 신형이 흐릿해지더니 사방에 귀기가 어리면서 열두 가닥의 겸강(鎌罡)이 왕소동의 십이 사혈을 노리고 몰려왔다.

"겨, 겸강!"

기겁을 한 왕소동은 그대로 몸을 날려 땅바닥을 열 바퀴나 굴러 겨우 목숨을 건질 수 있었다. 화살을 맞은 가슴이 찢어져 나가는 것 같은 고통에 왕소동은 몸을 부르르 떨었다.

협공을 하려던 금연은 왕소동의 모습을 보곤 포기했다.

자신이 협공한다고 이길 수 있는 상대가 아니란 것을 알았던 것이다.

온몸이 피투성이가 되어 일어선 고죽수 왕소동은 몸을 부르르 떨며 마른침을 삼켰다.

조금 전 백리소소의 겸강은 고사하고 그녀가 어떻게 자신의 고죽수를 피하고 몸을 돌렸는지조차 확실하게 보지 못했다.

내공을 일으켜 보니 내상이 엄중했고, 외상도 다섯 군데나 되었는데, 모두 엄중했다. 특히 내상은 심각한 수준이라 당장은 진기조차 함부로 끌어올리기가 힘들었다.

단 일 초에 완전히 무력화된 것이다.

사실 살아남은 것도 다행이란 생각이 들었다.

후세에 무후의 전설로 기록된 백리소소의 행보는 이렇게 시작되었다.

第七章

건곤태극신공(乾坤太極神功)

백리소소는 주변에 자신을 포위하고 있는 인물들은 안중에도 없다는 듯 하수연을 노려보면서 말했다.

"내가 네년에 대해서 이미 그분께 들은 것이 있다. 네년은 자신의 미모를 믿고 세상을 우습게보았으며, 죄없는 사람을 죽이려 하였다. 그리고 그 일로 인해서 지금과 같은 일이 벌어진 계기를 만들어주었다. 그렇지 않느냐?"

하수연은 입가가 파르르 떨렸다.

백리소소의 입가에 조소가 어렸다.

"생각이 안 나나 보군. 그렇다면 생각이 나게 해주마."

백리소소의 주먹이 하수연의 코를 가격하였다.

코뼈가 산산이 부서져 날아갔다.

다음엔 팔을 뒤로 꺾어버렸다.

그녀의 아름다운 모습과는 전혀 어울리지 않는 잔혹한 손속이었다.

"까아아! 나, 난!"

"말 안 해도 된다. 난 그냥 죽이면 되니까?"

백리소소는 잔혹했지만 지금 감히 백리소소에게 달려들 배짱이 있는 사람은 없었다.

왕소동조차 꼼짝할 수 없는데 누가 감히 그녀에게 덤비겠는가.

"으흐흑. 사, 살려… 하지만 난 정말 죄가 없어. 네년의 남편이라는 관표가 다 꾸며낸 이야기야."

코뼈를 분지르고 팔이 꺾였지만, 하수연은 비명은 질러도 절대로 진실을 말할 것 같지 않았다.

그녀는 독했다.

독해도 보통 독한 것이 아니었다.

어쩌면 당연할지도 모른다.

말을 하게 되면 그녀는 모든 것을 잃게 될 것이다.

당연히 어떤 일이 있어도 말할 수 없으리라. 하지만 여자의 몸으로 백리소소의 잔혹한 손속을 이겨내는 것은 정말 쉽게 볼 일이 아니었다. 그녀는 독했지만 백리소소는 그녀의 상식을 넘어서는 정말 무서운 여자였다.

"끄으으, 네년의 남편이 나를 모함하려 하는……."

백리소소는 그녀의 독함에 코웃음을 치며 말했다.

"좋아, 그 정도는 되어야지. 사실은 처음부터 너의 진실을 밝히는 방법이 있었지만, 그렇게 하면 너무 싱거웠을 뿐이다."

백리소소는 하수연의 혈도를 십여 곳이나 점혈하였다. 이어서 그녀의 머리에 있는 세 곳의 혈도마저 짚은 다음 그녀를 노려보았다.

백리소소의 눈에 은은한 진홍의 빛이 어린다.

요안이 발동한 것이다.

그녀의 눈과 마주친 하수연의 얼굴이 부르르 떨린다.

왕소동은 상황이 이상하게 변하자 다급해졌다.

그도 대충은 상황을 알고 있었던 것이다.

만약 하수연의 진실이 밝혀진다면 화산은 앞으로 고개를 들지 못할 것이다. 그리고 복수의 정당성도 잃게 될 것이다.

누구 말대로 명예는 잃고 오욕만 남게 된다.

그렇게 놔둘 수는 없었다.

화산을 위해서도.

"공격하라! 빨리 저년을 공격하란 말이다!"

왕소동이 고함을 치자 사십여 명의 정의맹 수하가 주춤거리며 백리소소를 공격하려 하였다.

백리소소의 진홍빛 눈이 그들을 쏘아보자 그들은 모두 겁에 질려 뒤로 물러서고 말았다. 화산의 대사형이라는 유청생과 살아남은 십여 명의 매화검수, 그리고 금연만이 검을 뽑아 들고 백리소소를 공격하려 하였다.

"흥, 아직도 정신을 못 차렸군."

싸늘한 외침과 동시에 백리소소의 손에 들린 마겸이 허공을 비행하였다.

"크아악!"

비명과 함께 다섯 명의 매화검수가 손이 잘린 채 주저앉았다. 더 이상 덤빌 용기를 지닌 자는 아무도 없었다.

왕소동의 얼굴에 절망이 어렸다.

잠시 후 하수연은 당시에 있었던 일들을 줄줄이 늘어놓기 시작했다. 그녀의 말을 들으면서 그 자리에 있던 별동대의 인물들은 모두 아연한 표정들이었다.

설마 그런 일이 있었을 줄이야 누가 알았겠는가? 더군다나 심심해서 사람을 위기로 몰아넣고 죽이려 했다니. 그리고 그녀에게 놀아나서 생사람을 죽이려 했던 곡무기와 당무영에 대해서 실망하지 않을 수 없었다.

"이제 알았으면 전부 돌아가라! 돌아간다면 살 것이요, 아니면 모두 여기서 죽는다!"

백리소소의 말에 모두들 주춤거리며 왕소동의 눈치를 보았다.

왕소동은 절망감에 눈을 감고 말았다.

더 이상 변명의 여지가 없었다.

오늘 이후로 화산의 명성은 땅에 떨어지고 말 것이다.

금연 역시 난감하기는 마찬가지였다.

하수연은 자신의 사제였다. 하지만 그녀는 지금 불괴의 명예에 오물을 끼얹고 말았다. 당장이라도 그녀의 입을 막고 싶었다. 그러나 그녀는 자신의 주제를 잘 아는지라 감히 덤벼들지 못했다.

백리소소는 아직도 주춤거리는 정의맹 수하들을 보면서 말했다.

"내가 저자들이라면 모두 살인멸구할 텐데. 네놈들은 아직도 정신을 못 차렸군."

백리소소의 말이 떨어지자 그제야 정의맹 별동대에 속했던 무리들 중 화산과 당문의 제자들을 뺀, 이십여 명의 무사들이 사방으로 흩어져 도망가 버렸다.

금연과 왕소동, 그리고 화산과 당가의 수하들은 멍하니 도망치는 그들의 뒷모습만을 바라보고 있었다. 쫓아가서 살인멸구하고 싶었지만 백리소소가 가만있지 않을 것이다.

"이제 저들로 인해 화산과 당문의 명예는 두고두고 빛날 것이다."

백리소소의 말에 왕소동은 그 자리에 주저앉았다.

유청생이 급하게 다가와 그를 부축한다.

이제 자리에 남은 것은 화산과 당문의 제자들, 해남파의 장로인 수인검 동자단을 비롯한 이십여 명이었다.

수인검 동자단은 가볍게 한숨을 쉬었다.

무공에 자신이 있었고, 당장 중원으로 오면 천하가 다 내 것 같았었다. 그러나 백리소소를 보면서 그런 기분이 싹 달아나 버렸다.

'내 해남으로 돌아가면 다시는 중원을 보고 오줌도 싸지 않겠다. 그리고 앞으로 다시는 여자를 상대하지 않겠다.'

차후 그는 자신의 결심을 끝까지 지켰다.

"네놈들은 살려둔다. 모두 데리고 사라져라! 그리고 이 계집은 내가 데려간다."

백리소소의 모습이 사라졌다.

왕소동과 금연은 멍하니 서서 백리소소가 사라진 곳을 바라보고 있었다.

왕소동은 호흡을 가다듬었다.

백리소소가 사라지고 나자 정신이 번쩍 들었다.
화산이 살려면 그녀를 반드시 죽여야만 한다. 그러려면 먼저 상대가 누구인지 알아야만 했다.
세상에 갑자기 뚝 떨어진 인간은 없다.
분명히 근원이 있을 것이고 그녀의 신분을 확인할 수 있는 무엇인가가 있을 것이다.
생각해 보았다.
과연 그녀가 누구일지.
아무리 생각해도 단 한 가지 결론밖에 나오지 않았다.
"무후천마녀."
왕소동의 말을 들은 금연의 안색이 창백하게 변했다.
생각해 보니 그녀가 아니라면 그 누가 이런 위용을 보일 수 있단 말인가? 이제야 자신들이 당한 것을 이해할 수 있었다.
왕소동은 다시 생각에 잠겼다.
그녀의 동작 하나하나가 떠오른다.
"그녀가 든 것은 겸이다. 겸으로 가장 강한 무공은?"
왕소동의 혼잣말에 금연이 대답하였다.
"사혼마겸."
왕소동은 고개를 끄덕였다.
금연의 표정이 더욱 질려 버렸다.
"세상에, 사대마병 중에 두 개나 가지고 있었다니."
"그뿐이 아니다. 그녀의 보법 또한 가히 절세무비였다."
말을 하면서 왕소동은 생각에 잠겼다.

'그녀의 보법을 어디서 본 것 같다. 어디서 보았을까? 그래, 그 정도의 보법이라면 세상에 그리 많지 않을 것이다.'

그러나 아무리 생각해도 그것만큼은 떠오르지 않았다.

조용히 옆에서 지켜보던 금연이 걱정스런 표정으로 말했다.

"이제 어떻게 하죠? 사매가 납치되었는데."

그제야 왕소동은 다시 한 번 정신이 번쩍 들었다.

"지금은 여기 있어보았자 우리끼린 아무것도 할 수 없다. 우선 여기서 가까운 이군이 있는 곳으로 가서 합세하자. 그리고 그들에게 천마녀가 있다는 것을 알려야 한다."

금연과 남아 있던 정의맹의 별동대가 서두르기 시작했다.

처절한 표정의 사천당가 가솔들의 모습이 애처로웠다.

그들의 소가주가 병신이 되었고, 당가를 지탱하는 전대의 고수가 허무하게 죽었다. 그리고 명예마저 사라질 위기에 처해 있었다.

하지만 왕소동과 금연, 그리고 유청생의 마음도 그들 못지않았다.

금연은 완전히 망가져 버린 사매를 들쳐 업으며 한숨을 쉬었다.

관표와 당진진은 쫓고 쫓기며 모과산 깊숙이 들어가고 있었다.

이미 기진맥진한 관표와 오로지 관표를 죽이겠다는 일념밖에 없는 당진진이었다.

'이대로 도망만 가다간 결국 지쳐서 죽던가, 잡혀서 죽을 것이다.'

그렇다고 정면으로 맞서 싸우기엔 지금 그녀의 무공이 너무 강했고, 자신은 너무 지쳐 있었다.

'광룡부법의 마지막 초식만 깨우쳤다면, 어떻게든 해볼 텐데.'

아쉬웠지만 아직 온전하게 터득하지 못한 광룡파천황(狂龍破天荒)으로 상대할 순 없었다. 그리고 당진진에게 타격을 줄 수 있는 광룡부법의 나머지 두 초식마저 지금의 상태로는 펼치기가 어려웠다.

펼쳐도 본래 위력의 절반에도 미치지 못할 것이다.

대력철마신공의 진천무적강기도 마찬가지였다.

당진진의 독이 그를 계속해서 괴롭히는 상태고 지금처럼 움직이면서 무공을 사용하고 있는 상황이라면, 건곤태극신공이나 대력철마신공이라고 해도 당진진의 절명독이나 천독수를 막아내지 못할 수밖에 없었다.

그렇다고 당진진이 관표에게 운기요상을 할 시간을 줄 리도 없었다.

그렇다고 관표가 무조건 도망가는 것은 아니었다.

그는 일단 만약을 위해서 자신이 생각하고 있는 곳으로 도망가는 중이었다. 모과산에서 나서 모과산에서 자란 관표다.

이곳의 지리라면 누구보다도 잘 안다 할 수 있었다. 그리고 이젠 더 이상 도망갈 수 없었다. 자칫하면 도망가다 지쳐 죽을 것이다.

관표는 이를 악물었다.

갑자기 신법을 멈추며 뒤로 돌아섰다.

뒤쫓아오던 당진진은 조금도 망설임없이 관표를 향해 천독수를 퍼부었다.

관표의 신형이 흩어지며 천독수를 피해낸다. 그러나 아슬아슬하게 스치고 가면서 다시 부상을 입을 수밖에 없었다.

삼절황 중에 하나인 잠룡둔형보법은 상대의 공격을 피하거나 피하면서 역공을 할 때 쓰는 보법으로 능히 무림상의 최고 보법 중 하나라고 할 수 있었다.

견줄 수 있는 보법이라면 의종(醫宗) 백봉화타(白鳳華陀) 소혜령(少慧靈)의 은하수리보법(銀河水鯉步法) 정도뿐이라고 할 수 있었다.

모두 세 가지 형으로 이루어진 잠룡둔형보법의 삼형인 잠룡신강보법과 이형인 잠룡어기환은 내공의 소모가 많지만, 일보영(一步影)은 내공 소모도 극히 적었고, 보법을 펼치는 범위도 적어 체력 소모를 최소화할 수 있는 보법이었다.

지금 관표가 가장 믿을 수 있는 보법이기도 했다.

비록 부상을 입었지만 관표의 정신은 냉철하였고, 조금도 겁을 먹지 않고 있었다.

건곤태극신공의 팔법진기(八法眞氣) 중에 혜(慧)자결은 정신과 마음을 다스리는 공부로 어떤 상황에서도 냉정한 판단력을 가지게 만들어 준다.

이젠 관표가 운기를 하지 않아도 때가 되면 저절로 혜자결이 그의 정신과 마음을 안정시켜 주는 단계에 도달해 있었다. 그리고 대력철마신공은 무모할 정도의 용기와 패기를 심어주는 무공이었다.

두 개의 신공이 조화를 이루면서 관표의 정신 상태는 스스로가 위험해질수록 오히려 더욱 맑아지고 침착해지는 중이었다.

'일보영만으로는 당진진의 공격을 피할 수 없고, 잠룡어기환도 지금의 상태라면 제대로 펼치지 못할 것이다. 일보영을 조금 더 빠르게 하려면 운룡부운신공을 가미하면 가능할 것이다.'

관표의 신형이 가벼워졌고 일보영은 그만큼 더 빠르고 표홀해졌다. 그러나 단 삼 초 만에 천독수의 그물 속에 허우적거려야만 했다. 그렇다고 정면 대결도 할 수 없는 상황이라 난감하기만 한 상황이었다. 그리고 그 상황에서도 관표는 냉정하게 상황을 판단하고 있었다.

'피해야 한다. 내가 피하고 반격할 수 있는 방법이 있을 것이다.'

관표는 어떤 상황에서도 당진진의 움직임에서 눈을 돌리지 않았다. 그녀가 움직이려는 방향을 미리 읽고 일보영을 펼쳐야 했던 것이다. 만약 천독수를 펼친 다음이면 피하기에 늦는다.

일보영이 아무리 빨라도 당진진의 천독수는 그에 못지않게 빠르고 괴이했으며 간간이 펼쳐지는 절명금강독공은 관표의 생명을 위협하였다.

다섯 초 만에 관표는 이미 기진맥진하고 있었다. 그러나 그 상황에서 건곤태극신공은 더욱 활성화되고 있었다. 위험하면 위험할수록 신공의 보호 본능과 함께 잠재력을 끌어올리는 무공이 바로 건곤태극신공이었던 것이다.

관표의 정신은 점점 당진진과 자신의 무공에 몰입되어 가고 있었다. 관표는 당진진을 상대하면서 자신의 무공을 빠르게 다시 한 번 분석하고 있었다.

생각이 아니라 그의 몸과 감각이 최대한 개방되면서 스스로 몰입되어 가야만이 겨우 당진진의 공격을 피할 수 있었기 때문이다.

'눈으로 보고 피하면 한 수가 뒤지고, 상대의 흐름을 감지해서 피한다면 이 또한 반 수가 늦는다. 그러나 감각으로 안다면 상대보다 한 수가 빠를 것이다.'

이는 맹룡십팔투의 비결 중 하나였다. 하지만 감각으로 미리 상대의 움직임을 파악하고 피하거나 공격한다는 것은 쉬운 일이 아니었다. 수백 번의 실전이 있어도 어려운 일이었다. 그러나 관표에겐 다행히도 건곤태극신공의 초(超)자결이 있었다.

건곤태극신공의 팔자결 중 하나로 육감과 감각을 최고조로 발휘하게 해주며 몸 상태를 언제나 최상으로 준비하여 주는 무공으로 관표는 실전에서 이 초자결을 제대로 운용해 본 적이 별로 없었다.

이전에는 아직 건곤태극신공의 공부가 모자라서 실제로 그걸 사용할 수 있는 기회가 없었기 때문이다. 또한 초자결의 특성상 정말 강한 상대를 만나서 모든 감각이 개방되고 태극신공이 십성 이상 활성화 되어야 제대로 나타나기 때문이었다.

초자결이 생각나는 순간 이미 관표는 그것을 운용하고 있었다.

일보영이 빨라졌다.

빨라진 것이 아니라 당진진이 공격도 하기 전에 관표의 감각이 미리 그것을 읽고 움직이기 시작한 것이다.

처음엔 아직 맞지 않는 옷을 입은 것처럼 일보영과 잘 어울리지 않았다. 그러나 시간이 지날수록 일보영과 운룡부운신공, 그리고 건곤태극신공의 초자결이 하나처럼 어울리기 시작했다.

완벽하진 않지만 그럭저럭 당진진의 공격을 피할 수 있었다. 그러나 당진진의 움직임은 너무 빠르고 공격은 위력적이라 피하는 것만으로는 오래 버틸 수가 없었다.

'정면으로 마주치지만 않는다면.'

관표는 지금 상황에서 자신이 할 수 있는 최선의 방법을 생각해 내었다. 그의 손에서 대력철마신공의 금자결과 건곤태극신공의 흡(吸), 발(發), 해(海)자결이 초자결과 어울려 펼쳐졌으며, 그 안에서 맹룡십팔투의 십절기가 한꺼번에 어울려 펼쳐졌다.

맹룡십팔투의 십절기인 용형삼십육타(龍形三十六打), 칠기맹룡격(七氣猛龍骼), 맹룡단혼권(猛龍斷魂拳), 정동금강퇴(鼎動金剛腿), 세현구절수(細絢九折手)가 한꺼번에 펼쳐졌다. 그러나 십절기는 설혹 공격을 성공시킨다고 해도 이미 금강불괴라 말할 수 있는 당진진에게 전혀 타격을 줄 수 없는 무공들이었다.

삼십여 합이 지나자, 관표는 이미 몸속의 진기가 고갈되어 가고 있다는 것을 알았다. 그리고 다시 두 번이나 천독수의 공격을 비껴 맞아야 했다. 이미 독기가 여기저기로 퍼지고 있는 상황이라 조금 더 늦으면 한 줌의 독수로 화해 사라질 수도 있었다. 그러나 여전히 관표는 침착했다.

'아직 기회는 있다. 그리고 방법도 있다.'

어려워질수록 대력철마신공의 패기와 건곤태극신공의 혜자결이 그의 마음을 다스렸고, 그는 당진진을 이길 수 있는 방법을 찾고 있었다.

관표에게 유리한 점이 있다면 당진진은 이성을 잃은 상태고 관표 자신은 정신을 잃지 않고 있다는 점일 것이다.

당진진은 본능에 따라 움직이는 중이고 자신은 이성으로 무엇인가 방법을 찾을 수 있었다.

당진진의 얼굴을 보았다.

명백하게 비웃는 모습.

그녀는 지금 자신을 괴롭히는 그 자체를 즐기고 있는 것 같았다.

그녀는 아직 자신의 모든 것을 내보이지 않았다.

어쩌면 이성을 잃은 상태에서도 절명금강독공이나 천독수의 비전을 펼쳐 한 방에 죽이지 않는 것도 그녀의 본능 속에 숨어 있는 잔인함 때문일지도 모른다는 생각이 들었다. 그리고 자신 정도는 언제든지 죽일 수 있고, 도망가도 잡을 수 있다는 생각을 하고 있을지도 몰랐다.

관표가 그 생각을 한 순간이었다.

"꺄아아!"

괴성과 함께 당진진의 머리가 하늘로 곤두서고 있었다.

관표는 이제 당진진이 싸움을 끝내려 한다는 것을 알았다.

'그녀의 잔인함이 나를 살릴 수 있을지도 모르겠다.'

당진진의 몸에서 수천 가닥의 실 같은 검은 강기가 쏟아져 나왔다. 절명독인망(絶命毒人網).

절명금강독공의 이대살수 중 하나가 펼쳐진 것이다.

관표는 비록 절명금강독공에 대해서 잘은 모르지만 지금 상대가 펼치는 무공이 얼마나 무서운 무공인지는 감각과 기세로 느낄 수 있었다.

'스치기만 해도 지금 내 상태에서는 견디기 힘들 것이다.'

일보영이 펼쳐졌다. 그리고 그의 손에서 십절기가 한꺼번에 이리저리 쏟아지면서 검은색의 실강기를 쳐내려 하였지만, 그것은 처음부터 불가능한 이야기였다.

사방 십여 장을 한 번에 뒤덮고 날아오는 수천 가닥의 강기 그물은 관표의 일보영을 방해하였고, 십절기의 초식들을 허무하게 부수고 있었다. 다행이라면 그 안에 내포된 건곤태극신공과 대력철마신공이 실강기를 어느 정도 막아주었다는 것이다. 그러나 그뿐이었다.

"크으윽!"

억눌린 신음과 함께 관표의 신형이 뒤로 삼 장이나 밀려가서 바닥을 굴렀다. 그리고 그 뒤를 당진진의 천독수가 쫓아오고 있었다.

일보영을 펼칠 사이도 없었다.

아니, 펼칠 수 있는 자세가 아니었다.

관표는 이를 악물고 진천무적강기를 펼치며, 그 안에 건곤태극신공의 발자결을 함께 펼쳤다.

모든 힘을 밀어내는 능력을 가진 것이 발자결이었다.

'꽝' 하는 굉음과 함께 관표는 뒤로 이 장이나 날아가 급경사를 이루고 있는 산의 돌 더미에 충돌하였다.

'쿵' 하는 소리와 함께 관표의 몸이 돌 속으로 파고들었다.

앞뒤로 받은 충격에 내부가 흔들리고 진기가 흩어지는 것을 느꼈다. 관표의 눈이 흐릿해진다.

'진기가 완전히 흩어지기 전에 반격을 해야 하는데.'

그의 흐릿해지는 시선 안으로 다가오는 당진진의 모습이 보였다.

'단 한 번의 기회만 있으면.'

관표는 건곤태극신공의 운기결을 끊임없이 외우며 조금의 진기라도 모으려고 노력하였다.

그의 손이 허리춤에 닿았다.

작은 병 하나가 잡힌다.

드드득!

소리와 함께 돌 틈에서 빠져나온 관표는 그 자리에 주저앉았다. 오 척 앞까지 다가온 당진진이 잔인하게 웃고 있었다.

관표는 마지막 힘까지 짜내었다.

"으아아!"

고함과 함께 그대로 당진진에게 달려들었다. 그러나 그의 모습은 별로 위력적이지 못했다.

죽기 전에 마지막으로 하는 발악 정도로 보일 뿐이었다.

당진진이 두 손으로 달려드는 관표를 잡으려 하였다.

잡고 손에 힘만 주면 부서져 버릴 것이다. 마치 가지고 놀던 장난감을 부수어 버리듯이 그렇게.

막 당진진이 관표의 얼굴을 잡으려는 순간 관표는 일보영의 신법을 펼쳤다.

관표의 신형이 흐릿하더니 당진진의 품으로 뛰어들었다.

생각지 못한 일이었다.

도망을 가도 시원치 않은 판에 오히려 당진진의 품으로 뛰어든 것이다. 더군다나 지금 관표의 몸부림은 당진진에게 어떤 위험도 줄 수 없는 상황이었다.

당진진은 본능적으로 그것을 알고 있었다.

이성 없이 본능으로 움직이던 당진진은 이상하게 생각하지 않았다. 지금처럼 엉망인 상태에서 관표가 움직인 것만으로도 대단한 것이고, 죽을 때까지 대항하려 한 정신도 인정할 만한 것이었다.

당진진의 품으로 뛰어든 관표가 주먹으로 당진진의 얼굴을 가격하려 하였다. 그러나 그 손에는 약간의 진기가 모아져 있을 뿐 절명금강독공을 익힌 당진진에게 위협이 될 만한 힘은 없었다.

굳이 피할 이유가 없는 주먹이었다.

관표의 주먹이 당진진의 얼굴 근처에 왔을 때였다.

그의 손이 확 펴지면서 그의 손에 있던 병 하나가 당진진의 얼굴에 맞으며 깨졌다. 물론 그 정도로는 당진진에게 어떤 고통도 줄 순 없을 것이다.

병이 깨지는 순간이었다.

병 안에 있던 액체가 당진진의 얼굴과 몸을 덮치는 순간 당진진의 얼굴과 몸이 급격하게 얼기 시작했다.

병 안에는 천음빙한수가 들어 있었다.

빙한수로 만들었지만 오히려 빙한수보다 더 음하다는 천음빙한수는 한 방울로 작은 호수 하나를 얼릴 수 있을 정도로 무서운 음기를 지닌 액체였다.

제아무리 금강불괴라도 급격하게 얼려 버릴 수 있는 극음지기라 할 수 있었다. 당진진의 몸이 급격하게 얼어갔다.

물론 그 정도로 당진진이 죽진 않을 것이다.

관표는 자신의 모든 진기를 끌어 모아 진천무적강기를 펼쳤다.

단 한 번 펼칠 수 있는 진기가 남아 있을 뿐이었다. 만약 여기서 조금 더 진기를 끌어 모으면 독에 대항할 수 없을 것이고 한순간에 한 줌의 독수로 변해 죽을 것이다.

'퍽' 하는 소리와 함께 냉동 상태의 당진진은 관표의 강기에 격중되어 뒤로 날아갔다. 얼지 않은 상태라면 지금 관표의 공격은 당진진에게 큰 타격을 주지 못할 것이다. 하지만 지금은 달랐다.

급속하게 얼어버린 천음빙한수의 한기는 무섭다.

보통 인체의 칠 할이 물이고 당진진의 몸 안에 있는 물은 전부 얼은 상태였다.

절명금강독공이 천음빙한수에 대항하고 있지만 일시적으로 몸이 어는 것은 어쩔 수 없었다. 그리고 급속하게 언 물체는 작은 충격에도 깨진다.

당진진은 이 장이나 날아가서 땅에 처박혀 얼어버린 몸을 부르르 떨었다. 그런데 그 상황에서도 몸이 부서지지 않고 견디는 중이었다.

관표는 그 자리에 주저앉아 질린 표정으로 당진진을 바라보았다. 그러나 관표는 당진진이 결코 살아남을 수 없다고 생각했다.

갑자기 냉동되었고, 충격을 받았다. 그리고 천음빙한수 일부가 당진진의 입 안으로 들어갔다.

몸이 아니라도 내부의 장기는 깨졌을 것이다.

진천무적강기 속에 포함된 내가중수법이 그것을 가능하게 했을 것이다.

"끄아아아아아!"

귀를 찢는 비명 소리와 함께 당진진은 무섭게 몸부림치더니 갑자기 하늘로 날아올랐다. 그녀의 몸을 감싸고 있던 얼음이 떨어져 나간 채로 그녀의 신형은 어딘가로 사라져 갔다.

이성을 잃고 사라지는 당진진의 눈은 광기에 젖어 있었다.

독수가 뇌를 뒤집어놓은 것 같았다.

갑자기 허탈함이 밀려왔다.

조금 전까지 있었던 일이 꿈만 같았다.

'힘들었다. 나는 아직 멀었구나. 역시 짧은 시간 동안 익힌 무공의 한계란 어쩔 수 없구나. 제대로 터득하였지만 실용적으로 사용하는 법에 능숙하지 못하고, 아직 내 무공을 완전히 하나처럼 사용하지 못하는구나.'

자신보다 강한 상대를 만나고서야 그것을 뼈저리게 깨우칠 수 있었다. 당진진은 강했다.

만약 천음빙한수가 아니었다면 죽는 것은 자신이었을 것이다.

이 상태라면 또 다른 십이대초인을 만난다 해도 이긴다고 장담할 수 없었다.

관표는 자리에서 일어섰다.

'움직여야 한다. 여기서 운기할 순 없다. 그녀의 비명 소리를 들은 자가 있다면 누구든 이곳으로 올 것이다. 만약 먼저 도착하는 자가 적이라면 나는 죽는다.'

관표는 빠른 걸음으로 자리를 옮겼다.

근처의 지리라면 누구보다도 잘 아는 관표다.

멀지 않은 곳에 몸을 숨기고 운기를 할 수 있는 곳이 있었다.

처음부터 도망가다가 이곳에서 싸운 이유도 그 때문이었다.

당진진에 대해서는 더 이상 생각하지 않았다.

당진진이 설혹 불사지체라도 살아남지 못할 거라 믿었기 때문이다.

第八章
붙으면 끝이다

관표와 당진진이 떠난 후 정의맹과 천문의 난전은 점입가경이었다. 미온적이었던 전투는 시간이 갈수록 서로에 대한 원한을 맺어놓았고, 죽어가는 동료의 복수를 위해서, 또는 살기 위해서 필사적으로 싸웠다. 그러나 시간이 갈수록 밀리는 것은 천문이었다.

특히 하불범과 남궁일기, 그리고 이제 정신을 차린 당무염의 독 암기는 천문에게 위협적이었다.

다행히 당무염이 큰 부상을 당했기에 망정이지 그렇지 않았다면 정말 큰 피해를 입었을 것이다. 그러나 답답하기는 정의맹이 더했다. 천문의 전력이 그들의 예상치를 훨씬 넘어서고 있었던 것이다.

가장 당황스러운 것은 제갈소라 할 수 있었다.

그녀의 예상은 천문에 들어서면서부터 처음 몇 가지를 제외하고는 전부 틀어지고 있었다. 이젠 이긴다고 해도 그녀는 많은 부분에서 책임을 면할 수 없게 되었다.

매화검법을 전력으로 펼치는 하불범은 이를 부드득 갈아붙였다. 도적의 소두목을 상대로 난전을 하리란 생각은 하지도 못했었다. 구겨진 자존심은 그에게 오래도록 상처로 남을 것이다.

그것도 이번 전투에서 살아남았을 때 이야기였다.

제갈소는 머리를 싸매고 고민에 빠졌다.

별로 어렵지 않게 이길 줄 알았는데 이렇게까지 힘겨울 줄은 몰랐다. 이기더라도 약간의 피해는 원했었다.

상대가 너무 쉽게 지지 않기를 원했었다. 그래서 그 안에서 자신의 작전과 계략이 빛을 내어야 한다고 생각했었다. 그러나 지금 상황은 그녀가 원하는 것이 아니었다.

너무 큰 피해를 입고 있었던 것이다.

'어떻게 이렇게 강해질 수 있었지?'

제갈소는 이해할 수가 없었다.

그녀는 천문을 공격하기 전에 천문의 인물들을 파악했고, 그들의 무공도 파악해 놓았다. 그런데 그녀가 파악한 천문의 전력은 지금 천문의 전력과 비교하면 너무 큰 차이가 났다.

아무리 생각해도 이해할 수 없는 부분이었다.

무공이란 하루아침에 늘어날 수 있는 것이 아니다.

갑자기 무공이 는다고 해도 그 한계란 것이 있었다. 그런데 그 상식이 천문의 수장들에게는 통하지 않았다.

천문의 일반 수하들도 무섭게 무공이 늘어나 있었지만, 수장들이라고 할 수 있는 인물들의 무공은 상식적으로 이해하기 어려울 정도로 늘어나 있었던 것이다.

'더군다나 강시까지 있을 줄은 생각하지 못했다.'

그녀로서도 설마 백골노조가 천문에 있을 줄은 생각하지 못했던 것이다. 천문의 수하들 사이에 틈틈이 섞여 있는 강시들은 정말 강시라고 생각할 수 없을 정도로 움직임이 유연했고, 인간과 합벽진을 이루자 무시할 수 없는 위력을 발휘하고 있었던 것이다.

너무 인간과 비슷해서 강시가 있으리란 생각은 하지 못했었다.

그들이 강시란 것을 안 것도 전투가 벌어지고도 한참이 지나고 나서였다. 단 백여 구 정도에 불과한 강시들이었지만 그들의 활약은 눈부셨다. 그러나 무엇보다도 가장 위협적인 것은 활이었다

귀영천궁대의 활은 매서웠고, 그 활에 당한 자들이 부지기수였다. 하지만 아무리 그래도 전력상 위는 정의맹이었다.

고수들의 숫자가 그랬고, 일반 무사들의 무공 수준 차이가 있었으며, 숫자의 불균형으로 오는 전력의 차가 너무 컸다.

사방을 돌아보던 오대곤은 더 이상 버티기가 어렵다는 것을 느끼고 안색이 무겁게 변했다.

천문의 수하들 중 무려 이백여 명이나 죽었다. 그리고 백이십 구의 강시들 중 벌써 오십여 구가 완전히 파괴되었다. 더 이상 버틴다면 자칫 몰살당할 수도 있었다.

"모두 후퇴하라!"

오대곤이 고함을 치자, 천문의 사상진이 갑자기 변하였다.

사상진의 가운데 있던 귀영천궁대가 일제히 한곳을 향해 활을 쏘았고, 천문의 포위망 중 활이 집중된 곳이 헐거워지고 말았다. 그곳을 향해 살아남은 청룡단과 오대곤, 대과령 등 수장들이 앞장을 서서 포위망을 뚫었다.

천문의 수하들이 일제히 그들을 쫓아 포위망을 뚫고 도망치기 시작하였다.

"쫓아라! 절대 놓치지 마라!"

하불범과 남궁일기가 고함을 지르며 뒤를 맹렬하게 추격하려 하였다. 그러나 그들을 막아선 것은 강시들이었다.

강시들은 뒤에 처져서 정의맹을 끝까지 상대하며 천문의 제자들이 도망갈 수 있는 시간을 벌어주었다. 천문의 제자들은 앞만 보고 달리기 시작했고, 간간이 쫓아오는 정의맹 고수들은 귀영천궁대가 활을 쏘아 견제를 하였다.

신법을 펼치며 활을 쏘는 데에도 그 정확도와 힘은 위력적이었다. 하불범과 남궁일기의 눈은 분노로 활활 타오르고 있었다.

그들의 일생에서 더할 수 없는 수치를 당한 것이다.

일개 도적들과의 싸움에서 너무 큰 피해를 입었다.

이겼지만 이겼다는 생각이 들지 않았다.

"으아아!"

고함과 함께 수십 송이의 매화가 강시들을 덮치며 무려 십여 구의 강시들이 그 자리에서 머리가 터져 죽었고, 남궁일기의 검에 십여 구의 강시들이 목이 잘려 쓰러졌다.

"빨리 공격하라!"

하불범의 고함에 제갈소의 얼굴이 굳어졌다.

"멈추세요. 지금 추격하면 안 됩니다."

하불범이 노한 표정으로 제갈소를 쏘아보았다.

"지금 공격하면 안 된다니, 그 이유가 뭐요?"

"저들은 도망칠 때 조금도 당황하지 않고 일사불란했습니다. 미리 이런 상황을 예측하고 준비했다는 말이고, 저들이 도망치는 곳에는 함정이 있을 수 있습니다. 어차피 우리의 전력이 막강한 이상 굳이 무리할 필요 없이 천천히 공격해 가면 됩니다."

그 말에 남궁일기의 눈이 스산하게 변하였다.

"그걸 말이라고 하시오! 지금 수많은 정의맹 무사들이 죽었소. 그리고 저따위 산적들을 상대로 얼마나 더 시간을 끌란 말이오. 수치는 이 정도로도 충분하단 말이오."

'이 멍청한 놈아! 아직도 저들을 일개 산적이라고 생각한다면 정말 당신은 바보다. 그리고 수치를 당했으면 다음에 안 당하기 위해서라도 침착해야 할 거 아닌가.'

물론 제갈소가 속으로만 한 말이었다.

한숨이 저절로 나왔다.

눈앞에서 상대의 힘을 보았으면서도 인정하려 들지 않는다.

물론 그녀는 하불범과 남궁일기의 마음을 헤아리고 있었다.

자칫해서 많은 공을 변방의 문파인 해남파에 빼앗길 수도 있을 것이다. 그것도 초조했지만, 지금 결과가 무림에 알려진다면 화산과 남궁세가는 고개를 들기 어려울 것이다.

무려 팔백여 명이 죽었다. 그런 반면에 천문의 수하들은 겨우 이백여 명이 죽었다. 실제 당진진의 독에 당한 백 명을 제외한다면 겨우 백 여 명이 죽었다.

패한 전투라고 할 수 있었던 것이다.

상대는 후퇴를 한 것이 아니라 물러선 것이라 할 수도 있는 상황이었다.

"지금은 냉정해야 합니다. 만약 함정에 걸리기라도 하면 지금보다 더 큰 피해를 입을 수 있습니다."

하불범은 차갑게 대꾸하였다.

"이 길이 끝나는 곳까지만 쫓으면 되지. 그리고 그들이 함정을 만들었더라도 우리는 이길 수 있소."

"하지만."

"맹주가 없으면 군사 다음으로 명령을 내릴 수 있는 것은 나와 남궁형이라 할 수 있소. 그렇지 않소, 군사?"

제갈소는 한숨을 쉬고 말았다.

"추격하라!"

하불범의 고함과 함께 얼마 남지 않은 강시들을 처리한 정의맹 수하들이 일제히 달리기 시작했다.

관도에서 녹림도원까지 새로 만든 길을 가다 보면 약 백 장 정도의 돌길이 나오는데, 이곳은 땅속에 십 장 이상씩 뿌리를 박고 있는 수십 개의 거대한 바위 위를 잘라내고 만든 길이었다.

길 자체가 통 바위로 만들어졌다고 생각하면 되는 그런 길이었다. 땅속에 뿌리내린 바위가 얼마나 큰지는 길을 낸 천문의 수하들조차 짐작을 못할 정도로 대단하였다.

길은 양쪽으로 제법 큰 절벽이 있는 곳을 지나서부터 시작되어 그 길이가 약 백 장(삼백 미터) 정도 되었는데, 길은 비스듬하게 마을 바깥쪽으로 기울어져 있었으며, 어떤 용도에서인지 길 양옆으로는 한 자 높이의 돌출부가 길 끝까지 이어져 있었다. 그리고 절벽 길이 끝나는 부분, 즉 돌길의 아래쪽에 배수 처리가 되어 있었다.

마치 물이 흐르는 수로 같은 기분이 드는 돌길이었다.

천문의 수하들은 달리고 달려서 그 바윗길을 지나갔다. 그리고 그 뒤를 천여 명의 정의맹 수하들이 쫓아오고 있었다.

그들의 앞에는 하불범과 남궁일기가 서 있었다.

많이 따라붙었지만 끝까지 저항하는 강시들로 인해 지체한 시간 때문에 아직 약간의 거리가 있었다.

천문의 수하들이 절벽 길 사이로 도망하였고, 달려오던 정의맹 수하들도 절벽이 있는 곳에서부터 길의 폭만큼 저절로 도열한 채 길게 꼬리를 물고 쫓아오는 상황이 되었다.

물론 하불범과 남궁일기는 이 돌 절벽 위를 미리 조사하면서 매복이 없다는 것을 확인한 다음이었다.

절벽 길을 지나 돌길을 벗어난 천문의 수하들이 멈추었다.

더 이상 도망가기를 포기한 듯한 모습이었다.

한데 그곳에서 기다리고 있던 천문의 수하들이 있었다.

그들은 지니고 있던 화살을 귀영천궁대에 빠르게 전해주었다. 그리고 일부 천문의 수하들은 들고 있던 통을 들어 돌길에 거꾸로 무엇인가를 붓고 있었다.

통 안에 들었던 것은 물이었다.

물이 돌길을 타고 흘러내리고 있었다.

이미 그들이 오기 전부터 물을 붓고 있었던지 물은 돌길의 중간 부분을 지나쳐 흐르고 있었다.

길 양옆의 돌출부 때문에 다른 곳으로는 흘러내리지 않고 돌길을 타고 비스듬히 아래로만 흐른다. 물이 골고루 흐르기 편하게 만들어진 돌길이라 물은 길 위의 돌을 흠뻑 적시고 있었다.

하불범과 남궁일기는 천문의 수하들이 무슨 짓을 하고 있는지 알 길이 없었다. 돌길에 물이 흐른다고 어떤 문제가 있는 것은 아니었다. 그들 눈에는 귀영천궁대가 겨누고 있는 활만 보일 뿐이었다.

확실히 활은 위협적인 무기였다. 하지만 하불범이나 남궁일기는 활을 두려워하지 않았다. 쏠 테면 쏘라는 배짱으로 돌 위를 지나 공격해 갔다. 그 뒤를 정의맹 제일군의 수하들이 따른다.

이제 오십 장만 더 가면 천문의 덜미를 잡을 수 있었다.

"모두 겁먹지 마라! 활은 나와 남궁 가주가 처리할 것이다! 모두 우리 뒤를 따르라!"

고함을 치는 그들의 발아래로 물이 흘러내려 가고 있었다.

하불범과 남궁일기는 단숨에 달려가려는 듯 신법을 펼쳤으며 그 뒤의 정의맹 수하들도 일제히 신법을 펼쳤다. 그러나 그 다음에 일어난 일은 정말 상상을 불허하는 것이었다.

먼저 앞쪽에서 신법을 펼쳤던 자들 중 하불범과 남궁일기는 갑자기 발이 땅과 붙어버리고 말았다.

그 힘에 의해 신고 있던 가죽신이 뜯어져 나가면서 불과 삼 장도 못가서 땅에 서야만 했다.

두 사람이 신고 있던 가죽신은 땅에 완전히 붙어 있었다. 그뿐이 아니었다. 물이 있던 곳에 있던 정의맹 수하들은 허공으로 몸을 솟구치다 앞으로 고꾸라지거나 신이 벗겨지면서 불과 몇 장 정도 가서 바닥에 내려서야만 하였다.

때가 때인만큼 신발 안에는 보통 아무것도 신지 않은 사람들이 많았다. 그들도 허공에 뜬 이상 어차피 다시 바닥에 내려서야만 하였다. 그리고 뒤에서 신법을 펼쳤던 자들은 내려서야 할 곳에 동료들이 있어서 당황하였고, 그들에게 걸려 엎어지고 무너졌다.

한바탕 소란이 있은 다음에 벌어진 일은 정의맹 수하들을 경악 속으로 몰고 갔다.

서로 얽히고설킨 상황에서 땅바닥에 붙어버린 사람들이 속출하고 있었다. 그리고 그들을 향해 일제히 화살이 날아왔다.

음양접의 가공할 접착력은 용서란 것이 없었다.

물의 양과 음양접의 양으로 시간을 조절할 수 있는 접착력의 가공함은 이미 이전에 증명이 되었던 바가 있었다.

순식간에 수백여 명이 땅에 붙었고, 특히나 앞장서서 달려오던 정의맹 고수들은 거의 전부 바윗길 위에 붙어버렸다.

엎어져서 손까지 땅에 붙은 자.

아예 앞면이 다 붙은 자가 있는가 하면, 상황에 놀라 물을 밟고 동료의 머리 위로 신형을 날렸던 몇몇은 신법을 펼칠 땐 작용하지 않던 음양접이 동료의 몸에 내려서기 전에 작용하여 동료와 붙어버리는 경우도 있었다.

땅을 짚었다가 얼결에 앞사람을 잡아 함께 붙어버린 자도 있었다. 이거야말로 아비규환이라 할 만했다.

하불범과 남궁일기부터 이미 땅바닥에 붙어버린 상황이었다.

연자심의 입가에 회심의 미소가 어렸다.

정말 세상에 저런 신기한 물건이 있으리라고 누가 짐작을 했겠는가.

땅에 붙지 않은 약 오백여 명의 정의맹 수하들이 길을 돌아 뛰어오고 있었지만, 그들 중에 위협적인 고수는 그리 많지 않았다. 천문에 위협이 되었던 고수들은 당연히 앞장을 서서 쫓아왔고, 지금은 돌길 위에 전부 붙어 있었다.

연자심은 하불범과 남궁일기를 가리키며 명령을 내렸다.

"먼저 저 두 사람을 향해 활을 쏘아라!"

약 수십여 발의 화살이 두 사람을 향해 한꺼번에 날아왔다.

하불범과 남궁일기 두 사람의 얼굴이 사색으로 변했다.

지금 오백여 명의 무사들이 필사적으로 뛰어오고 있었지만 화살은 그보다 더 빨랐다.

두 사람의 검이 허공을 완전히 차단하며 엄밀한 방어막을 형성하였다.

타다닥!

소리와 함께 수십 발의 화살들이 바닥에 떨어졌다. 하지만 시위를 당긴 연자심의 활은 아직 그대로였다.

'피융' 하는 소리와 함께 연자심의 철궁을 떠난 화살이 하불범을 향해 날아갔다.

정신없이 화살을 튕겨내며 조금 안심하던 하불범은 갑자기 날아오는 연자심의 화살에 대경실색하여 검으로 날아온 화살을 쳐내려 하였다. 그러나 화살의 힘은 그의 상상 이상으로 강했다.

바람을 가르며 날아오는 화살의 힘을 느낀 하불범은 온 힘을 그 화살에 집중해야 했고, 그 바람에 다른 화살들 일부를 막을 수 없었다.

'탕' 하는 소리와 함께 연자심의 화살이 튕겨 나갔고, 동시에 두 발의 화살이 하불범의 몸에 꽂혔다.

'퍽', '퍽' 하는 소리와 함께 하나는 어깨에, 하나는 허벅지에 꽂혔다. '크윽' 하는 신음을 흘리는 순간 연자심이 쏜 두 번째 화살이 하불범의 왼쪽 눈에 들어가 박혔다.

얼결에 날아온 화살을 손으로 잡았지만 손바닥을 찢으며 눈에 들어가 박힌 것이다. 그나마 손으로 잡지 않았다면, 눈이 아니라 머리에 관통하고 말았을 것이다.

"으으으!"

하불범이 짐승 같은 신음을 흘렸다.

길옆으로 달려온 오백여 명의 정의맹 수하들이 천문의 수하들과 겹쳐지며 다시 한 번 전투가 벌어지고 있었다. 그러나 그것을 보는 남궁일기는 절망하고 있었다.

이미 고수가 없는 정의맹이 천문을 이기기란 쉽지 않다는 것을 깨우친 것이다.

'그러나 아직 정의맹의 고수들이 여럿 남아 있다.'

남궁일기가 그 생각을 했을 때였다.

"쳐라!"

고함과 함께 길 저편에서 백여 명의 기마대가 나타났다.

맨 앞에는 선풍철기대 대주 귀령단창(鬼靈短槍) 과문(果忞)이 위맹한 모습으로 앉아 있었으며, 그의 뒤로는 창을 든 철기대의 수하들이 눈에 살기를 띠고 정의맹 수하들에게 달려들었다.

그리고 귀영천궁대와 지금까지 힘들게 싸워왔던 천문의 수하들이 철기대에게 길을 열어주며 옆으로 빠지고 있었다.

"으아아아!"

괴성과 함께 말을 몰아온 과문은 정의맹의 고수들 중 그래도 고수 축에 든다는 맹호금검(猛虎金劍) 가담휘를 향해 달려들었다.

제일군에 속한 십대당주들 중 유일하게 온전한 자였다.

가담휘는 자신에게 달려드는 과문을 향해 검을 들었다.

말을 몰아 달려오던 과문이 들고 있던 창을 갑자기 던졌다.

생각지도 못했던 가담휘는 멍청하게 선 채로 그 창을 맞이해야만 했다.

'퍽' 하는 소리와 함께 창은 가담휘의 심장을 관통하였다.

달려온 과문이 한 번에 창을 뽑아 들었다.

가담휘가 천천히 쓰러지고 있었다.

그는 그때까지도 검을 든 채 과문을 노려보고 있었다.

정의맹 수하들의 얼굴이 굳어졌다.

"쳐라! 천문의 힘을 보여줘라!"

과문의 고함 속에서 철기대는 폭풍처럼 정의맹을 휩쓸고 있었다. 그리고 옆으로 비켜섰던 천문의 또 다른 수하들이 합세한다. 남궁일기의 얼굴이 검게 타 들어가고 있었다.

뒤늦게 도착한 제갈소와 당무염은 처절한 상황을 보고 안색이 일변하였다.

"짐작은 했지만, 이건……."

제갈소는 말을 맺지 못했다.

당무염 또한 마찬가지였다.

무엇보다도 화산 장문인 하불범의 처절한 모습이 가장 먼저 보인다. 당무염은 화살 맞은 자리가 다시 욱신거리는 것 같았다.

제갈소는 얼른 정신을 차리고 당무염을 보면서 말했다.

"당가주께서는 빨리 저들을 구해주십시오."

당무염이 놀란 표정으로 제갈소를 보았다.

"무슨 소리요?"

"당문은 저들을 구할 수 있을 것이라고 생각합니다."

당무염의 표정이 굳어졌다.

확실히 당문에는 저들을 구할 수 있는 방법이 있었다. 그러나 제갈소가 그것을 어떻게 안단 말인가?

"이상하게 생각할 것 없습니다. 이미 이전에 당 소문주가 저런 류의 이상한 약에 당했다는 이야기를 들었었고, 이런 쪽으로 천하제일가라는 당문이라면 지금쯤은 무엇인가 해결책을 구해놓지 않았을까 짐작한 것뿐입니다."

당무염은 가볍게 숨을 내쉬면서 뒤에 있는 몇 명의 당문 가솔들에게 명령을 내렸다.

"너희들은 빨리 가서 저분들을 구해라! 우선적으로 하 문주님과 남궁 가주님, 그리고 당문의 가솔들과 신분이 높은 정의맹의 고수들순으로 구해와라!"

당문의 가솔들이 땅바닥에 붙어 있는 정의맹 고수들에게 달려갔다. 그들은 주변에서 돌을 들어 길에 던지면서 그 돌을 밟고 하불범과 남궁일기에게 다가섰다.

눈을 비롯해서 세 군데나 화살을 맞은 하불범은 제 스스로 화살을 뽑아냈지만, 그 모습은 실로 처참했다.

화살 맞은 눈은 그가 뽑은 화살과 함께 뽑혀 바닥에 구르고 있었고, 그곳에서 흐르는 피로 인해 얼굴은 선홍빛 피로 범벅이 되어 있었으며, 다른 한쪽 눈에서는 분노의 눈물이 흘러 피와 섞이고 있었다.

다가선 자들 중 책임자인 당선은 하불범에게 다가서며 말했다.

"문주님, 전 당문의 당선이라고 합니다. 잠시만 참고 계십시오. 곧 구해 드리겠습니다."

하불범이 질러대던 괴성을 멈추었다. 그래도 대화산의 장문인답게 당선의 한마디를 듣고 침착해진 것이다.

당문의 가솔들은 허리에 찬 가죽 주머니를 꺼내 바닥에 뿌렸다.

부글거리는 거품이 일어나며 잠시 후 하불범과 남궁일기를 비롯해서 수십 명의 고수들은 음양접의 저주로부터 벗어날 수 있었다. 그러나 그 외의 사람들은 방법이 없었다.

당문이 준비한 약은 그것이 전부였던 것이다.

오랫동안 연구를 해서 음양접을 상대할 수 있는 약은 만들었지만, 약의 재료가 귀하고 비쌀 뿐만 아니라, 제조를 하는 데 들어가는 시간도 너무 많이 걸리는 단점이 있었던 것이다.

결국 당문의 가솔들이 구해낸 정의맹 고수들은 하불범과 남궁일기를 비롯해서 모두 삼십여 명이 전부였다. 그 외의 사람들은 발을 자르고 나오던지 아니면 동료의 살을 도려내고 밖으로 뛰어나와야만 하는 상황이었다.

엎어져서 얼굴과 하체가 같이 땅에 붙은 사람들은 조금 난감할 것이다.

그나마 발만 붙은 사람은 붙은 부분을 잘라내고 신법으로 뛰어나와야 하는데, 발을 자르고 신법을 펼칠 수 있을지는 미지수였다. 아니면 그냥 그렇게 붙어서 평생을 살아야 할지도 모른다.

아직 돌길 위에 붙어 있는 정의맹 수하들은 대략 삼백여 명이었다.

제갈소는 하불범을 비롯해서 삼십여 명의 고수들이 구출되자 당무염을 보고 말했다.

"이제 퇴각해야 합니다. 지금은 아무리 싸워도 승산이 없습니다."

당무염 역시 지금 상황에서는 어쩔 수 없다는 것을 알고 있었다. 정의맹 수하들이 거의 일방적으로 몰리고 있었던 것이다.

"하지만 군사, 퇴각을 하면 돌아간 천문의 고수들이 후위로 돌아간 이군의 뒤통수를 칠지도 모릅니다. 그리고 저기 붙어 있는 자들은……?"

제갈소가 고개를 흔들었다.

"제이군은 여기와는 다를 것입니다. 우선 그곳엔 삼검과 당문의 전대 장로이신 당화 어른이 계십니다. 그리고 천문의 주력은 이곳으로 집중되어 있을 것이니 큰 어려움은 없을 것입니다. 이제 저들도 곧 그곳의 소식을 들을 터이니 우리를 쫓지는 못할 것입니다. 저들은 바로 돌아가서 그곳을 도와야 할 것입니다. 그때 우리가 다시 저들의 뒤를 쫓으면 됩니다. 앞뒤에서 저들을 협공할 수 있을 것입니다. 그리고 그 후에 붙어 있는 사람들을 구하면 됩니다."

당무염은 제갈소의 말이 일리가 있다고 생각했다.

이군의 전력이면 벌써 천문을 완전히 정복하고 자신들을 도우러 오는 중일 확률도 아주 높았다.

중요한 것은 일군의 피해를 최소한 줄이는 것이라 하겠다.

자칫하면 몰살당할 수도 있는 상황으로 몰린 것이다.

"모두 후퇴하라!"

당무염의 고함이 쩌렁하게 울려 퍼지며 정의맹의 수하들이 뒤로 급하게 물러서기 시작했다. 그러나 거의 삼백 가까운 정의맹 수하들은 길바닥에 붙은 채 그대로 있어야 만했다.

도망가고 싶어도 도망갈 수가 없었던 것이다.

제갈소를 비롯해서 후퇴하는 정의맹 수하들 중 온전한 자는 겨우 백십여 명이었고, 크고 작은 부상을 당한 삼백여 명을 합해도 총 인원 사백여 명 정도였다.

천팔백여 명 중 거의 삼백 명 정도는 땅에 붙어 있었으며, 천 명이 넘는 수하들이 죽었다. 오대당주가 전부 죽었고, 하불범은 한쪽 눈을 잃고 중상을 당했다.

당무염도 적잖은 부상 중이었고, 남궁일기만 큰 부상을 당하지 않은 상태였다. 결국 후퇴를 하는 정의맹 후위는 남궁일기와 당무염의 독암기가 맡아줘야만 했다. 어차피 천문은 그들을 쫓을 생각도 없었다.

지금 정의맹이 도망가는 곳은 절벽 길을 지나서 길옆의 숲으로 숨어

들고 있었다. 만약 숲으로 쫓아갔다가 당문의 암기 공격이라도 받게 된다면 피해가 커질 것이다.

그것도 문제였지만 지금 녹림도원의 바로 앞에서 천문의 이조와 정의맹의 이군이 전투를 벌이고 있다는 소식을 들었기 때문이다.

벽력철부 오대곤은 관표의 안위가 걱정되었지만 지금은 그것을 얼굴에 표현할 수가 없었다.

지금은 그저 문주를 믿을 수밖에 없었다.

자신들의 실력으로 문주와 당진진을 찾아 나서보았자, 별 도움도 안 될 것이고 무엇보다도 이군을 도와주어야 하기 때문이었다.

이미 전투 전에 이런 상황에 대해서 서로 작전을 짠 것이 있었고, 지금은 그 작전대로 이군을 도울 때였다.

"빨리 돌아가자! 돌아가서 형제들을 도와주어야 한다!"

그의 고함과 함께 천문의 수하들이 썰물처럼 뒤로 물러섰다.

第九章

날을 세워 활력을 주지 않은 검은 장식품에 지나지 않는다

"모두 멈추어라!"

제갈소의 고함과 함께 숲 안으로 한참을 도망치던 정의맹 제일군이 일제히 멈추었다. 잠시 호흡을 가다듬은 그녀는 남궁일기와 당무염을 보면서 말했다.

"잠시 쉬면서 운기조식을 한 다음, 우리는 이제 저자들의 뒤를 쫓아야 합니다. 그래서 저자들이 정의맹 이군을 공격할 때 뒤에서 협공을 해야 합니다. 지금은 남궁 가주님께서 이들을 지휘해 주셔야 할 듯합니다."

남궁일기가 생각해도 좋은 방법인지라 호쾌하게 대답을 했다.

"그렇게 합시다."

"그럼 부탁드립니다. 그리고 저들 중에 머리가 뛰어난 자가 있는 것 같습니다. 그렇다면 아직도 함정이 있을지 모르니 조심해야 합니다. 급히 서두를 필요는 없습니다. 여기는 당 가주님께서 부상자들과 함께 남아 당분간만 관리해 주십시오."

당무염이 굳은 표정으로 고개를 끄덕였다.

생각 같아서는 자신도 나서고 싶었다. 그리고 무엇보다도 당진진의 안위가 걱정이었다. 그러나 어차피 부상당한 자신이 할 일은 별로 없었다.

"그럼 부탁드립니다. 전 남궁 가주님과 함께 저들의 뒤를 쫓아가겠습니다."

"그렇게 합시다."

일단 당무염의 확답을 들은 제갈소는 발빠르고 날랜 무사 다섯을 뽑아 지금 상황을 이군에게 알리게 하였다. 무엇보다도 음양접에 대한 위험은 미리 알려줘서 혹시라도 있을 일에 대비하게 해야만 했던 것이다.

다섯 명이 먼저 떠난 후, 남궁일기와 당무염, 그리고 제갈소 등은 부상자들을 치료하고 잠시 동안 휴식을 취하였다. 당무염은 하불범을 치료하느라 휴식 시간을 다 허비하였다.

다행히도 한 눈을 잃은 것 외에는 치명적인 부상은 없었다.

약 일각 후 남궁일기와 제갈소는 정의맹 수하들을 다시 정비하였다. 중상자들을 빼고 싸우는 데 지장이 없을 정도의 경상자들을 포함한 정의맹 일군의 숫자는 약 삼백오십여 명.

천팔백 명의 당당했던 처음과는 달리 초라한 모습이었다,

제갈소는 한숨이 나왔지만, 지금은 그것을 따질 때가 아니었다. 사

실 그 누구도 천문의 무사들이 이렇게 강하리란 생각은 짐작조차 하지 못한 일이었다.

"그럼 부디 좋은 결과가 있기를 바랍니다. 나는 여기서 두 분만 믿고 기다리겠습니다."

당무염의 말에 제갈소가 허리를 숙이며 말했다.

"하 문주님과 이곳을 잘 부탁드립니다."

"여긴 너무 걱정 마시오."

"이제 그만 우리는……."

"잠시 기다리시오."

제갈소가 인사를 끝내기도 전에 남궁일기가 표정을 굳히며 말했다. 당무염 또한 무엇인가를 느꼈는지, 딱딱한 표정으로 남궁일기를 마주본다.

제갈소는 두 사람의 표정을 보고 무엇인가 심상치 않은 일이 벌어지고 있다는 것을 눈치채고 말을 멈추었다.

남궁일기가 고함을 지르며 길옆의 숲을 노려보았다.

"누구냐? 모습을 나타내라!"

그의 말이 떨어지자 잠시 후 여기저기서 기척이 들리더니 숲에서 수많은 사람들이 나타났다.

모두 붉은색 옷차림의 그들은 허리에 검을 차고 있었는데, 이백여 명이나 되었다. 그들의 맨 앞에는 당당한 체격의 남자가 맹호의 탈을 쓰고 서 있었는데, 그의 허리에는 검 한 자루가 걸려 있었다.

"웃!"

신음과 함께 남궁일기와 당무염이 뒤로 한 발씩 물러섰다. 제갈소가

의아한 표정으로 두 사람을 바라보았다.

남궁일기와 당무염의 표정이 딱딱하게 굳어 있었다.

제갈소는 그들의 표정을 보고 불안함을 느꼈다.

남궁일기가 물었다.

"너희들은 누구냐?"

맹호탈의 남자가 대답하였다.

"네놈은 그걸 물을 자격이 없다."

제갈소는 말 속에 지금처럼 감정이 들어 있지 않은 목소리를 들어본 기억이 없었다. 듣기에 따라선 목소리만으로도 상대를 완전히 무시한 듯한 느낌이 드는 그런 목소리였다.

남궁일기의 눈썹이 곤두섰다.

"대체 네놈이 얼마나 대단한 인간이기에 말을 함부로 하는 것이냐?"

맹호탈의 남자는 남궁일기를 아래위로 훑어보다가 그가 들고 있는 검을 바라보았다.

"창궁검이군. 네놈은 남궁소한과 어떤 관계냐?"

남궁일기의 표정이 굳어졌다.

남궁소한이라면 바로 남궁일기의 아버지로 남궁세가의 전대 가주였다. 설마 여기서 자신의 아버지 이름이 나올 줄은 생각하지 못했다. 더군다나 상대의 말투와 목소리는 자연스런 하대였다.

남궁일기는 상대가 자신의 어버지와 아는 사이임을 알자 감히 함부로 하지 못하고 머뭇거렸다.

제갈소가 앞으로 나서며 말했다.

"소녀는 제갈세가의 제갈소라고 합니다. 노선배님께서는 혹시 저희 정의맹에 볼일이 있으신지요? 저희들에게 볼일이 없다면 저희는 이만 돌아갔으면 합니다."

예의 바른 목소리였다.

맹호탈의 사내가 제법이군, 하는 시선으로 제갈소를 바라보았다.

"제갈가의 머리가 대단하다고 하더니 입도 그에 못지않구나. 하지만 나는 너희들에게 볼일이 있다. 그러니 가고 싶거든 내가 시키는 대로 한 다음 가면 된다."

남궁일기와 당무염, 그리고 제갈소의 안색이 더욱 굳어졌다.

상대가 누구인지 짐작을 할 수가 없었으며, 어떤 볼일인지 짐작하기가 어려웠다.

"무슨 일인지 말씀하십시오."

"간단하다. 너희들은 지금부터 나에게 충성을 맹세하고 내가 주는 약 한 알씩을 먹으면 된다."

제갈소를 비롯해서 정의맹 수하들의 안색이 변했다.

"네놈이 미쳤구나?"

당무염의 얼굴이 파르르 떨렸다.

제갈소가 한숨을 쉬었다.

상대는 많은 것을 알고 있었고, 처음부터 자신들을 노리고 나타났다는 것을 알았다. 그리고 이들은 충분히 자신이 있기 때문에 나타났으리라.

"물론 그 약은 만성독약으로 일정 기간에 한 번씩 해약을 먹어야 하겠지요."

"잘 아는군."

"아무래도 우린 싸워야 할 것 같습니다."

"싸우면 한 명도 살아남지 못할 것이다. 사실 나는 귀찮아서 모조리 죽이는 것을 좋아하긴 하지만."

맹호탈 사내의 태연한 말에 제갈소는 할 말을 잃었다.

듣고 있던 남궁일기의 동생인 구호애검 남궁도형이 참지 못하고 나서며 고함을 질렀다.

"참으로 미친놈이구나! 대체 네놈은 누구냐?"

"어린 놈이 죽고 싶은가 보군."

"이놈이!"

거기까지였다.

맹호탈 사내의 허리에 걸려 있던 검에서 번쩍 하는 섬광이 일었다가 사라졌다. 말을 하던 구호애검 남궁도형이 갑자기 입을 다물었다. 그리고 천천히 그의 목이 땅으로 떨어졌다.

뭐가 어떻게 된 것인지 제대로 본 사람은 아무도 없었다.

"이기어검술."

"시… 심어검."

외눈으로 고통을 감내하며 상황을 지켜보던 하불범과 남궁일기의 입이 쩍 벌어졌다. 남궁일기는 너무 놀라서 죽은 자가 자신의 동생이란 사실까지도 망각하고 있었다.

당무염 역시 가슴이 덜컥 하는 것을 느꼈다.

제갈소 역시 더 이상 침착할 수 없었다.

허리에 있던 검이 저절로 날아가 남궁도형의 목을 치고 돌아갔다.

너무 빨라서 검의 흐름을 제대로 본 사람은 아무도 없었다.

하불범과 남궁일기조차 제대로 보지 못했으니 다른 사람이야 더 말할 필요가 없으리라. 하지만 검이 저절로 날아가 남궁도형을 죽였다는 것은 알 수 있었다.

검이 저절로 날아가 상대를 죽이는 경지.

검에 손조차 대지 않았다.

이는 어검술의 경지 중에서도 최상승의 경지라는 심어검의 경지가 분명했다. 검이 살아서 움직인다는 전설의 경지를 보고 난 하불범과 남궁일기는 물론이고 정의맹 수하들은 모두 그 자리에서 얼어붙었다.

'심어검의 경지에 이른 고수라니.'

제갈소는 머리가 지끈거리는 기분이었다.

그렇지 않아도 천문의 일이 실패하고 나서 조바심을 느끼던 중이라 더욱 당황스러웠다. 고개를 돌려보았다.

세상에 심어검을 펼칠 수 있는 고수가 몇이나 있을까?

가능성이 있다면 이 세상에는 단 세 명뿐이었다.

한 명은 여자고 한 명은 정파의 명숙이라고 알려져 있으니 둘을 빼면 한 명만 남는다.

제갈소는 얼른 포권지례를 하면서 말했다.

"혹시 검종(劍宗) 요보동 선배님이 아니십니까?"

"그래도 눈치 빠른 계집이군."

그 한마디에 제갈소를 비롯해서 정의맹의 고수들은 모두 절망을 느꼈다.

검종 요보동.

무림오대천 중 서림이라 불리는 검림(劍林)의 림주로 마검의 대종사라 일컬어지는 자였다.

천검(天劍) 백리장천(百里匠天), 그리고 불괴(佛怪) 대비단천(大裨斷天) 연옥심과 함께 무림삼대검성이라고 불리는 자들 중 한 명이 바로 그였다.

검을 뽑으면 반드시 상대를 죽인다고 해서 일검일살(一劍一殺)이라 불리기도 하였다.

당진진이 없는 지금 정의맹에서 검종을 상대할 수 있는 고수는 전혀 없다고 할 수 있었다. 더군다나 서림이라 불리는 검림의 고수들이 이백이나 되었다.

복장을 보자 이제야 그들이 검림의 살수들로 세상에 죽음의 붉은 꽃이라고 불리는 적검대란 것을 깨우칠 수 있었다.

모두 나이 육십이 넘은 고수들로 이루어진 적검대는 세상에 단 세 차례 출현해서 그때마다 하나씩의 신화를 만들어냈었다. 처음 그들은 사천의 패자라는 흑마천을 몰살시켰고, 사십 년 전에는 오대세가와 필적한다는 구문세가를 세상에서 지워 버렸다.

가장 최근이라면 불과 십 년 전에 구대문파 중 하나인 공동파를 완전히 쓸어버렸다. 덕분에 공동파는 거의 멸문하다시피 하였고, 해남파가 새롭게 구대문파의 대열에 끼게 되었던 것이다.

특히 치료를 받고 한쪽에 앉아 있던 하불범의 볼이 심하게 떨리고 있었다. 검종이라면 화산과도 잊을 수 없는 인연이 있었던 것이다. 화산파 전대의 최고고수들이라는 삼검일수가 바로 검종에게 패한 후 은거에 들어갔었다.

그런 검종이 이곳엔 웬일이란 말인가? 그리고 검종이 정의맹을 적대시하는 이유를 알 수가 없었다.

아무리 머리 좋은 그녀라도 모든 것이 의문스러웠다.

제갈소가 불안한 시선으로 검종을 보면서 물었다.

"요 대선배님께서는 우리를 적대시하는 이유가 무엇입니까?"

"그건 간단하다. 내가 검종 이전의 신분이 전륜살가림의 검제이기 때문이다."

제갈소는 물론이고 남궁일기를 비롯해서 하불범과 당무염의 안색이 창백하게 변했다.

그것이 사실이라면 이제 더 이상 피할 방법이 없었다.

제갈소는 두근거리는 가슴을 억누르며 빠르게 머리를 돌리기 시작했다.

위기였다.

힘으로 빠져나갈 수 없는 상황이라면 머리로 빠져나가야 한다. 그건 군사인 자신이 해야만 하는 일이었다.

"선배님께선……."

그녀는 말을 멈추었다.

제갈소의 앞에 검종이 서 있었다.

오 장의 거리를 격하고 마치 처음부터 그 자리에 있던 것처럼 서 있는 검종의 모습을 보고 제갈소의 얼굴이 파랗게 질렸다.

"나는 말 많은 계집이 싫다."

그의 말이 끝났을 때 제갈소의 몸이 둘로 분리되어 쓰러진다.

피가 사방으로 튀어나갔지만 어느 누구도 몸을 움직이지 못했다.

꿀꺽.

정의맹 수하의 침 넘어가는 소리가 유난히 크게 들려왔다. 잔인하고 명쾌한 검종의 일검 앞에 정의맹의 고수들은 스스로 무력해지는 것을 감추지 못했다.

어느 누구도 검종의 앞에서 검을 뽑으면 일 초를 견디지 못할 것 같았다.

남궁일기가 하불범을 바라보았다.

하불범은 그의 시선이 전하는 뜻을 깨달았다.

협공. 움직일 수 있으면 움직여야 한다.

어차피 혼자서 상대할 수 있는 자가 아니었다.

남궁일기의 시선이 이번에는 당무염을 향했다.

당무염 역시 미미하게 고개를 끄덕였다.

그 역시 협공 이외에는 방법이 없다는 것을 안 것이다.

부상자가 둘이나 된다고 해도, 삼 파의 장문인이 협공을 한다면 제아무리 검종이라고 해도 쉽게 이길 수 없을 것이다. 그리고 거기에 더해서 화산칠매의 여섯째이자, 하불범의 사제인 상문고검(喪門孤劍) 왕자청이 가세를 하였다.

사 대 일.

검종 요보동이 맹호탈을 벗으며 말했다.

"서로 의견 일치를 한 것 같군. 그럼 이제 협공하기로 한 놈들은 모두 앞으로 나서라! 나를 이기면 우린 그냥 돌아가겠다."

날카로운 인상의 중년인.

당연히 보이는 모습이 그의 나이는 아닐 것이다.

아마도 탈태환골하면서 젊어졌으리라.

남궁일기가 창궁검을 뽑으며 말했다.

"선배가 약속을 지키리라 믿겠습니다."

"당연하지."

하불범과 왕자청이 남궁일기와 함께 앞으로 나서며 검종을 포위하였다.

당무염은 조금 뒤로 물러서서 품 안의 장갑을 꺼내 낀 다음, 작은 주머니를 꺼내 들었다.

독 암기가 든 주머니일 것이다.

"준비가 되었으면 시작을 해볼까?"

검종의 입가에 야릇한 웃음기가 번졌다.

그의 손에는 언제 들었는지 자신의 수라귀검(修羅鬼劍)이 들려 있었다. 오랜만에 피 맛을 본 그의 검이 작은 소리로 흐느끼는 것을 느낀 것이다.

손을 통해 울려오는 울음은 마치 아름다운 여인의 속삭임처럼 검종의 가슴속으로 스며온다.

검은 피를 원하고 있었다.

세 명의 고수가 포위를 하였지만 검종의 모습은 너무도 태연하였다. 마치 아무도 없는 벌판에 홀로 서서 바람의 향기를 만끽하는 모습이랄까? 그의 세상엔 세 명의 고수가 큰 존재감으로 영향을 주지 못했던 것이다.

하불범은 시간이 지날수록 자신의 의지가 무너지는 것을 느꼈다.

그것은 네 명의 고수 모두 느끼고 있는 공통점이었다.

'위험해도 선공을 해야 한다.'

결심을 굳힌 남궁일기가 눈짓을 하자 검종 요보동을 포위하고 있던 세 고수의 호흡이 어느 순간 일치되었다.

세 명의 검이 삼재진의 원리에 따라 일제히 허공을 갈랐다.

하불범의 검에서 뿌려진 삼십여 송이의 매화가 하늘에 수를 놓았다가 마치 암기처럼 검종의 몸을 향해 쏘아져 간다. 이것이 바로 매화팔기검법의 제칠초인 매화만천(梅花滿天)이요, 스무 송이의 매화가 회오리치면서 바람과 함께 밀려가니, 이것이 바로 왕자청이 가장 자신있게 펼칠 수 있는 매화팔기검법의 오초식인 매화선풍(梅花旋風)이었다.

그리고 검종 요보동의 정면에서 남궁일기의 검이 직진하면서 그 검첨에서 수십 가닥의 실 같은 검기가 뿜어져 검종의 사혈을 노리고 공격해 가는데, 이는 바로 창궁무애검법의 절초인 창궁선기(蒼穹線氣)였다.

보고 있던 정의맹 수하들은 자신도 모르게 환성을 내질렀다.

날카롭고 아름다운 검법. 그리고 그 속에 웅크리고 숨은 살기가 겹쳐지면서 보는 사람들의 눈을 현혹시켰다.

검종의 눈이 침착하게 가라앉았다.

매화가 난무하고 검기가 가득한 허공에 일 점의 피할 곳도 없어 보였다. 그의 감각이 짜릿한 전율과 함께 위험을 경고하였으며, 동시에 한 가닥의 진기가 그의 손을 타고 그의 검에 주입되었다.

검봉이 일검양단의 기세로 허공을 향했다가 그의 앞에서 원을 그리며 돌아갔다.

검이 돌아가는 방향을 따라 검강이 형성되면서 화려했던 매화들이 그 검막에 튕겨 나갔다.

귀혼수라검법의 제구초인 귀혼검막(鬼魂劍幕)이었다.

"거… 검막."

남궁일기가 놀라서 말을 더듬을 때 검종의 검이 다시 한 번 움직였다. 순간 하늘에 귀곡성이 울리면서 열 가닥의 섬광이 세 명의 사혈을 노리고 폭사되었다.

세 명의 고수가 이를 악물고 검을 휘두르며 대항하였지만 섬광은 빠르고 날카로웠다. 먼저 하불범의 손이 잘려 나갔다.

남궁일기는 땅바닥을 다섯 바퀴나 뒹굴어 겨우 피해낼 수 있었다. 왕자청은 당무염이 던진 열 개의 금전표가 도와주면서 겨우 살아남을 수 있었지만, 세 군데나 엄중한 검상을 입어야 했다. 그러나 위험은 사라진 것이 아니었다.

섬광이 지나간 자리에 심어검이 펼쳐졌다.

'우웅' 하는 소리와 함께 날아온 검이 왕자청의 목을 날렸다.

그 순간 던진 수십 개의 암기가 요보동의 전신을 뒤덮었다.

당가의 비전인 만천화우가 펼쳐진 것이다.

아직 칠성의 경지였지만, 당가의 암기술 중 최고라고 불리기에 조금도 손색이 없었다.

바닥을 구르던 남궁일기는 그 모습을 보자, 어떻게 하든 당무염을 도울 생각에 요보동의 심장을 향해 검을 던졌다. 전신의 내공을 모두 끌어 모아 승부를 건 것이다.

어차피 시간을 끌수록 힘들어진다는 것을 알기 때문이었다.

창궁무애검법의 창궁비류혼(蒼穹飛流魂)은 비검술의 절정이라고 알려진 절기였다. 남궁일기의 창궁검은 땅과 세 치의 높이를 유지하며 요보동의 자리를 노리고 날아갔다.

천지 사방을 가득 메운 당무염의 암기와 절묘한 조화였다.

온몸을 검막으로 막을 수는 없을 것이다.

요보동이 심어검으로 왕자청을 공격하는 순간 창궁비류혼이 펼쳐졌지만, 요보동의 검은 남궁일기의 창궁검보다 더 빨리 돌아왔다. 검이 손에 잡히는 순간 요보동의 검이 하늘에 검막을 치며 만천화우를 막아갔고, 그 틈을 파고든 창궁검이 교묘하게 요보동의 다리를 공격해 왔다.

요보동의 몸이 검을 피해 하늘로 솟구쳤다.

창궁검이 빠르게 선회하며 요보동을 아래에서 위로 공격해 갔다. 그리고 그와 때를 같이 해서 다시 한 번 당무염의 만천화우가 펼쳐졌다. 이젠 암기가 없어서 더 이상 만천화우를 펼칠 수도 없을 것이다. 무리해서 암기술을 펼친 탓인지 화살 맞은 곳이 다시 터져 피가 나오고 있었지만, 그것에 신경 쓸 겨를은 없었다.

하불범 역시 성한 손으로 매화검법을 펼쳐 협공을 해왔다.

그리고 그때 모든 사람들은 보았다.

허공에 아름다운 꽃이 만들어지는 것을.

검강에 의해 만들어진 꽃은 요보동을 감싸며 아름답게 피어나 있었다. 그리고 그 꽃 근처에 닿은 당무염의 암기와 창궁검이 힘없이 튕겨나갔다.

귀혼검막이 십성 이상으로 펼쳐질 때 나타나는 귀화령(鬼花靈)의 경지였다. 그 아름답고 장엄한 광경에 모두 넋을 잃은 순간 귀화령이 사라지면서 섬광 하나가 일직선으로 날아왔다.

팔 하나로 검을 휘두르던 하불범의 몸이 둘로 갈라졌다.

'철컥' 하는 소리와 함께 돌아온 창궁검을 들고 재차 검초를 펼치려던 남궁일기는 한 가닥의 섬광이 날아오는 것을 보고 본능적으로 검을 휘둘러 막아갔지만 '서걱' 하는 소리가 들리며 남궁일기와 그의 검이 한 번에 두 쪽으로 갈라졌다.

천하의 십대보검 중 하나라는 창궁검은 이렇게 자신의 주인과 함께 운명을 같이하였다. 세상에 자르지 못할 것이 없다는 귀검단혼(鬼劍斷魂)의 검강은 닿는 모든 것을 둘로 쪼개고 있었던 것이다.

당무염의 몸이 부들부들 떨리고 있었다.

공포로 인해 더 이상 공격할 생각조차 하지 못했다.

도망가고 싶어도 몸을 움직일 수 없었다.

그의 앞에는 어느새 검종 요보동이 서 있었다.

숨소리조차 흩어지지 않은 검종의 위엄 앞에 당무염은 당가의 가주로서 모든 존재감을 잃고 말았다.

"무인이 검에 죽는 것은 순리이니, 너무 슬퍼 말게."

'서걱' 하는 소리가 들리면서 당무염이 가로로 베어져 넘어졌다.

대화산의 장문인과 장로 한 명, 그리고 오대세가의 가주 두 명이 단 한 명에게 죽었다.

제대로 반항 한번 못해본 셈이었다.

"네놈들이 맥없이 죽은 것은 검이 죽어 있었기 때문이다. 사람을 죽여 날을 세워 활력을 주지 않은 검은 장식품에 지나지 않는다. 그러니 죽었다고 너무 억울해하지 마라!"

혼잣말로 중얼거린 검종이 돌아서며 수하들에게 명령을 내렸다.

"모두 치워라!"

검림의 살수들로 검종의 친위대라 할 수 있는 적검대 이백 명이 허리에 차고 있던 검을 뽑아 들었다.

정의맹 수하들의 얼굴은 완전히 사색이 되었다.

그 다음에 벌어진 것은 일방적인 도살이었다.

적검대의 고수들을 상대할 수 있는 고수들도 없었고, 지휘할 수 있는 수장들도 없었다.

그 모습을 보면서 검제의 눈이 차갑게 빛났다.

'이제 시작인가? 오늘 정의맹이든 천문이든 아무도 살아남지 못할 것이다. 중원은 내게 준 피 값을 치러야 한다.'

수백 명의 사람들이 죽어갔지만 그는 전혀 동요가 없었다.

천문을 둘러싼 모과산의 풍운은 점점 점입가경으로 치닫고 있었다. 문득 아득히 잊혀졌던 기억이 아련하게 떠오른다.

흑도방파라는 단 한 가지 이유로 그의 집안은 정파의 연합맹에 몰살을 당했다. 공적으로 몰려 도망치던 삼 년의 세월은 그에게 지옥이었다.

반드시 복수하겠다고 맹세했었다.

이제야 그 첫발을 디딘 것이다.

第十章

태극의 바다 안에 담지 못할 무공은 없다

거대한 나무 아래 제법 큰 구멍이 있었다.

덩굴로 가려진 그 굴 안으로 들어가면 다시 아래로 푹 꺼진 호로형의 땅굴이 나오는데, 그 바위굴을 타고 오 장 정도 내려가면 굴은 다시 옆으로 삼 장 정도 파여 있었고, 동굴 끝엔 사방 삼 장 정도의 천연 종유석 석실이 있었다.

높이도 이 장이나 되어 사람 하나가 기거하기엔 조금도 부족하지 않은 곳이었다. 오래전 관표가 사냥을 나왔다가 찾은 곳으로 세상에 수유촌 사람이 아니라면 누구도 모르는 곳이었다.

석실로 들어온 관표는 그 자리에 주저앉았다.

온몸의 기가 뒤틀리고 천독수와 절명금강독공에 당한 상처는 그의 몸을 빠르게 좀먹고 있었다.

먼저 건곤태극신공을 끌어올렸다.

이제 약간이나마 남아 있는 내공들이 몸 안으로 들어오는 독기에 대항하고 있었으며, 그 외의 일부 내공은 심하게 난 상처를 치유하기 위해 여기저기 흩어져 있는 상황이었다.

조금만 더 지났으면 돌이킬 수 없는 치명적인 상황이 되었을 것이다. 아니, 지금도 충분히 심한 상처였다.

만약 절세의 신공이 두 개나 되지 않았다면 이미 죽었을 것이다.

당진진을 생각하자 몸서리가 쳐진다.

어쩌면 그녀의 손에서 살아남은 그 자체가 기적일지도 몰랐다.

조금씩 모아진 진기가 천천히 그의 혈맥을 타고 돌기 시작했다.

먼저 건곤태극신공의 정(頂)자결로 자신의 몸을 요상하기 시작했다. 정자결은 다른 사람에게 개정대법을 펼칠 수 있는 무공이기도 하지만, 자신의 몸 상태를 파악하는 데도 뛰어난 무공이었다.

개정대법 자체가 우선 상대의 체질과 몸의 상태를 정확하게 알고 있어야 가능하기 때문이었다.

작은 진기가 그의 몸을 돌며 건곤태극신공의 신기결로 변환하여 몸을 치료하기 시작했다. 동시에 발자결로 그의 몸에 스민 탁기와 독기를 체외로 배출시키려 하였다.

처음엔 진기가 부족하여 조금씩 시행되던 건곤태극신공의 묘용은 점차 시간이 지나면서 빠르게 관표의 몸을 정상화시키고 있었다.

어느 순간 관표는 건곤태극신공의 해자결 안에 대력철마신공을 끌어들이고 두 개의 신공을 동시에 운기하기 시작했다.

관표의 상태가 점점 무아지경으로 향했고, 건곤태극신공은 내부를,

그리고 대력철마신공은 관표의 외부를 치유하기 시작했다.

두 개의 신공은 돌고 돌아 그의 몸에 소우주를 형성하였고, 두 개의 서로 다른 신공은 끊임없이 서로를 보완하고 도우며 관표의 몸을 대주천하고 있었다.

시간이 흘러갔다.

얼마나 많은 시간이 흘렀는지는 아무도 몰랐다.

안개 속에 관표가 서 있었다.

당진진이 관표를 향해 달려들었다.

당장이라도 죽을 것 같았다.

관표는 싸우고 또 싸웠다.

온몸이 난자당해 진기는 고갈되었고, 지친 그의 몸은 만근을 넘어서는 것 같았다.

당장이라도 그만두고 싶었다.

차라리 편하게 누워 죽고 싶었다. 그러나 그럴 수 없었다.

소소가 기다리고 있었고, 부모님과 동생들, 그리고 자신을 따르는 수많은 수하들이 그를 포기하지 않게 만들고 있었다.

"으아아아!"

고함과 함께 관표는 당진진에게 달려들었다.

당진진이 질렸다는 표정으로 뒤로 주춤한 순간 그는 그대로 당진진의 품속으로 뛰어들었다.

두 손으로 그녀의 허리를 조르고 놓지 않는다.

관표의 조르기를 빠져나가기 위해 그녀가 몸부림치고 있었다.

손톱으로 할퀴고 이빨로 물어뜯었지만 관표는 놓지 않고 대력철마신공의 대력신기(大力神氣)를 운용하고 또 운용하였다.

손톱이 할퀴고 가는 자리엔 금자결을 운용하였고, 동시에 건곤태극신공의 운기결로 상대의 독기에 대항하였다.

얼마나 시간이 지났을까 당진진의 얼굴이 점점 일그러지면서 축 늘어졌다.

관표의 몸에 갑자기 큰 변화가 생기기 시작했다.

온몸이 뒤틀렸다가 제자리로 돌아왔으며 대력철마신공의 진기가 무서운 기세로 그의 몸을 돌아다니기 시작했다. 그리고 강렬해진 대력철마신공은 건곤태극신공을 자극하였다.

대력철마신공의 내공이 갑자기 폭발하듯이 커지자 건곤태극신공도 함께 커져 갔다.

관표는 자신도 모르게 극마의 경지를 넘어서며, 대력철마신공의 극성에 들어선 것이다. 그리고 해자결로 대력철마신공을 담고 있던 건곤태극신공의 진기가 대력철마신공의 운기혈을 따라 함께 돌면서 하나로 합해지고 있었다.

두 개의 신공이 하나로 합해지면서 폭발하듯이 늘어난 내공은 대력철마신공의 기로를 따라 대주천을 돌았다가 다시 건곤태극신공의 기로로 바뀌어 대주천을 돌곤 하였다.

—건곤은 천지요 태극은 음양이니, 이는 곧 우주요 만물이며 근본이라. 세상의 모든 힘은 그 안에서 태어나 그 안에서 죽으니, 태극의 바

다[海] 안에 담지 못할 무공이 없다.

건곤태극신공의 해자결이 무의식 중에 풀어지고 있었다.

서로 다른 형질의 두 신공이 건곤태극신공의 해자결 속에 완전히 녹아든 것이다. 사실은 건곤태극신공 안에 대력철마신공이 흡수되었다고 할 수도 있었다. 그리고 두 신공에 이어서 그 하위에 있던 운룡천중기와 운룡부운신공, 그리고 광룡심법마저 하나로 합해지고 있었다.

다섯 개의 진기가 하나로 관통하면서 관표의 무공은 새로운 경지에 들어서고 있었다. 갑자기 관표가 자리에서 일어섰다. 그리고 움직인다.

맹룡십팔투의 오의가 어지러이 펼쳐지고 사대신공의 비기가 그 속에 저절로 우러나오고 있었지만, 동굴 속은 단 한 점의 흐트러짐도 없었다.

지금 관표의 앞엔 수없이 많은 적이 나타나 그를 공격하고 있었다. 전륜살가림의 환제와 염제, 그리고 혈강시들과 당진진에 이르기까지 그들과 겨루면서 느끼고 깨우쳤던 것들이 아쉬움없이 펼쳐진다. 그의 몸 안에서 모든 신공들이 하나로 모아졌다가 풀어지고 다시 모아진다.

갑자기 관표의 신형이 멈추었다.

최강의 적이었던 당진진이 그 앞에서 절명금강독공을 펼치며 달려들고 있었다.

관표의 손이 위로 올라갔다 갑자기 내려온다.

한 가닥의 금광이 나타났다가 서서히 사라지면서 관표가 눈을 떴다. 조금 전까지 있었던 광경이 하나씩 떠올랐다가 사라지고 있었다. 온몸에 활력이 넘치고 있었으며, 부상도 완전히 완쾌되어 있었다.

'건곤태극신공이 육단계를 완전히 넘어섰다. 대력철마신공도 십일성의 경지로 사실상 극의에 올라선 것 같다. 그 외의 무공은 더 이상 오를 곳이 없을 것 같다. 몸 안에 조금이나마 남아 있던 공령석수의 기운도 완전히 융해되어 내 것이 된 것 같다. 당진진을 만난 것이 나에게 행운이 되었구나. 이젠 광룡삼절부법도 거의 완전하게 펼칠 수 있을 것 같다.'

관표의 눈동자가 번쩍였다가 사라졌다.

이때 동굴이 한꺼번에 무너져 내렸다.

조금 전 펼친 광룡부법의 결과였다.

관표의 신형이 그 자리에서 꺼지듯이 사라졌다.

정의맹 제일군이 형편없이 패하고 뜻하지 않은 전륜살가림의 검종에게 절망하고 있을 때, 정의맹 이군과 싸우는 천문 이조는 위험지경에 처해 있었다.

반고충은 지금이 얼마나 위험한 상황인지 파악하자 우선 시간을 끌 수 있는 방법을 생각해 내었다. 문제는 여기서 그것을 알려줄 수가 없으니 자운이 그것을 깨우쳐 주길 바랄 뿐이었다. 그래도 다행이라면 혹시나 해서 자운에게 이럴 경우를 대비한 작전을 말한 것이 있기는 했다.

강적들이 앞에 있지만 자운은 침착했다.

"참으로 많은 분들이 오신 것 같습니다."

매화삼검의 일인이자, 전대 화산의 장문인이었던 매화봉검 가동청이 코웃음을 치면서 말했다.

"너희 도적 따위를 공격하기 위해 우리가 왔다는 사실을 영광으로 알아야 할 것이다."

그는 장문인 시절에도 오만하기로 유명했던 인물이었다.

그 오만으로 인해 검종과 충돌하는 사태가 벌어지기도 했었지만, 지금도 그 성정이 크게 변한 것 같지는 않았다.

"우리는 도적이 아니오."

"내가 도적이라면 도적인 것이다. 네놈들의 과거가 그것을 증명하고 있지 않느냐?"

자운은 잠시 동안 가동청을 바라보았다.

분노도, 그렇다고 상대의 말을 무시하는 표정도 아니었다.

가동청은 자신의 앞에서 더없이 침착한 자운이 맘에 들지 않았다. 묘하게 자존심이 상처를 입는 기분이었다.

"당신들 중 누구라도 나와 일 대 일로 겨룰 자신이 있다면 덤비시오. 도적이라고 함부로 폄하하는 당신들의 오만함을 꺾어주겠소."

화산의 매화삼검과 당화를 자극하는 말이었다.

일 대 일로 겨룬다면 시간을 끌 수 있고, 그사이에 문주가 이끄는 일조가 이기고 돌아와 도와준다면 지금의 위기를 모면할 수 있다고 판단을 내린 것이다. 이는 바로 반고충이 바라고 있던 상황이었다. 하지만 세상은 그의 마음대로 돌아가지 않았다.

자운의 도발적인 말에 가동청이 껄껄 웃으면서 말했다.

"아이야, 지금은 때가 아닌 것 같구나. 그럴 시간도 없고."

"겁을 먹은 것인가?"

"네 좋을 대로 생각해라! 내가 너의 상대는 되어주마. 하지만 다른 사람들은 멈추지 않을 것이다. 우리도 그리 많은 시간이 있는 것이 아니란다."

가동청의 말에 자운의 눈썹이 꿈틀하였다.

여전히 태연한 표정이었지만, 속은 다급했다.

매화삼검 중에 두 명을 상대할 수 있는 고수가 천문에는 없었다. 무인들의 전투에서 절대고수 한 명이 차지하는 비중은 거의 절대적이라 할 수 있었다. 그런데 그런 자가 무려 네 명이다.

한 명은 자신이 상대를 한다고 해도 나머지 셋이 문제였다.

자운은 대패를 서로 교차하며 말했다.

"그럼 갑니다."

이럴 땐 선방이 최고라고 생각한 자운은 망설임이 없었다.

"좋은 생각이다."

가동청이 자운의 생각을 읽은 듯 고개를 끄덕이며 말한 후 검을 좌우로 휘둘렀다.

차르릉.

소리와 함께 가동청의 검이 마치 연검처럼 흐느적거리며 자운의 상하좌우를 찔러왔다.

자운은 단혼십삼절의 붕운삼우(鬅運參羽)의 절초를 펼치면서 가동청의 검을 막아갔다. 자운의 대패에서 뿜어진 기운들이 마치 깃털처럼 날리며 연검의 행로를 방해하였다.

창창!

맑은 쇳소리와 함께 가동청의 연검이 자운의 대패에 막혔지만 자운은 뒤로 두 걸음을 물러서야 했다.

물러서는 자운의 목을 노리고 매화 세 송이가 날아온다.

"흡!"

짧은 기합과 함께 자운은 관표에게 전수받은 잠룡팔황보법(潛龍八荒步法)을 펼쳐 아슬아슬하게 세 송이의 매화를 피하면서 오히려 앞으로 전진하였다.

그의 대패에서 섬뜩한 한기가 뿜어져 가동청을 공격해 왔다.

"호오!"

가동청이 찬탄한 표정으로 새삼 자운을 보면서 이번에는 매화팔기검법의 매화선풍의 초식을 펼쳤다. 그 순간 아름다운 매화가 가동청의 검에서 스물네 송이나 생겨나더니 서리 같은 바람과 함께 회오리치며 자운을 공격하였다.

자운은 아찔한 기분을 느꼈다.

자신의 모든 정신이 매화 속으로 빨려 들어가는 느낌이었다.

'위험하다.'

느끼는 순간 자운의 대패가 상하좌우로 움직였다.

단 일순간에 추혼빙하탄(追魂氷河彈)의 절초가 세 번이나 연속해서 펼쳐지고 있었다.

"크윽!"

짧은 신음과 함께 자운의 신형이 주춤하였다.

다섯 개의 매화가 자운의 몸을 스치고 지나간 것이다. 그러나 물러설 순 없었다. 지금 물러서면 한순간에 무너지고 말 것이란 사실을 자운은 잘 알고 있었다.

자운의 신형이 무서운 기세로 돌진하였다.

마치 몸으로 가동청을 공격하려는 듯하였다.

가동청은 다시 한 번 감탄의 표정을 감추지 않았다.

자신의 공격을 막아낸 것도 대단한데 반격을 해오다니.

자운의 대패가 번갈아 위에서부터 아래로 내리훑으면서 가동청의 얼굴을 공격하려 하였다. 순간 훑어 내리는 자운의 대패가 무려 열여섯 개로 늘어나 어느 것이 진짜고 어느 것이 가짜인지 헤아리기 힘들었다.

'전부 가짜이기도 하고 전부 진짜이기도 하다.'

가동청은 상대의 허상 중 하나가 어느 순간 진짜로 변한다는 것을 알았다. 즉, 허는 실이고 실은 허가 되는 초식이 바로 지금 자운의 환영추혼절(幻影追魂絶)이었다.

가동청의 검이 매화수운(梅花水運)에서 매화지로로, 그리고 매화공공(梅花功控)으로 변화하면서 순식간에 십 검을 찌르고 열두 번이나 검을 휘둘렀다.

매화팔기검법이 아니라 단순한 매화검법의 초식들을 연이어 펼쳐 자운의 대패를 무력화시킨 것이다. 자운은 자신의 초식에서 펼쳐진 기의 흐름이 상대의 검법으로 빨려가는 느낌이 들었다.

원래 매화공공은 흡인력으로 상대의 검기나 검을 끌어당겼다가 풀어놓으면서, 상대의 중심을 무너뜨리는 검초였던 것이다.

자운은 흡인력에 대항하지 않았다.

오히려 몸을 바싹 붙이면서 정면으로 자신의 대패를 휘둘렀다.

매화가 날고 대패의 한기가 사방 십 장 안을 완전히 얼려 버리는 두 사람의 대결은 일촉즉발이었다. 누군가가 조금만 실수를 한다고 해도 그 자리에서 치명상을 면치 못할 것이다.

매화삼검의 두 노인과 당문의 당화는 모두 어이없는 표정으로 자운과 가동청의 대결을 바라보고 있었다. 설마 이제 삼십 전후의 젊은 청년이 가동청을 상대로 대등하게 싸울 줄은 생각도 못한 것이다. 그들뿐이 아니라 정의맹은 물론이고 천문의 수하들도 두 사람의 대결을 넋을 잃고 바라보았다.

마치 속삭이듯이 바싹 붙어서 겨루는 두 사람의 대결은 보는 사람들에게 새로운 무공의 경지를 보여주고 있었던 것이다.

약 이십여 합이 흐르자 자운은 점차 뒤로 밀리는 것을 느꼈다.

벌써 십여 군데나 부상을 당했다.

다행히 치명적인 상처들은 아니었지만 시간이 지날수록 상처들이 욱신거리고 있었다. 전대의 화산제일검을 상대로 그 정도나마 견딘 것은 자운이었기에 가능했던 일이었다.

과연 관표와 백리소소를 빼면 젊은 층에서 누가 화산제일검과 겨룰 수 있겠는가? 나머지 이검과 당화, 그리고 정의맹의 수하들이 얼마나 놀랐는지는 상상하지 않아도 알 일이었다.

어떻게 보면 신기한 일이었다.

가동청의 눈에 살기가 어렸다.

새카만 후배 한 명을 이기지 못해 절절매는 자신이 한심했고, 자존심이 상했다.

가동청의 검끝에 무지개가 피어올랐다.

동시에 찔러오는 검끝에서 세 송이의 아름다운 매화가 피어났다. 희고 아름다운 모습의 매화.

가동청의 검이 매화삼점(梅花三鮎)의 초식으로 찔러오는 순간 자운은 이를 악물었다. 매화 속에 숨은 살기를 읽은 것이다.

그는 잠룡팔황보법의 비전을 펼치면서 그의 품으로 파고들었다.

두 개의 대패로 단혼십삼절의 탈명추혼귀견(奪命追魂鬼犬)의 초식을 펼쳐 가동청의 얼굴과 가슴을 공격하였다.

혼을 쫓는 귀신같은 개.

상대의 생명을 취하기 전에는 물고 늘어져서 놓지 않는 개.

실상은 동귀어진의 수법이기도 하였다.

가동청의 검이 급하게 매화검법의 절초들을 펼치면서 자운의 대패를 막으려고 하였지만, 자운의 대패는 집요하게 가동청의 가슴을 물고 늘어졌다.

가동청의 눈에 무시무시한 살기가 감돌면서 수십여 개의 매화가 피어올랐다. 매화단장(梅花斷戕)의 살수로 매화팔기검법의 최후 초식이 펼쳐진 것이다. 한번 펼쳐지면 반드시 상대를 죽인다는 매화검법의 살수는 매서웠다.

"크윽!"

신음과 함께 자운이 다섯 걸음이나 물러서면서 다리를 휘청거렸다. 온몸이 피투성이고 여기저기 상처로 몸 곳곳이 쩍쩍 벌어져 있었다.

입으로도 피를 흘리고 있는 모습을 보니 내상도 상당히 심한 것 같았다.

"정말 대단하다. 젊은 나이에 나의 공격을 삼십여 합이나 막아내고 나에게 상처를 줄 수 있다니. 허허."

가동청은 어이가 없다는 표정으로 웃었다.

차라리 검종에게 당할 때는 이렇게 허탈하지 않았다.

검종 요보동은 세상이 다 아는 고수였고, 그럴 만한 실력자였다. 하지만 지금 상대는 나이가 자신의 반도 되지 않았고, 전혀 무명이었다.

은은하게 아려오는 가슴의 상처를 내려다보았다가 손으로 지혈을 하면서 자운에게 물었다.

"누구에게 배운 무공인가? 정말 대단하군."

"사부님에게 배웠소. 그리고 일부는 문주님에게 배운 것이오."

"문주. 녹림왕 관표 말인가? 그리고 자네의 사부는 누구인가?"

"천문의 문주는 그분뿐이오."

가동청은 갑자기 관표가 보고 싶었다.

대체 어떤 인물이기에 자운 같은 수하를 두었고, 일개 도적이었던 자들에게 이 정도의 무공을 지니게 만들 수 있단 말인가? 그리고 그뿐이 아니었다.

천문의 수하들은 훈련도 잘되어 있었으며, 충성심도 대단하다는 것을 알 수 있었다. 알면 알수록 혼란스럽기만 하였다.

처음 천문에 대해서 들은 것은 일개 녹림 도적들의 집합소라고 들었었다. 그런데 그런 천문을 치기엔 지나치게 고수들이 많았었다.

막상 와서 보니 이들이 과연 녹림이라고 단정할 수 있는가 하는 의문이 들었다. 도적들이라고 보기엔 무공이 너무 출중했으며 그들의 자부심과 충성심이 남달랐다.

"허허! 내가 헛살았구나, 헛살았어. 그보다도 자네 정말 대단하네. 어쩌다가 주군을 잘못 만나 이렇게 되었는지 모르지만, 참 대단한 실력이었음을 인정하네."
가동청의 말을 들은 자운의 자세가 다시 빳빳해졌다.
사방에서 매서운 살기가 가동청에게 쏠리고 있었다.
가동청은 놀라서 사방을 둘러보니 천문의 제자들이 모두 가동청을 노려보고 있었다.
갑작스런 상황에 가동청이 어리둥절해할 때, 자운이 차가운 목소리로 말했다.
"내가 주군을 잘못 만났다고 당신이 장담할 수 있습니까? 내 나이가 비록 당신보다 적지만 수많은 사람들을 만나보았어도 그분보다 뛰어난 분을 만나지 못했습니다."
"와아!"
갑작스런 고함에 정의맹 수하들은 모두 어안이 벙벙한 표정으로 천문의 수하들을 바라보았다. 가동청과 그의 사제들, 그리고 당화도 놀라서 자운과 천문의 수하들을 보아야만 했다.
철우가 앞으로 나서며 가동청을 보고 단호한 목소리로 말했다.
"누구도 문주님을 욕하는 자는 용서할 수 없다! 천문의 제자들은 침입자들을 공격하라!"
순간 모과산이 떠나갈 듯한 고함과 함께 천문의 수하들이 정의맹의 수하들에게 달려들었다.
"이놈들이 세상 무서운 줄 모르는구나."
당화가 땅에서 주먹만한 돌 하나를 집어 던졌다.
날아가던 돌이 천문의 수하들 앞에서 갑자기 '펑' 하는 소리와 함께 폭발하였고, 부서진 돌의 잔해들이 그들을 덮쳤다.

"크아악!"

비명과 함께 약 십여 명의 천문 수하들이 목숨을 잃고 그 자리에 쓰러졌다. 십여 구의 강시들도 그 파편에 심하게 망가지고 말았다.

화산의 매화이검이 뛰어들어 검을 휘두르자 수십 개의 매화가 만발하면서 이십여 구의 강시들이 눈 깜짝할 사이에 쓰러졌고, 다시 이십여 명의 천문 수하들이 죽어갔다.

천문의 수하들은 필사적이었다. 그 누구도 놀라움과 두려움은 있었지만, 움츠리거나 도망하려는 자들은 없어 보였다.

오히려 명문정파의 제자들보다 더 당당하고 용맹해 보인다.

"허!"

가동청은 전투의 상황을 살피면서 다시 한 번 감탄을 하였다.

자운은 사방을 둘러보았다.

잠깐 사이에 당한 피해가 너무 극심했다.

역시 무림의 전투에서 절대고수 한 명의 힘이 얼마나 무서운 위력을 발휘하는지 뼈저리게 느끼는 순간이기도 했다.

가동청이 자운을 보면서 말했다.

"이제 항복할 생각이 들었는가?"

자운이 고개를 흔들었다.

"항복은 없소."

"용기는 좋다만."

"우리를 모두 죽여야만 할 것이오."

자운의 말에 가동청이 웃었다.

"이미 다 죽어가고 있네."

자운은 대답 대신 두 개의 대패를 휘두르며 가동청에게 달려들었다.
아수라장.
죽어가는 천문의 수하들을 보며 자운의 눈에 물기가 흐른다.
자운은 이를 악물었다.
죽더라도 가동청은 반드시 죽이고 죽을 것이라 각오를 하였다.
처음부터 양패구상의 초식으로 돌격한다.
어느 사이 수문 위쪽에 있던 백골노조와 시전, 그리고 유대순까지 내려와 합세를 하였다. 그들은 철우와 합세하여 매화삼검 중 셋째인 매화절검 하도웅을 막아섰다. 그러나 단 일 검에 백골노조 이충이 쓰러졌다. 함께 하도웅을 협공하던 철우와 유대순, 그리고 시전이 죽을 각오로 하도웅에게 달려들었을 때였다.
"모두 멈춰라!"
고함 소리와 함께 모과산을 울리면서 한 명의 노인이 나타났다.
대머리에 작은 키, 그리고 조금 마른 듯한 노인이 나타나자, 매화삼검과 당화의 표정이 굳어졌다. 그들은 지금 나타난 노인을 알고 있었다.
"투괴."
싸움은 멈추었다.
투괴라는 말에 모두들 얼어붙은 것이다.
모두들 목을 길게 빼고 나타난 노인을 바라본다.
십이대초인 중 한 명.
대체 그가 이 자리에 왜 나타났단 말인가?
요는 지금 나타난 투괴가 어디 편이냐 하는 점이었다.

第十一章
매화심검, 요제의 도

투괴는 매화삼검과 당화를 번갈아 본 다음 가동청을 보았다.

모두 서로 안면이 있는 사이들이었다.

"오랜만이다, 가동청. 다 늙어서 이제 무슨 영화를 보겠다고 여기까지 와서 살인을 하는가?"

가동청이 앞으로 나서서 투괴를 보고 말했다.

"늙은 괴물, 너야말로 다 늙어서 여긴 무슨 일이냐?"

가동청은 처음 이곳에 투괴가 있을 거란 말을 들었을 때 쉽게 믿어지지 않았었다. 그러나 직접 그를 보고 나자, 그가 왜 천문을 돕고 있는지 알고 싶었다. 그러나 투괴는 가동청의 말을 싹 무시하였다. 어차피 가동청도 투괴가 쉽게 말하지 않을 거라 짐작은 하고 있었다.

"그동안 배짱이 늘었군. 내 앞에서 입을 함부로 놀리다니."

가동청의 입가에 서늘한 미소가 어렸다.

"네 이름 앞에 주눅 들 정도로 내가 약하지 않다."

"그동안 화산에서 웅담만 처먹었나."

"그거야 잠시 후면 알겠지."

투괴는 피식 웃으며 말했다.

"많이 준비를 한 모양이군. 이전에 요가한테 당해서 땅바닥을 기더니, 정신 차리고 무공 연습 좀 했나 보군."

매화삼검의 두 명은 얼굴이 굳어졌지만 가동청은 태연하였다.

"살다 보면 질 때도 있고, 이길 때도 있는 것이지. 그건 그렇고 네가 여기에 있다는 말은 들었다. 천문과 어떤 관련이 있는지는 묻지 않겠다. 하지만 우리 앞을 막지 마라! 그렇지 않으면 우리도 참지 않는다."

"그럼 답은 나왔군. 하지만 너는 지금 나와 싸워서는 안 된다."

그 말을 들은 가동청이 흠칫하며 투괴를 바라보았다.

이 싸움의 귀신이 두려워서 한 말은 아닐 것이다.

"우리를 지켜보는 자들이 있다. 아마도 우리끼리 양패구상하기를 바라는 것이겠지. 그들을 조사하느라 내가 조금 늦었더니 일이 이 지경까지 와버렸군."

정의맹과 천문의 수하들이 모두 놀라서 투괴를 바라보았다.

그의 신분상 거짓말을 하진 않았을 것이다.

자운과 장충수 등은 투괴가 왜 자신들을 도와주는지 이유를 알지 못하고 그의 눈치를 보던 중이었다. 그런데 정의맹 말고 또다시 천문을 노리는 자들이 있다고 하자 대충 짐작 가는 곳이 있었다.

'전륜살가림까지 온 모양이구나. 그렇다면 지금 이들과 싸워선 안

된다.'

자운이 결심을 하고 있을 때, 반고충이 그의 곁으로 다가왔다.

반고충 역시 투괴의 등장과 또 다른 적이 있다는 말을 들었지만 크게 놀라진 않았다.

전륜살가림은 어느 정도 예상을 했었다. 그래서 그 부분을 걱정하는 중이기도 하였고, 나름대로 대비도 했었다. 그러나 투괴의 등장은 예상하지 못했었다. 그리고 매화삼검과 당화의 등장도 뜻밖이었다.

자존심 강한 정파에서 천문을 공격하면서 설마 전대의 장로들까지 동원할 줄은 생각하지 못했었다. 이는 반고충이 투괴의 존재를 몰랐었기 때문이고, 투괴의 존재를 아는 제갈소 입장에서는 만약을 대비하는 것이 당연했었다.

하불범과 하수연은 투괴의 존재를 알리며, 사부인 가동청을 비롯해서 매화삼검과 고죽수 왕소동의 도움을 받을 수 있었다.

가동청을 비롯한 삼검과 일수는 바로 승낙을 하였다.

검종 요보동에게 복수를 하기 위해 그동안 갈고닦은 실력도 시험해 보고 싶었던 것이다. 설혹 패한다고 해도 독종 당진진이 함께 한다면 큰 위험은 없으리라 생각했던 것이다.

지금도 삼검과 당화는 독종을 믿는 마음이 있었기에 투괴에게 함부로 할 수 있었던 것이다. 독종이 돌아오고 자신들이 합세를 한다면 누가 감히 대적할 수 있으랴. 하지만 설마 또 다른 적이 숨어 있었을 줄이야.

가동청이 조금 놀란 표정으로 물었다.

"누가 우리를 노린단 말이냐?"

"전륜살가림이란 곳의 아이들이 저 위에 있다."

투괴가 산 쪽을 가리키며 말하자, 가동청 일행의 시선이 그쪽으로 향했다. 산 위에서 지켜보던 염제와 환제는 자신들이 들켰다는 것을 알고 명령을 내렸다.

"들켰다. 내려가서 저들을 쓸어버려라! 대화는 필요없다!"

순간 하나의 폭죽이 하늘로 솟아올랐다.

뉘엿뉘엿 해가 져가는 하늘에 불꽃은 아름다웠지만 그 결과는 결코 그와 같지 않았다.

"와아!"

고함이 들리며 산 위에서 수백 명의 인물들이 뛰어 내려왔다. 복면을 한 네 명의 인물들이 앞장을 서고 있었는데, 그들의 신법은 번개처럼 빨랐다.

반고충은 폭죽이 터지는 순간 천문의 수하들에게 명령을 내렸다.

"모두 대열을 정비하고 강시들을 앞에 세워라. 서성은 뒤쪽으로 가서 준비하라!"

명령을 내린 후 반고충은 투괴에게 가서 포권지례를 하면서 정중하게 말했다.

"후배 반고충이 대선배님께 감사드립니다."

투괴가 반고충을 보면서 말했다.

"별말을, 외손녀의 식구이니 너무 멀게 생각하지 말게."

반고충이 그 말뜻을 몰라 어정쩡한 표정을 지을 때, 투괴는 가동청을 보면서 말했다.

"늙은이, 우리끼리의 싸움은 다음으로 미루고 지금은 힘을 합해야 할 때다."

가동청은 코웃음을 치며 말했다.

"우리가 그래야 할 필요가 있을까? 모두 후퇴하라!"

가동청은 고함과 함께 몸을 날려서 다시 강을 건너가 버렸다.

강물은 이미 물이 빠지고, 일반 무사들이 건너가기에도 어렵지 않은 흐름을 유지하고 있었다.

정의맹의 수하들이 그 뒤를 따라 도망치기 시작했다.

한마디로 이곳은 천문이고 천문의 일이니 알아서 처리하라는 뜻이었다. 자신들은 피해 버리면 그만이란 생각이었다.

투괴와 반고충은 놀란 시선으로 도망치는 가동청 일행을 바라볼 수밖에 없었다. 생각해 보니 그들에게 뭐라고 할 수도 없는 일이었다. 그리고 그것에 신경 쓸 겨를도 없었다.

정의맹 수하들이 강 건너 숲으로 사라지고 나자, 반대편 산 위에서 내려온 전륜살가림의 수하들이 전면으로 다가오고 있었다.

그들의 앞에 선 네 명의 복면인을 본 투괴가 반고충을 보면서 말했다.

"저 네 명은 내가 맡겠네. 나머지는 자네가 잘 지휘해서 상대하게."

"알겠습니다, 선배님."

천문의 수하들은 투괴가 도와준다는 말에 용기백배하였다.

투괴 하후금의 신형이 네 명의 복면인을 향해 날아가며 그의 성명절기인 추혼무영신권(追魂無影神拳)을 날렸다. 네 명의 손에서도 붉은 기운이 어리더니 투괴의 권력을 정면으로 받아넘겼다.

'꽝' 하는 소리와 함께 투괴의 몸이 뒤로 오 척이나 밀려가서 멈추었다.

"이… 이게!"

투괴는 믿을 수 없다는 표정으로 네 명의 복면인을 바라보았다. 이때 반고충은 전륜살가림에 대해서 들은 바가 있었기 때문에 네 명의 정체를 눈치챌 수 있었다.

"하후 선배님, 조심하십시오. 그들은 십이대초인을 상대하기 위해서 전륜살가림이 만든 혈강시들입니다."

그 말을 듣고서야 투괴는 상황을 이해할 수 있었다.

"혈강시라, 어디 얼마나 강한지 한번 시험해 볼까?"

투괴의 신형이 다시 한 번 네 명의 혈강시를 향해 돌진하였다.

투괴 하후금이 네 명의 혈강시와 충돌할 때, 전륜살가림의 수하들은 천문의 수하들을 향해 그대로 밀고 들어왔다.

피가 튀는 난전이 시작되었다.

반 각이 흘렀다.

두 단체의 대결은 쉽게 결판나진 않을 것 같았다. 그러나 균형은 채 일각도 지나지 않아서 깨지고 말았다. 이미 철저하게 준비를 하고 있었던 전륜살가림의 힘이 천문을 압도하기 시작한 것이다.

천문이 점차 밀리고 있을 때였다.

두두두두!

말 달리는 소음이 들려왔다.

모두 잠시 싸움을 멈추고 말발굽 소리가 들리는 곳으로 시선을 주었다.

먼지가 뽀얗게 일어나며 일단의 기마무사들이 나타났다.

그들의 맨 앞에서 말을 달리던 당당한 체격의 청년이 손에 든 창을 비껴들고 고함을 지르며 달려왔다.

"천문의 선풍철기대 대주 귀령단창 과문이 여기 있다! 어떤 놈이 먼저 내 창에 죽겠는가?"

고함 소리가 쩌렁하게 울리면서 선풍철기대가 전륜살가림을 말과 함께 덮치고 있었다. 그 뒤엔 '와아' 하는 함성과 함께 천문의 제일조에 속했던 수하들이 뒤따르고 있었다.

"흥, 개소리다! 네놈을 단검에 죽이겠다!"

고함과 함께 전륜살가림의 조장 중 한 명이 검을 휘두르며 과문에게 달려들었지만, 단 일 창에 머리가 뚫려 쓰러졌다. 선풍철기대에 이어서 오대곤을 비롯한 천문의 주력이 가세하자, 승부의 저울추는 순간에 바뀌었다.

산 위에서 이것을 보고 있던 염제의 입가에 고소가 어렸다.

"천문이 이겼다니 뜻밖이군. 하지만 저들도 여기서 끝이란 걸 모르겠지. 하지만 아쉽군. 녹림왕을 다시 한 번 보고 싶었는데. 당진진에게 당한 것인가?"

가세한 천문의 일군을 지켜보고 있던 환제가 대답하였다.

"당진진도 오지 못하는 것을 보면 양패구상했을지도 모릅니다."

"그럴 수도 있겠지. 우리가 아는 녹림왕이라면 결코 만만한 자가 아니니까."

"이래저래 우리에게 더욱 유리해지는 모양입니다. 그리고 도망간 가동청도 사신이 자신들을 기다리고 있으리란 생각은 하지 못하는 것 같습니다."

"멍청한 놈이라 죽어도 싸지. 이제 요 사형이 도착하기 전에 우리가 끝을 보기로 하지."

"그래도 정의맹이라고 까부는 아이들을 처리하고 오려면 조금 시간이 걸리겠지요."

환제가 길 저편을 보면서 한 말이었다.

"이사형의 실력을 몰라서 하는 말인가? 천문에 패한 정의맹에 상당한 고수들이 남아 있다 해도 사형의 검을 누가 상대할 수 있겠나? 그건 그렇고 피해가 더 커지기 전에 우리도 시작을 하세. 혹시라도 녹림왕이 살아온다 해도 사저와 사형이 오면 해결될 일이고."

"그럼 출전하겠습니다."

"같이 가세."

염제와 환제의 입가에 비릿한 미소가 감돌았다.

이제 승부는 결정되었다고 생각되었다.

설사 녹림왕이 살아온다고 해도 곧 자신들의 이사형이라 할 수 있는 검종 요보동이 올 것이다.

누가 검종 요보동과 승부를 논할 수 있겠는가?

투괴는 네 명의 혈강시를 상대로 악전고투를 하고 있었다. 설사 네 명의 혈강시가 아니라도 투괴가 검종 요보동을 이길 수 없을 것이라고 장담하는 염제와 환제였다.

그들은 누구보다도 이사형인 검종 요보동의 무공을 잘 알고 있었던 것이다. 물론 둘 중 한 명이라도 투괴와 일전을 벌인다면 쉽게 지지 않을 것이고, 둘이 힘을 합한다면 투괴를 충분히 이길 자신이 있었다. 그러나 굳이 그럴 필요가 없었다.

네 명의 혈강시면 충분할 것 같았던 것이다.

숲으로 도망친 가동청과 당화는 빠르게 도망치는 중이었다. 이때 그들의 곁에 다가온 열화문검 도지삼이 물었다.

"사부님, 지금 도망가는 것보다 숲에 숨어 있다 둘이 양패구상을 한 다음에 우리가 일거에 몰아치면 좋지 않겠습니까?"

"멍청한 소리 하지 마라. 저들이 바보인 줄 아느냐? 우리와 천문이 힘을 합해도 이길 수 있는 확실한 패가 없다면 여기에 오지도 않았을 것이다. 그리고 지금은 여기보다 빨리 일군이 있는 쪽으로 가보아야 한다. 저들이 여기서만 매복을 하고 있진 않았을 것이다."

그제야 도지삼의 표정이 다급해졌다.

모두의 신형이 더욱 빨라졌다. 그러나 그들은 오래가지도 못하고 멈추어야만 했다. 그들의 앞을 가로막는 약 이백여 명의 무사들이 나타난 것이다. 그런데 모두 여자들이었다.

이국의 색목인부터 피부가 가무잡잡한 묘족에 이르기까지 다양한 인종의 여자들의 복장은 요란했다. 가동청은 나타난 여자들이 전륜살가림의 고수들임을 알고 안색이 변했다. 비록 상대가 여자들이지만 가동청은 그녀들의 기세를 읽고 주춤했다.

이백여 명의 앞에는 한 명의 여자가 우뚝 서 있었는데, 그녀의 모습이 실로 요상했다. 짧은 치마에 가슴이 다 드러나 보이는 그녀의 복장은 보는 남자들의 가슴을 두근거리게 하는 마력을 품고 있었다.

이십대 초반으로 보이는 그녀의 허리엔 얇고 가는 보도 한 자루가 달랑 차여져 있었다. 그녀의 뒤로는 복면인이 둘 있었고, 네 명의 아름다운 여자들이 나란히 서 있었다.

네 명의 여자들은 모두 삼십 전후로 보였는데 모두 보기 드문 미인들이었고, 옷차림은 이십대 여자와 비슷하였다.

그 외에 이백여 명의 여자들은 모두 경장 차림들이었다.

그녀들도 모두 비슷하게 생긴 도를 허리에 차고 있었다.

"소저는 누구지요?"

여자가 입가에 가는 미소를 담고 요염한 표정으로 말했다.

"요제라고 하는데, 들어보지 못했겠지."

"요제?"

"전륜살가림의 오제 중 셋째가 나라면 이해할까?"

가동청이 역시나 하는 생각을 할 때였다.

"모두 죽여라!"

단호한 요제의 명령이 떨어지자, 네 명의 삼십대 미부들이 일제히 매화삼검과 당화에게 달려들었다. 그리고 이백여 명의 여자들이 도를 뽑아 들고 살아남은 정의맹 수하들에게 돌진하였다.

"이 어린것들이!"

고함과 함께 가동청을 비롯해서 매화삼검과 당화가 일제히 마주 공격을 하였다. 그러나 그들이 쉽게 보았던 네 명의 여자들이 펼치는 도법은 매섭고 날카로웠다.

단 일 합에 그들은 모두 밀리고 말았다.

가동청의 얼굴이 일그러졌다.

지금 일어난 일을 그들은 믿을 수 없었던 것이다.

"어… 어떻게?"

네 명의 여자들 중 가동청을 상대했던 여자가 깔깔거리고 웃으며 말했다.

"늙은 것이 세상을 우습게 알았구나. 그러나 억울해하지 마라! 내 나이도 너보다 못하지 않으니."

가동청의 얼굴이 굳어졌다. 쉽게 믿을 수 없다는 표정이었다.

"믿거나 말거나."

눈앞의 여자를 노려보던 가동청은 그녀의 뒤쪽에 묵묵히 서 있는 요제를 바라보았다. 그녀는 지금 결투에는 전혀 관심이 없다는 듯 하늘을 보고 있었다.

가동청의 눈이 빛났다.

'먼저 저 요물을 죽이고 보자.'

결심을 굳힌 가동청이 눈앞에 있는 여자를 향해 매화팔기검법의 다섯 초식을 한꺼번에 펼쳐 내었다. 수십 송이의 매화가 하늘을 가득 수놓았다.

평상시 보았다면 여자들이 넋을 잃고 볼 만한 아름다운 광경이었지만 그 안에 포함된 살기는 공격당하는 여자의 얼굴을 굳히게 만들었다. 그러나 그녀가 당황한 것은 아니었다.

가볍게 코웃음을 치면서 도를 번개같이 휘둘렀다.

따다당!

시원한 소리와 함께 매화 송이들이 그녀의 도의 궤적 안에서 허무하게 사라져 갔다. 그런데 그 순간 가동청의 신형이 무서운 속도로 그녀를 스치고 요제를 향해 돌진해 들어갔다.

요제는 흠칫하였다.

한 송이의 붉은 매화가 가동청의 검결에 맺히더니 무려 백팔십여 송이의 매화가 은하수처럼 하늘을 수놓으며 요제를 공격해 갔다.

그 아름다운 광경에 결투를 하던 요제의 수하들과 정의맹의 수하들마저 잠시 동작을 멈추고 바라본다.

붉은 매화를 본 매화패검 왕대순과 매화절검 하도웅은 감격한 표정이었다. 왕대순이 떨리는 목소리로 말했다.

"홍매강인(紅梅罡刃), 사형께서 삼절매화심검(三絶梅花心劍)을 터득하셨다니."

홍매강인은 매화검의 전설인 삼절매화심검의 일절이었다.

절정에 달하면 이백사십 개의 매화강기가 사방 십 장을 완전히 초토화시킨다는 전설의 무공이 펼쳐진 것이다.

비록 매화강기가 백팔십 개로 팔성의 경지였지만 그것만 해도 강호무림에 막을 수 있는 자가 그리 많지 않을 것이다. 두 사람은 절대로 요제가 자신들의 대사형이 펼친 홍매강인을 막아내지 못할 것이라고 믿었다.

매화가 요제의 전신을 뒤덮으려는 순간이었다.

번쩍 하는 한줄기 섬광이 그녀의 허리에서 뿜어져 허공을 가르고 나타났다가 사라졌다. 너무 빨라서 섬광 이외에는 아무것도 보지 못했다.

홍매강인이 사라졌다. 그리고 요제를 향해 돌진하던 가동청의 몸이 서서히 두 쪽으로 갈라졌다.

모두 입을 떡 벌리고 멍한 표정으로 요제와 가동청을 바라본다.

"영광으로 알아라. 네놈을 지옥으로 안내한 것은 사령도(死靈刀)이니라."

사령도, 사대마병 중 또 하나가 다시 세상에 나왔다.

이제 사대마병 모두가 세상에 나온 셈이 되었다.

요제가 눈을 들어 사방을 둘러보았다.

모두들 멍청한 표정으로 자신을 보고 있자, 왈칵 짜증이 치밀어 올랐다.

"뭐 하느냐? 어서 처리해라!"

그녀의 고함에 요제의 수하들이 정신을 차리고 정의맹을 유린하기 시작했다. 그것은 거의 일방적인 도살이나 마찬가지였다.

특히 요제의 뒤에 서 있던 두 명의 복면 괴인이 가장 무서웠다.

당가의 당청청이 단 일 수에 피떡이 되어 날아가는 것을 보면서 당화는 거의 이성을 잃고 자신에게 달려드는 여자를 향해 만천화우를 펼쳤다. 그러나 당화를 상대하는 여자의 도가 허공을 가로지르며 그의 암기를 모두 쳐내었다.

요제뿐이 아니라 그녀의 사대제자들도 강했다.

정의맹에겐 악몽이라 할 수 있었다.

백리소소는 불안했다.

일단 녹림도원으로 들어오는 가장 큰 세력은 처리했지만 그녀의 가슴을 근질거리는 불안함은 아직도 해갈되지 않고 있었던 것이다.

"가가."

관표의 모습이 어른거린다.

얼른 가서 도와주고 싶었지만 그녀는 아직 위험이 다 사라진 것이 아니란 것을 알고 있었다.

빨리 처리하고 도와주어야만 한다.

백리소소의 신형이 하늘로 솟아올랐다.

그녀의 허리엔 점혈당해서 늘어진 하수연이 들려 있었다. 그리고 멀리서 그녀의 뒤를 쫓는 말 한 마리가 있었다. 백리소소는 녹림도원으로 오는 산의 계곡을 따라 이동을 하였다.

그녀는 자신이 알고 있는 지점에 오자 일단 하수연을 숲에 숨겨놓고 그곳으로 다가갔다.

'이쯤인데.'

이미 누군가가 이쪽에 숨어 있었다는 것을 감지하고 있던 차였다. 요안의 술은 그것을 충분히 감지하였었다. 처음부터 알고는 있었지만 단 한 명이었고, 살기가 없었기에 일단은 무시하고 있었다. 그러나 이제 정말 위험한 상대들을 처리하고 난 다음이라 더 이상은 관대할 수 없는 상황이었다.

만약 조금이라도 위험성이 있는 자라면 지금 처리해야만 한다.

"이제 그만 나오지."

백리소소가 큰 나무 위를 보고 말하자 그 위에서 한 명의 복면인이 내려왔다. 나타난 복면인은 백리소소를 보고 몹시 놀란 눈빛으로 물었다. 자신이 들켰다는 사실에 몹시 놀란 눈치였다.

그는 이곳에 숨어서 그녀가 이곳을 지나가는 것을 이미 보았었다. 그러나 그녀가 자신이 아는 마을 쪽에서 나왔고, 그냥 지나쳐 가길래 모르는 척했었다. 그런데 다시 돌아와서 자신을 정확하게 찾아내는 것이 아닌가?

"소저는 누구요?"

"그렇게 말하는 넌?"

복면인은 잠시 침묵하다가 말했다.

"혹시 수유촌을 침입하려는 자라면 이만 돌아가시오. 그렇다면 용서해 주겠소."

백리소소의 눈이 반짝였다.

상대의 말을 듣고 적이 아님을 알았던 것이다.

백리소소가 반가운 표정으로 미소를 지었다.

그녀가 웃음을 머금자 세상이 갑자기 환해지는 것 같았다.

복면인은 얼떨떨한 기분으로 백리소소를 본다.

너무 아름다워서 눈이 부실 지경이었다.

"혹시 관이 도련님 아니신지요?"

복면인의 눈이 커졌다.

그는 백리소소를 보면서 물었다.

"나를 안단 말입니까? 대체 소저는 누구십니까?"

"저의 지아비 되시는 분이 관씨 성에 표란 이름을 쓰십니다."

놀란 복면인은 얼른 복면을 벗었다.

제법 준수하고 약간 날카로운 인상의 청년이 나타났다.

"그게 정말입니까?"

믿을 수 없다는 표정이었다.

아무리 자신의 형이지만, 그런 투박한 형에게 저런 선녀가? 하는 표정이 너무도 역력하게 나타나 있었다.

"제가 뭐 하러 거짓말을 하겠습니까?"

그녀는 다른 사람을 말 한마디로 믿게 만드는 재주가 있는 것 같았다. 살수였던 관이는 그녀의 말이 사실일 거란 생각이 들었다.

그로서는 이해할 수 없는 사실이지만.

관이는 얼른 허리를 숙이며 인사를 하였다.

“관이가 형수님을 뵙습니다.”

백리소소는 자신의 짐작이 맞자 더욱 안색이 환해졌다.

관표가 동생 걱정을 얼마나 하고 있었는지 잘 알기 때문이었다. 관이 또한 백리소소를 보면서 자신의 형과 대조를 하느라 무진 애를 써야 했다.

대체 형이 무슨 재주로 저렇게 아름다운 형수님을 맞이했는지 이해를 할 수가 없었던 것이다.

정말 형만한 아우 없다고 여러모로 자신을 놀라게 만드는 형이었다.

“가가께서 도련님 걱정을 많이 하셨습니다. 그보다도 도련님이 이곳에 온 것은 역시 가가를 돕기 위함이신가요?”

“그렇습니다. 그런데 이런 위험한 곳에 형수님께서는 어째서 홀로 오신 것입니까? 내 짐작이 맞다면 정의맹의 일부가 이곳으로 침입해 올지도 모릅니다. 어서 마을로 돌아가십시오. 여긴 제가 지키겠습니다.”

백리소소가 방긋 웃으면서 말했다.

“살수의 무공을 극한으로 익히신 것 같군요. 일단 이곳은 이제 괜찮습니다. 하지만 이곳보다 지금 더 위험한 곳이 있습니다. 이제 빨리 그곳으로 가야만 합니다.”

관이는 놀라서 백리소소를 바라보았다.

대체 자신이 살수의 무공을 극한으로 익힌 것을 어떻게 알았단 말인가? 하지만 그것은 나중이었다.

지금 당장 위험한 곳이 있다고 하지 않는가.

"그곳이 어디입니까?"

"저를 따라오십시오. 그런데 혹시 말을 타고 오진 않았나요?"

관이가 대답 대신 길게 휘파람을 불었다. 그러자 멀리서 한 마리의 흑설총이 달려왔다.

좋은 말이란 것을 한눈에 알 수 있었다.

"좋은 말이군요."

"형수님이 타십시오. 전 신법을 펼치면 됩니다."

백리소소는 대답 대신 역시 휘파람을 불었다. 그러자 이번에는 거대한 말 한 마리가 달려왔다. 온몸이 순백의 털로 뒤덮인 말은 지금까지 관이가 보았던 어떤 말보다도 더 컸다.

특히 푸르스름한 색의 안광은 위엄까지 있어 보인다. 그런데 무엇인가 이상한 느낌이 들었다. 그러나 그것이 무엇으로 인한 것인지는 관이도 알 수 없었다.

"참으로 대단한 말입니다. 그런데 무엇인가 이상합니다. 마치 조각을 해놓은 것 같습니다. 생명이 없는 듯한……."

백리소소는 관이의 중얼거림에 더 이상 말에 대한 언급을 회피하였다. 아무래도 설명을 하려면 시간이 걸릴 것이고, 지금은 그럴 시간이 없었던 것이다.

두 마리의 말이 산자락을 따라 힘차게 달리기 시작하였다.

하수연이야 나중에 와서 찾으면 그만이다.

숲에 잘 던져 놓았으니 고생은 돼도 죽지는 않을 것이다.

하수연 정도라면 산속에서 고생 좀 해도 된다고 생각하는 백리소소였다. 뭐, 재수없으면 곰이나 맹수의 밥이 될 수도 있었지만, 그럴 일은 거의 없을 것이라 믿었다.

단지 그녀를 던져 놓은 곳이 불개미 집 위라 조금 뜯기기는 할 것이다. 그래도 죽기야 하겠는가?

백리소소는 여자의 질긴 생명을 믿기로 하였다.

사실 신경 쓰고 싶지도 않았다.

그녀가 향하는 곳은 바로 녹림도원이었다.

지금 천문의 수하들이 싸우고 있는 곳을 가려면 녹림도원을 가로질러 가는 것이 가장 빠르다.

그때부터 관이는 자신이 평생 동안 놀라야 하는 모든 양을 한 번에 다 놀라는 신기한 경험을 하게 된다.

第十二章
천문 대혈투

녹림도원으로 올라가는 어귀 앞에서 벌어지는 전투는 그야말로 점입가경이었다. 오대곤과 대과령이 가세하면서 천문이 우세하는가 싶었지만 곧이어 산 위에서부터 달려온 염제와 환제의 가세는 불가항력이란 말 그대로였다.

처음 염제가 오는 것을 본 천문의 고수는 청룡단의 부단주인 적황이었다. 적황은 수하 두 명과 염제에게 달려들었다가 단 일 장에 불벼락을 맞고 고혼이 되어버렸다.

두 명의 청룡단 수하들과 함께.

그 모습을 본 장칠고의 눈에 불이 났다.

"이노옴!"

고함과 함께 뛰어가는 그의 앞을 가로막은 것은 장삼이었다.

애써 침착한 모습이었지만 장삼의 얼굴은 충격으로 경직되어 있었다. 노가채 시절부터 함께해 온 적황의 죽음은 그에게도 충격이었던 것이다.

"단주님, 저자는 우리가 이길 수 있는 자가 아닙니다. 혼자서는 안 됩니다."

장칠고가 몸을 부르르 떨었다.

"빨리 강시들로 저자를 막아라!"

누군가의 고함과 함께 강시들이 염제와 환제를 향해 몰려갔다.

"흐흐, 겨우 이따위 강시들로 나를 상대하려 하다니."

염제의 손에서 염화진천강이 펼쳐졌다.

화르륵.

소리와 함께 십여 구의 강시가 불꽃 속에 타 들어가면서 바닥에 쓰러졌다. 그리고 그 뒤에서 날아온 륜 하나가 무려 이십여 명이나 되는 천문의 수하들을 쓸고 지나갔다.

"크아악!"

비명이 연이어 들리면서 그들의 몸은 여기저기가 갈라진 채 바닥에 쓰러졌다.

환제의 귀영태양륜이 펼쳐졌던 것이다.

그뿐이 아니었다.

두 사람의 뒤를 따르던 백여 명의 전륜살가림 수하들은 모두 정예들이었다. 그들은 모두 한 자루씩의 강창을 들고 있었는데, 염제의 직속인 염마대(炎魔隊)의 고수들이었다.

염마대의 대원들이 든 강창은 태양창(太陽槍)이라고 불리는 것으로 극양의 무공을 익힌 자들만이 사용할 수 있는 무기였다. 염제는 이백 명의 염마대 중 대주인 화염마창(火焰魔槍) 토그르 외 백 명을 대동하고 왔다.

장족 출신인 토그르는 신장이 무려 칠 척에 달하는 장신으로 그가 든 태양창은 길이만 해도 일 장에 달했다. 토그르는 염제에게 무공을 직접 하사받은 직전제자로 그의 무공은 천문의 고수들 중에서도 자운 정도는 되어야 겨우 상대할 수 있을 정도로 강했다.

토그르는 산에서 달려나오며 이미 자신이 상대해야 할 적을 미리 점찍어놓고 있었다.

그의 시선은 철곤을 휘두르며 랑급 삼십육소전사 중 한 명인 인랑(刃狼)을 무자비하게 몰아붙이고 있는 진천을 향해 있었다.

"내가 염마대의 대주인 화염마창 토그르다. 네놈은 누구냐?"

인랑을 거의 죽음 직전까지 몰고 갔던 진천은 토그르를 보자 인랑을 버려두고 그에게 달려가며 마주 고함을 질렀다.

"철곤 진천이다! 그렇지 않아도 좀 싱겁던 참이다!"

진천이 철곤을 휘두르며 달려들자, 토그르의 화염마창이 허공을 가른다.

깡!

소리와 함께 둘의 무기가 충돌하였다.

'끄윽' 하는 소리와 함께 진천이 뒤로 세 걸음이나 물러섰다.

진천은 이를 악물고 관표에게 전수받은 무공을 펼치기 시작했고, 토그르의 창에서 불길이 뿜어지면서 진천을 몰아붙였다. 단 십여 합이 지나기도 전에 진천은 위기 상황으로 몰리고 있었다.

아무리 관표에게 절세의 무공을 배웠고 개정대법으로 무공이 일취월장하였다고 해도 그것은 한계가 있기 마련이다. 진천은 사력을 다해 붕산월광곤법(崩山月光棍法)을 펼치며 대항하였다. 이는 붕산월광부법을 곤법으로 변환한 무공으로 그 위력은 능히 토그르의 화염마창보다 상위였지만, 현재 진천으로선 그 위력의 오 할 정도만 사용할 수 있을 뿐이었다.

진천뿐이 아니었다.

염마대가 전투 속으로 뛰어들면서 천문의 수하들은 일방적으로 밀리기 시작했다. 열기를 실은 태양창의 위력은 천문의 일반 무사들이 상대하기 어려울 정도로 위력이 강했고, 강시들에겐 극성이었다. 천문의 수장들은 죽을힘을 다해 저항했지만 그들도 전륜살가림의 고수들에게 묶여 악전고투를 하고 있었다.

그중에서도 가장 치열한 결투가 벌어진 곳은 투괴와 네 구의 혈강시였다.

강호 십이대초인 중 한 명인 투괴가 네 구의 혈강시에게 갈수록 밀리고 있다는 사실은 놀라움을 넘어서 경악할 일이었다.

혈강시들은 투괴의 어떤 공격에도 쓰러지지 않았고, 그들의 괴이한 무공과 합벽진은 제아무리 투괴라도 상대하기가 까다로웠다.

그들의 주변, 십여 장이 완전히 혈풍 속에 있는지라 감히 누구도 접근을 못하고 있었다.

재수없게 그들의 싸움에 휘말린 자들은 전신이 찢겨져 날아갔다.

"크으윽!"

비명과 함께 토그르의 화염마창이 진천의 가슴을 뚫고 지나갔다. 진천의 손에 들린 철곤이 힘없이 땅에 떨어졌고, 그것을 본 여광이 눈을 부릅뜨고 그에게 달려가려 했지만, 그 역시 전륜살가림의 십이대전사 중 한 명과 악전고투 중이라 어떻게 할 수가 없었다.

반고충은 손으로 얼굴을 가리며 몸을 부르르 떨었다.

백골노조 이충에 이어 두 명의 장로가 희생된 것이다.

진천을 죽인 토그르가 여광을 향해 달려들려고 하였다.

상대하고 있는 십이대전사 중 한 명만 해도 힘에 부치던 여광은 이를 악물었다.

토그르가 여광을 향해 다가갈 때였다.

"아미타불."

염불 소리가 아득하게 먼 곳에서부터 천둥처럼 들려왔다.

"대 사자후."

한꺼번에 대여섯 구의 강시들을 태워 버린 염제가 느긋하게 전투를 감상하다가 놀란 표정으로 중얼거렸다.

갑자기 전투가 멈추어졌다.

모두 소리가 난 곳을 바라보았다.

달려오는 수백 명의 그림자들이 보인다.

서서히 다가오는 그들을 본 염제의 눈살이 찌푸려졌다.

아무리 보아도 자신이 기다리던 사람들은 아니었던 것이다. 이때 수하 한 명이 달려와 보고를 하였다.

"무림맹의 고수들인 것 같습니다."

염제와 환제의 안색이 굳어졌다.

그들의 출현으로 일단 전투는 멈추어진 상황이었다.

단지 투괴만이 혈강시들과 여전히 치열한 공방전을 하고 있었다.

염제는 조금 놀랐지만 오히려 잘됐다는 생각도 들었다.

'이 기회에 모두 일망타진해 버리면 되겠군.'

그는 자신있었다.

만약 조금 전 자신과 환제가 마음먹고 달려들었다면 천문은 벌써 초토화되고 말았을 것이다. 단지 염마대의 수하들에게 피 맛을 보게 하고, 오랜만에 실전에 대한 갈증을 풀어줄 요량으로 방관했었기에 천문이 그나마 버틸 수 있었다.

또한 자신과 환제의 실력도 믿고 있었지만, 잠시 후 도착할 사형과 사저의 강함을 알고 있었기 때문이다. 아무리 무림맹이라도 이쪽의 전력이 얼마나 강한지에 대해서는 생각하지 못했을 것이다.

검종 요보동이 검제란 사실은 물론이고, 요제인 사저의 무공이 요보동보다 아래가 아니란 사실도 모를 것이다. 비록 자신들에 대해서 잘 아는 곤륜이 무림맹에 포함되어 있지만, 곤륜조차 전륜살가림에 대해서 아는 것은 빙산의 일각에 불과했다.

오제 중 자신과 환제의 무공은 다른 삼제와 비교해 많은 차이가 있었다. 그것은 자신과 환제가 무공이 아닌 다른 쪽으로 특출나기 때문에 상쇄된 바가 있었다.

문제는 무림맹이 천문을 노리고 왔는지, 아니면 자신들을 노리고 왔는지에 대한 의문이었다.

'정의맹과 힘을 합해 천문을 치러 온 것인가? 아니면 정의맹의 배후를 우리가 노리고 있다는 것을 알고 정의맹을 도우러 온 것인가?'

지금 염제나 환제가 추측할 수 있는 가장 근접한 해답이었다.

염제가 열심히 상황을 판단하고 있을 때 무림맹의 무리들이 천천히 다가왔다.

그들 중에 궁장 차림의 여자가 자꾸 마음에 걸렸다. 그리고 나이를 분간하기 어려운 고승도 만만해 보이지 않았다.

무림맹이 나타나자 천문의 입장도 미묘해졌다.

그들이 자신들의 아군인지 적인지 아직 분간하기가 어려웠던 것이다.

유대순이 반고충에게 물었다.

"저들은 정의맹을 도와 우리를 공격하려고 온 것이 아닐까요?"

"아직은 확실하게 모르겠네. 중요한 것은 무림맹의 등장이 우리에게 기회를 줄 수도 있다는 사실일세."

천문의 고수들은 모두 반고충을 바라보았다.

반고충은 애써 침착한 표정을 짓고 있었다.

조금 전 상황이라면 녹림도원으로 도망을 하고 싶어도 불가능할 정도로 밀리고 있었다. 생각만 해도 아찔하다.

염제는 몇 가지 가정을 생각하며 무림맹의 인물들을 다시 한 번 살펴보았다. 근래 자신들을 상대하기 위해서 무림맹이 결성되었다는 것은 알고 있지만, 그들의 힘이 얼마나 되는지 정확하게는 모르고 있었다.

그래도 자신은 있었다.

전륜살가림은 관표와 이미 충돌을 해보았기 때문에 그의 힘을 잘 알고 있었다. 전륜살가림의 미래를 위해서도 반드시 처치해야 할 제일의 적이었다. 그래서 정의맹과 천문이 결투를 한다고 하자, 그들을 한꺼번에 일망타진할 생각으로 많은 정예를 준비하고 왔다.

전륜살가림의 본진이 움직인 것 자체가 근래 들어 처음 있는 일이었고, 지금처럼 대규모로 움직인 것은 근 수십 년 이래 처음 있는 일이었다.

제갈소가 전륜살가림에 정의맹이 천문을 공격한다고 비밀리에 알린 것은 이때를 틈타 무림을 공격하라는 뜻이었다.

그녀조차도 전륜살가림이 관표를 얼마나 큰 비중을 두고 지켜보는지 몰랐던 것이다.

전륜살가림은 제갈소의 말대로 무림을 공격하였다. 그러나 그녀의 생각대로 무림맹이나 정파를 공격한 것이 아니라 천문과 정의맹을 공격해 온 것이다.

서로 싸우면서 양패구상한 두 세력을 공격하기엔 지금보다 더 좋은 기회가 없었을 것이다.

결국 제갈소는 스스로 제 무덤을 판 격이었다. 그런데 전륜살가림도 설마 무림맹이 이곳에 나타나리란 생각은 못했다.

물론 무림맹이 나타난다고 해도 큰 문제는 없겠지만.

단지 조금 전 사자후로 염불을 왼 자의 무공이 마음에 걸릴 뿐이었다.

나타난 무림맹의 무리는 모두 삼백여 명이었다.

많지는 않지만 그들의 기세로 보아 상당한 정예들임을 알 수 있었다. 맨 앞에는 흑의 경장을 한 늘씬한 미녀와 봉황이 수놓아진 궁장을 한 중년의 미부, 그리고 한쪽에는 노도사 한 명과 거지 한 명이 서 있었고, 그들보다 조금 앞에는 한 명의 승려가 서 있었는데 나이를 짐작하기 어려웠다. 그리고 그들의 뒤로도 수많은 무림의 고수들이 즐비하게 서 있었다.

염제는 마른침을 삼켰다.

나타난 무림맹의 전력이 생각보다 강하단 것을 느낀 것이다.

한편 무림맹의 수뇌들은 정의맹이 천문을 급습한다는 말을 듣고 급하게 나타나긴 했지만 상당히 혼란스러웠다.

두 세력의 대결은 당연히 정의맹이 이기리라 생각했었다. 하지만 이기더라도 큰 피해를 입을 수 있었기에 어떻게 하든 두 세력의 싸움을 말리려는 의도로 달려왔다.

혹시 늦어 이미 전투가 끝났다면 전륜살가림의 기습으로부터 정의맹을 도우려는 의도도 포함되어 있었다. 무림맹의 군사인 제갈령은 전륜살가림이 이 기회를 놓치지 않을 것이라 판단했던 것이다. 그런데 그들은 오면서 놀라운 현장을 보고 말았다.

몇백 명의 정의맹 수하들이 땅에 붙은 채 꼼짝도 못하고 있는 것이 아닌가. 그리고 그들로부터 들은 이야기는 쉽게 믿어지지 않는 사실들뿐이었다.

구파일방의 이대문파와 오대세가 중 이대세가가 연합한 정의맹이 패했다는 사실이었다. 그건 쉽게 믿을 수 없는 일이었지만 당사자들로부터 들은 이야기니 거짓일 수가 없을 것이다. 문제는 관표와 당진진의 결투였다.

들은 그대로를 종합해 보면 당진진이 관표에게 졌고, 그 부작용으로 독공이 폭주했다. 그런 당진진을 관표가 유인해서 사라졌다는 말이 아닌가? 대체 관표의 나이가 몇이기에 칠종의 한 명인 당진진을 이길 수 있었단 말인가. 그러나 본 사람들의 말이니 안 믿을 수도 없었다. 그리고 그들로부터 안쪽에 또 다른 전투가 있고, 정의맹 이군이 위험하다는 사실도 알게 되었다.

그 말을 듣고 급히 달려온 무림맹이었다.

막상 도착은 했지만 벌써 전륜살가림의 습격이 시작되고 있었던 것이다.

문제는 어디에도 정의맹 무사들의 그림자가 없다는 사실이었다.

흑의 경장 소녀 제갈령은 가볍게 한숨을 쉬었다.

여러 가지 상황을 짐작하건대 정의맹 이군은 패해서 물러섰거나 전륜살가림을 천문에 떠넘기고 도망쳤다는 것을 눈치챈 것이다.

'전륜살가림이 이번 기회를 노렸다면 그렇게 만만하지 않을 것이다. 그렇다면 여기서 도망친다고 무사하지 않을 텐데, 참으로 바보 같은. 소 언니가 있었다면 이런 상황은 벌어지지 않았을 것이다. 언니는 대체 어디에 있는 것인가?'

제갈령은 가볍게 한숨을 쉰 다음, 투괴와 혈강시가 싸우는 곳을 바라보았다. 궁장 미부를 비롯한 무림맹 수뇌들의 시선도 투괴와 혈강시들이 싸우는 곳을 보고 있었다.

여러 가지로 충격이 겹치고 있었다.

정의맹이 완패한 사실도 놀라웠지만, 지금 그들이 보는 결전은 그 모든 것을 넘어서고 있었다.

사방 십여 장이 지진이라도 난 것처럼 모두 뒤집어져 있었고, 싸우는 자들의 움직임이 너무 빨라 그림자를 쫓는 것도 힘이 들었다.

강호를 수십 년 이상 전전한 각파의 원로들조차 처음 보는 무서운 혈투였고, 대체 저렇게 싸울 수 있는 자들이 누구인지 궁금했다. 하지만 흙먼지와 붉은색 기류가 무서운 속도로 회전하는 것만 보일 뿐 그 안을 꿰뚫어 볼 수 있는 사람들은 고작 서넛 정도에 불과했다. 그나마 무림맹의 고수들 중에 정확하게 상황을 보고 그들의 움직임까지 볼 수 있는 사람은 단둘뿐이었다.

제갈령은 일단 상황을 판단하자 천천히 앞으로 걸어와 염제를 바라보고 포권을 취하며 말했다.

"무림맹의 제갈령입니다. 이미 저에 대해서는 잘 아실 것이라 믿겠습니다. 지금 상황이 묘하게 변했습니다. 오늘은 이만 물러가심이 어떠신지요."

그 말을 들은 염제가 미미하게 웃으며 말했다.

"네가 무림맹의 제갈령이구나. 과연 듣던 대로 당차군. 너는 내가 누구인지 알고 있느냐?"

제갈령이 방긋이 웃으면서 말했다.

"전륜살가림에 오제가 있고 그중에 염제님의 무공은 극양의 무공이라고 들었습니다."

"후후, 역시 지다선이란 말이 그냥 나온 말은 아니었군. 하지만 너는 내게 물러가라 마라 할 자격이 없다. 나는 천문에게만 볼일이 있을 뿐이다. 어차피 천문은 도적의 무리, 너희들과도 적이 아닌가? 그러니 너희들이 물러서야 옳다. 우리가 대신 천문을 처리해 주면 너희는 그냥 어부지리를 얻는 것이나 마찬가지 아니겠느냐?"

이치에 합당한 말이었다.

처음의 제갈령이었다면 그렇게 생각했을지도 모른다. 그러나 지금은 그럴 수가 없었다.

관표가 무림맹에 속한 곤륜의 전대 장로, 신분임을 알고 있었으며, 그가 결코 악인이 아니란 것을 들어서 알고 있었던 것이다. 그래서 이번 출정도 정의맹과 천문을 화해시키는 것에 목적을 두고 있었다.

"천문의 인원이 설사 도적이라도 그들은 중원인입니다."

염제의 입가에 미미한 미소가 감돌았다.

"더 입씨름을 해봐야 소용이 없겠군. 그런데 이렇게 많은 고수들을 대동하고 온 것을 보면 우리가 이곳에 나타날 것을 알고 있었단 말인데, 그런 것이냐?"

"짐작만 했었습니다. 그래서 만약을 위해 조금 준비를 했습니다."

"짐작을 한 근거는?"

제갈령이 방긋 웃음을 머금고 말했다.

그녀의 웃는 모습이 참으로 매력적이다.

"조금만 생각해 보면 지금 같은 기회를 놓치려 하지 않으시겠지요. 저라도 이랬을 것입니다. 더군다나 녹림왕과는 은원이 얽혀 있다는 것을 알고 있습니다. 아쉽다면 제가 너무 늦어서 많은 피해가 있었던 것 같습니다."

"늦지 않았다. 왜냐하면 죽기에 적당한 시간에 왔기 때문이다."

제갈령은 혈강시 네 구와 악전고투를 하고 있는 투괴를 슬쩍 보면서 말했다.

"무림맹은 그리 만만하지 않습니다."

"그렇겠지. 하지만 너는 전륜살가림에 대해서 너무 몰랐다."

제갈령이 눈을 반짝이며 염제를 바라보았다.

"물론 지금 있는 이곳의 인원이 다가 아닐 거란 것은 짐작을 하고 있습니다. 얼마나 많은 준비를 하고 오셨는지 그렇지 않아도 궁금하던 참이었습니다."

염제의 입가에 괴소가 어렸다.

"아이야, 네가 모른 것이 있었다. 그것이 무엇인지 아느냐?"

"무척 궁금합니다."

"너는 녹림왕의 무공을 제대로 몰랐다. 우리는 그것을 알고 있었지. 그 차이가 어떤 것인지 아느냐?"

제갈령은 더욱 궁금한 표정으로 염제를 바라보며 물었다.

"그것이 무엇입니까?"

"너는 관표의 무공이 강해보았자 십이대초인의 적수는 아니라고 생각했을 것이다. 그 나이의 한계를 생각했을 것이다. 그러나 우리는 그의 무공이 정말 십이대초인에 뒤지지 않는다는 것을 알고 있었다. 인정하기 싫지만, 분명히 사실이다."

그 말을 들은 무림맹의 수뇌들은 모두 놀라 탄성을 발했고, 지칠 대로 지쳐 있던 천문의 수하들 얼굴엔 뿌듯한 자부심이 어렸다.

적으로부터 인정을 받았으니 이젠 그 누구도 관표의 무공을 의심하지 않을 것이다.

제갈령의 안색이 굳어졌다.

관표의 무공이 정말 십이대초인들과 비슷한 수준이란 사실도 놀라웠지만, 그녀는 지금 염제가 하는 말의 내면을 들여다보고 있었던 것이다. 땅바닥에 붙은 채 꼼짝도 못하는 정의맹 수하들에게서 관표와 당진진에 대한 이야기를 들었지만 모두 놀라서 횡설수설하는 것이라 생각하며 애써 외면했었다.

특히 당진진의 독공이 폭주했으며, 그녀를 관표가 유인해 갔다는 말을 듣고 당진진에게 져서 도망친 것이라 생각했었다. 한데 지금 염제의 말은 그녀뿐이 아니라 무림맹의 사람들에게 큰 충격을 주었다.

그녀는 생각을 정리해 보았다.

만약 자신이라면 어땠을까?

우선 정의맹에 당진진이 있다는 사실은 누구나 다 아는 사실이다.

'그렇다면 최악의 경우를 생각해서 최소한 당진진과 관표를 상대할 준비는 하고 왔을 것이다. 그들이 만약의 경우 힘을 합할 수도 있다는 가정을 한다면 그 이상의 압도적인 힘을 준비해 왔을 것이다. 만약 전륜살가림에 그 정도까지 생각을 할 수 있는 사람이 있다면?'

그건 생각하나마나 한 이야기였다.

중원을 도모할 정도의 단체라면 당연히 뛰어난 책사가 있어야 한다. 제갈령은 눈앞의 염제가 그런 인물 중 한 명임을 짐작하였다.

판단이 서자 제갈령은 빠르게 사방을 둘러보았다.

"과연 제갈가의 자랑답게 내가 하는 말을 알아들었구나. 그러나 아이야, 너는 늦었구나. 나도 설마 천문에 투괴까지 있을 줄은 몰랐고 무림맹이 이곳에 나타날 줄은 몰랐지만, 우리 힘은 너희들을 상대하고도 남음이 있단다."

투괴란 말에 무림맹의 인물들은 다시 한 번 놀라움을 감추지 못했다. 그들은 그제야 지금 무지막지하게 싸우고 있는 혈투의 주인공들 중 한 명이 투괴임을 알았다.

"무척 자신만만하군요."

"당연하다. 조금 전에 들은 소식으로 당진진과 관표가 서로 양패구상한 것 같다고 했다. 덕분에 둘을 상대하려 했던 힘으로 너희를 상대하면 된단다. 호호, 그 외에도 만약을 위해 준비한 것이 있으니 너희들은 충분한 대접을 받을 수 있을 것이다."

염제의 말에 제갈령은 다시 한 번 방긋 웃으면서 말했다.

그 여유있는 모습이 몹시 얄밉다는 생각을 들게 하였다.

"참으로 우리가 불리해졌군요. 하지만 세상일이란 끝나기 전엔 아무도 짐작하기 어려운 법이랍니다."

"그렇지, 네 말이 옳다. 그런데 아이야! 설마 무림맹의 맹주가 너는 아니겠지."

제갈령은 염제의 말에 큰 눈을 더 크게 뜨면서 말했다.

"당연하지요. 하지만 맹주님은 이런 일에 나서시는 것을 별로 좋아하지 않으신답니다. 어쩌죠?"

"좋구나! 어차피 죽고 죽이는 사이, 알면 뭐 할 것인가? 그렇다면 너는 언제까지 말만 하고 있을 참이냐? 나는 더 이상 기다릴 생각이 없다만."

제갈령이 화들짝 놀란 표정으로 염제를 보면서 말했다.

"어머, 그렇군요. 그럼 이제 우리는 싸워야겠군요. 그렇죠?"

마지막 말은 반고충을 보면서 한 말이었다.

반고충은 그녀의 뜻을 이미 헤아리고 있던 참이었다.

"깜찍한 아가씨군. 당연히 우리는 힘을 합해 싸워야 할 것이오."

반고충의 대답과 함께 갑자기 사방에서 살기가 충천하기 시작했다. 일촉즉발의 긴장감으로 인해 주변의 공기가 터져 나갈 것 같은 분위기였다.

전투가 시작되려 하자, 무림맹의 노고수들이 앞으로 나오고 제갈령은 뒤로 물러서려 하였다. 그러나 그것을 두고 볼 염제가 아니었다.

"도망가려 하느냐?"

고함과 함께 염제의 손에서 한 가닥의 불길이 뿜어져 제갈령을 공격해 갔다.

날름거리는 양강의 장력은 당장이라도 제갈령을 불태울 것만 같았다. 그 순간 환상처럼 하나의 그림자가 그녀의 앞을 가로막고 있었다.

第十三章
초인들의 대결

'퍽' 하는 소리가 들리며 염제가 뒤로 세 걸음이나 주르륵 밀려 나갔다. 그리고 제갈령의 앞엔 궁장 차림의 여자가 한 폭의 그림처럼 곱게 서 있었다.

"대… 대체."

단 한 손으로 자신의 공격을 막아낸 궁장 미부를 바라보는 염제는 상당히 충격을 받은 모습이었다.

결코 십이대초인의 아래라고 생각해 본 적이 없었던 염제였다.

그런 자신을 한 손으로 물러서게 하는 여자가 있으리란 생각은 한 적이 없었다.

염제는 눈앞의 여자에 대해서 생각해 보았다.

무림맹에 그런 정도의 실력있는 여자가 있다면 누굴까? 대답은 의외로 쉬웠다. 무림맹이 아니라도 전 무림을 통틀어 그 정도의 실력있는 여자는 많은 것이 아니었다.

"호… 혹시, 의… 의종(醫宗) 백봉화타(白鳳華陀) 소혜령(少慧靈)?"

제갈령이 소혜령의 뒤에서 얼굴을 내밀고 말했다.

"어머, 눈치도 빠르시군요."

방긋이 웃어주고 그녀는 뒤쪽으로 물러섰다.

염제의 얼굴이 심각하게 굳어졌다.

염제뿐이 아니라 환제와 그의 뒤에 있던 전륜살가림의 고수들 얼굴도 전부 굳어졌다.

새삼 십이대초인의 명성이 얼마나 대단한 것인지 느껴지는 순간이었다. 염제의 입가가 씰룩거렸다.

"뜻밖의 횡재군. 반드시 죽여야 할 자 중 한 명을 여기서 보다니. 그럼 모두 공격하라."

그의 명령이 떨어지자 전륜살가림의 고수들이 일제히 몸을 날렸다. 그것을 본 위맹한 모습의 장년인이 노승을 바라보았다.

노승이 고개를 끄덕이자 그는 뒤를 돌아보며 고함을 질렀다.

"무림맹의 형제들은 오랑캐들에게 중원의 힘을 보여주어라!"

"와아!"

고함과 함께 무림맹의 고수들이 일제히 앞으로 달려나갔다. 그 모습을 본 반고충이 오대곤을 바라보면서 고개를 끄덕였다.

이미 명령이 떨어지기만 기다리던 참이었다.

"천문의 수하들은 무림맹을 도와 침입자들을 모두 죽여라!"

오대곤의 벽력같은 고함과 함께 살아남았던 천문의 수하들이 전륜살가림을 향해 몸을 날렸다.

다시 한 번 사방에서 결투가 벌어지면서 피가 튄다.

염제는 경천열화신장(驚天熱火神掌)을 끌어올린 채 백봉을 바라보았다.

혼자서 상대하기엔 껄끄러운 상대였다.

그녀가 비록 무공이 아니라 의술로 칠종의 하나가 되었다고는 하지만, 그녀의 무공이 다른 칠종에 비해 손색이 있는 것은 아니었다.

무공이 모자라면 아무리 의술이 경지에 달했다고 해도 칠종의 한 명으로 불리진 않았으리라.

세상에 알려진 바론 그녀의 무공 중 신법과 보법은 능히 천하제일이라고 하였다. 그러나 그것 이외에 다른 무공은 알려진 것이 없었다. 그 점이 더욱 꺼림칙하였다.

다른 무공이 약하다면 조금 전 자신의 무공을 단 일 장에 막아낼 순 없었을 것이다. 환제가 자신을 도와주었으면 했지만 환제는 무림맹의 노승과 대치하고 있었다.

"백봉과 겨루게 되어서 영광이외다."

"염제의 무공이 능히 초인의 경지에 달했다고 들었습니다. 잘 부탁드립니다."

"내 무공이 아무리 강해도 칠종만 하겠습니까? 더군다나 나는 전륜살가림의 군사도 겸하고 있으니 오제 중 하수라 하겠습니다."

백봉의 얼굴에 화사한 표정이 떠오른다.

"이 자리에서 겸손은 오만과 같습니다."

"흐흐, 그럼 직접 확인해 보시구려."

번쩍, 하는 섬광과 함께 그의 손에서 두 가닥의 불기운이 의종의 배를 향해 쏘아갔다.

선제공격을 한 것이다.

백봉의 신형이 꿈틀하더니 그의 공격을 가볍게 피해내고 있었다.

천하절세라 했던 은하수리보법(銀河水鯉步法)이 펼쳐진 것이다.

그녀의 섬세한 두 손이 뒤집어지면서 다섯 가닥의 경기가 쏟아져 나왔다. 그런데 그 경기가 마치 한 마리의 봉황처럼 변하면서 날개를 편다. 더군다나 봉황은 순백의 모습으로 다시 한 번 변하면서 염제의 오대요혈을 노리고 날아왔다.

그것을 본 염제의 안색이 창백하게 변했다.

그의 머리 속에 하나의 전설이 떠올랐다.

세상에는 수많은 무공이 있지만 그중 어느 것이 최고라고 할 수는 없다. 그러나 무림에는 오래전부터 능히 천하제일을 다투는 두 개의 장법이 존재하고 있었다.

뭐든지 숫자로 명확하게 하기를 좋아하는 무인들은 이 두 개의 장법을 일컬어 천하쌍절장(天下雙絶掌)이라고 불렀다.

전설로만 전해 내려오면서 실제 세상에 나왔던 적도 별로 없었지만, 이 두 개의 장법 중 하나가 천하제일장법일 거란 사실은 누구나 인정하고 있었다.

그 둘 중 하나가 백봉구화장법(白鳳九華掌法)이었다. 그리고 자신의 생각이 정확하다면 지금 의종이 펼치는 장법이 바로 백봉구화장법일 것이다.

그것도 선명한 백봉황이라면 십성 이상의 경지임이 분명했다.

"제기랄!"

자신도 모르게 소리를 지른 염제는 십성의 공력으로 염화진천강(炎火震天罡)을 펼쳤다. 불꽃의 강기가 사방으로 갈라지면서 백봉황과 충돌하였고, '파바방' 하는 소리가 연이어 들리며 염제는 뒤로 다시 두 걸음 물러서고 말았다.

'십이대초인 중 칠종 정도라면 상대할 수 있을 줄 알았는데, 과연 대단하다. 하지만 난 염제다.'

염제는 비록 조금 물러서긴 했지만, 기죽지 않고 달려들며 경천열화신장의 절초를 펼치기 시작했다. 그러나 소혜령의 손에서 날아오른 백봉황은 경천열화신장의 화기를 한순간에 소멸하면서 염제를 위협한다.

백봉황과 불꽃이 둘 사이 삼 장 안에서 맴돌기 시작했다.

그리고 그 옆에서는 환제와 노승이 겨루고 있었는데, 놀랍게도 환제와 노승은 팽팽하게 겨루고 있었다.

무공과 기환술에 자신이 있었던 환제는 자신이 상대하는 노승의 정체가 궁금했다. 대체 누구기에 감히 자신과 맞먹는 무공을 지니고 있단 말인가? 중원에선 십이대초인과 관표 말고는 자신의 상대가 없을 것이라 생각했던 환제가 놀라는 것은 당연했다.

"대단한 중이군. 대체 정체가 뭐냐?"

환제의 말에 노승이 염불을 외며 대답을 하였다.

"아미타불, 소승은 원화라 합니다."

"원… 원화?"

환제는 놀라지 않을 수 없었다.

설마 상대가 칠종 중 한 명이자, 십이대초인 중 가장 나이가 많다는 원각 대사의 사제인 원화일 줄이야.

그럼 대체 이 노승의 나이가 몇이란 말인가? 대충 짐작해도 백여 세는 훨씬 넘었을 것이다. 무엇보다 놀란 것은 원화가 살아 있다면 원각 역시 살아 있을 거란 사실이었다.

환제는 노승이 자신과 능히 겨룰 수 있는 상대란 사실을 인정하지 않을 수 없었다.

칠종의 하나인 원각 대사가 아니길 천만다행이란 생각도 들었다.

'원화의 무공이 이 정도면 원각의 무공은 어느 정도란 말인가?'

의문이 들었지만, 그것은 나중이다.

우선은 눈앞의 적이 먼저였던 것이다.

제갈령은 반고충 일행과 함께 격전지에서 조금 떨어진 곳에 서서 전투의 양상을 지켜보고 있었다.

전투는 혼전이었지만, 사실상 무림맹과 천문의 우세로 점차 그 저울추가 기울어가고 있었다.

염제는 백봉의 무위에 계속 밀리는 중이었고, 환제는 원화와 막상막하의 대결을 펼치고 있었다. 그리고 노개와 도사였던 두 명의 무림 장로는 투괴를 도와 혈강시들을 상대하고 있었는데, 놀랍게도 혈강시들은 세 사람의 절정고수와 싸우면서도 쉽게 지지 않고 있었다.

실제 혈강시 중 하나가 구의 중 한 명인 노가구와 무당의 장로인 송학 도장을 상대로 싸우면서 뒤지지 않고 있었다. 대신 투괴는 세 명의 혈강시를 상대하면서 약간 여유를 가질 수 있었다.

제갈령은 복면의 괴한들이 전륜살가림의 무기인 혈강시일 거라고 짐작하면서 그들의 능력에 다시 한 번 놀라지 않을 수 없었다.

'참으로 암담하구나. 전륜살가림엔 저런 혈강시가 몇 구나 있을까?'

제갈령의 혈강시에 대한 충격은 상상 이상이었다.

그 외에도 가장 눈에 띄는 적의 고수는 염마대의 대주인 화염마창(火焰魔槍) 토그르였다.

장신의 체구에서 뿜어지는 힘과 기교는 보는 사람들의 눈을 현혹시키고 위압감을 느끼게 만들고 있었다. 그의 근처에 있던 무림맹이나 천문의 수하들은 이리저리 도망 다니기에 바쁘다.

한 번 휘두르면 불꽃이 이는 강창은 무림맹의 고수들만 골라가면서 죽이고 있었는데, 벌써 무림맹의 장로급 인물들 중 세 명이나 그의 창에 죽어갔다.

제갈령은 가볍게 감탄하지 않을 수 없었다. 그러나 다행이라면 현 상황은 무림맹과 천문의 우세였다. 그리고 시간이 지날수록 전륜살가림이 궁지에 몰리고 있었다.

전투를 세세하게 살피면서 제갈령은 새삼 천문의 전력에 놀라고 있었다. 그들의 무공이나 활약은 무림맹 고수들과 비견해서 절대 뒤지지 않고 있었다.

특히 자운과 대과령, 오대곤, 장충수 등 몇몇 고수들의 무공은 그녀가 보고도 놀랄 정도였다.

'대체 어떻게 저런 고수들이 천문에 대거 몰려 있을 수 있었단 말인가? 더군다나 내가 전혀 몰랐던 자들이거나 내가 알고 있던 자들이라 해도 그들의 무공은 내가 알고 있는 정보와 너무 다르다. 아니, 다른 것이 아니라 천문에서 저들의 무공이 비약적으로 발전했을 것이다. 무엇이, 아니면 어떻게 저들의 무공을 비약적으로 발전시킬 수 있었을까?'

볼수록, 그리고 생각할수록 천문에 대한 것은 놀라움뿐이었다.

'만약 천문이 다른 생각을 품는다면 후에 전륜살가림만큼 무서운 곳이 될 수도 있을 것이다.'

제갈령은 순간적으로 많은 생각이 스쳐 지나갔다.

'지금은 천문과 손을 잡아야 할 때, 우선은 전륜살가림만 생각하자.'

여러 생각을 하면서도 제갈령은 속으로 초조해하고 있었다. 그러나 드러난 그녀의 표정은 여전히 냉정하고 침착했다.

곁에서 그녀를 호위하며 지켜보던 중년의 남자가 그녀의 안색을 보면서 조심스럽게 물었다.

"조금만 더 지나면 완전히 승리할 수 있을 것 같구나."

"아직은 모릅니다. 자칫하면 오히려 우리가 당할 수도 있습니다."

중년인의 안색이 굳어졌다.

"무슨 뜻이냐?"

제갈령이 눈을 반짝이며 중년의 남자를 바라보았다.

"황보 사숙님, 조금 걱정스러운 점이 있어서 그렇습니다."

중후한 인상의 남자는 바로 황보세가의 벽력권(霹靂拳) 황보선이었다. 그는 가주인 황보준의 동생으로 황보세가에서 제이의 실력을 지닌 권사로 유명했다.

황보선은 제갈령의 아버지인 지룡(智龍) 제갈천문과도 친한 사이라 제갈령은 무림맹에서의 지위를 떠나 스스럼없이 그를 사숙이라 부르고 있었다.

"걱정스럽다니? 무엇이 말이냐?"

"지금 상황은 우리 무림맹이 아주 유리하게 진행되고 있지만, 여기를 빨리 정리하지 않으면 우리는 큰 피해를 볼 수도 있을 것 같습니다."

"이유가 무엇이냐?"

"조금 전 염제가 한 말도 거슬리지만, 지금 상황이 불리한데도 전륜살가림의 수뇌들은 크게 동요하지 않고 있습니다. 마치 누군가가 자신들을 구하러 올 것이고 그가 온다면 지금 상황을 완전히 뒤집어놓을 수 있다는 그런 표정들입니다. 그리고 실제 그들의 다른 전력이 있을 것이라 생각이 됩니다. 정의맹이 패해서 도망쳤지만 우리는 오면서 그들의 모습을 한 명도 보지 못했습니다. 아마도 일부의 전륜살가림 고수들이 그들을 일망타진하고 있는 것 같습니다. 그곳의 일이 끝나면 당연히 이곳으로 올 것입니다."

황보선의 얼굴이 굳어졌다.

그녀의 말은 아직까지 틀린 적이 없었던 것이다.

"아무래도 오제의 두 명 정도 이상은 더 있을 것 같습니다. 그리고 제 예상이 맞다면 정의맹은 지금쯤 거의 전멸했을지도 모르겠습니다. 그리고 우리도 큰 피해를 면하기 어려울지도 모릅니다."

황보선이 그녀의 말에 움찔했을 때였다.

그들이 싸우고 있는 분지의 옆으로 흐르고 있는 작은 강 건너편 숲에서 약 다섯 명 정도의 인물이 기진맥진한 채로 달려나오고 있었다.

그들의 몰골은 그야말로 처참했다.

한 명은 팔이 하나 잘려 있었고, 또 한 명은 옆구리에서 피가 흐르고 있었는데, 당장이라도 내장이 흘러내릴 정도로 그 상처가 심했다.

살아 있다는 사실이 신기할 정도다.

그 외의 두 명은 부상당한 두 사람을 부축하고 있었는데, 그들 역시 온몸이 피투성이였으며, 마지막 한 명은 그들의 배후를 지키려는 듯 검을 든 채로 네 사람의 뒤를 따르고 있었다.

그들은 필사적으로 뛰고 있었다.

보는 사람들이 안타까운 마음이 절로 들 정도였다.

가장 먼저 그들을 발견한 황보선의 시선을 좇아 제갈령과 그녀를 호위하고 있던 무사들 몇몇이 그들을 발견하였다.

제갈령은 안색을 굳히며 황보선과 호위무사들을 보면서 말했다.

"얼른 가서 도와주세요. 그리고 조심하셔야 합니다."

그녀의 말을 들은 두 명의 인물이 신법으로 단숨에 강을 넘어 달려갔다. 그들의 신법으로 보아 능히 일파의 장로급 인물들임을 한눈에 알 수 있을 정도였다. 그러나 그들은 강을 다 넘기도 전에 기겁을 하였다.

사력을 다해 강을 도하해 오던 도망자들을 향해 하나의 섬광이 번쩍였고, 동시에 그들의 후위를 보호하던 무사의 머리가 날아갔던 것이다.

섬광이 무엇인지 알아볼 수도 없을 만큼 빨라서 죽은 자가 어떻게 죽었는지조차 알아볼 수 없었다.

비명조차 지르지 못하고 죽은 무사를 돌아볼 사이도 없이 허겁지겁 강을 넘어오는 네 사람의 모습을 보면서 두 사람은 반대쪽 강가에 내려섰다.

그 뒤를 따라나서 서너 명의 호위무사들이 네 명을 보호하며 강을 건너 돌아올 때 숲에서 수많은 그림자들이 나타났다.

강가에 내려선 두 명의 무사는 모두 나이가 오십대로 보였는데 한 명은 청성파의 장로인 현무 도장이었고, 또 한 명은 하북팽가의 고수인 맹호군(猛虎君) 팽대현이었다.

두 사람은 갑자기 숲에서 수많은 여자들이 나타나자 얼떨떨한 기분이었다. 더군다나 그녀들은 모두 한미모 하는 모습들이었고, 입고 있는 옷들도 조금 아찔한 면이 있었다.

제갈령은 그녀들을 보자 갑자기 불안한 마음이 들었다.

"두 분은 어서 돌아오세요!"

제갈령의 고함에 두 사람은 급하게 뒤로 몸을 날렸다.

그러나 그보다 먼저 한줄기의 섬광이 번쩍 하였다.

허공으로 몸을 날린 현무 도장과 맹호군 팽대현의 동작이 거짓말처럼 허공에서 멈추었다. 그리고 천천히 강으로 추락하고 있었다. 떨어져 내리는 그들은 허리가 잘린 채 이분되어, 허리 아래쪽보다 머리가 먼저 강 속으로 떨어져 내렸다.

대항은커녕 자신들이 왜 죽는지 이유조차 알지 못하고 죽어간 것이다. 황보선과 제갈령의 가슴이 서늘해졌다.

죽은 두 사람 중 한 명은 청성파의 장로급 인물로 현무 도장의 무공은 결코 약하지 않았다. 그리고 둘 중 또 한 명은 하북팽가의 맹호군 팽대현이었다.

팽대현의 명성은 강호무림에서 모르는 사람이 없을 정도로 유명한 고수였다.

그런 두 사람이 대항도 하지 못하고 죽었다.

십이대초인이 아니라면 불가능한 일이었다.

황보선은 두 사람을 벤 섬광이 나타난 여자들 중, 이십대 중반 정도의 여자에게 돌아가는 것을 보았다.

여자는 기이하게 생긴 곡도를 한 자루 들고 있었다.

'서… 설마 이기어도술이란 말인가? 아니다. 섬광이 번쩍일 때도 도를 들고 서 있었던 것 같다. 그럼 대체?'

황보선은 여자가 도를 들고 서 있었던 것 같기도 하고 아닌 것 같기도 하였다. 그러나 그 의문은 오래가지 못했다.

지금은 그런 것에 신경 쓸 상황이 아니었다.

나타난 여자들이 적이라면 지금 상황은 최악이라 할 수 있었다.

황보선이 제갈령을 바라보았다.

제갈령은 그 상황에서도 흔들리지 않고 침착한 모습이었다.

'참으로 대단한 아이구나.'

그녀도 지금 상황이 얼마나 다급한지 알고 있을 것이다. 그러나 그녀는 침착하게 도망쳐 온 네 사람을 바라보고 서 있었다.

황보선은 그제야 도망쳐 온 네 사람이 있다는 사실을 자각하고 그들을 바라보았다.

피투성이 모습에 머리는 산발하고 있어서 누구인지 도저히 알아보기가 어려웠다. 그들을 구해온 무사들이 그들을 지혈하며 응급조치를 하고 있었다. 그들 중 배에 큰 부상을 당한 사람을 부축하고 왔던 인물이 쥐어짜는 목소리로 말했다.

"요… 요제다. 상대할 수 없는 악녀. 어서 피해야… 나… 나는 화산의……."

그러나 그는 말을 다 끝내지 못하고 기절하였다.

그나마 그는 나은 편이고 부상이 심한 세 사람은 이미 기절해 있는 상황이었다.

제갈령이 황보선을 보고 급하게 말했다.

"황보 숙부님, 빨리 전투를 중지시키고 무림맹의 사람들을 모이게 하세요. 우리는 피해야 합니다."

황보선이 고함을 질러 전투를 중지시키려 할 때였다.

"호호호, 정말 재미있군. 도망친 정의맹 대신 무림맹이 가세한 것인가? 좋은 일이야. 스스로 호구 속으로 들어왔으니 죽어도 할 말은 없겠지. 제이사령대(第二死靈隊)는 전륜살가림의 형제들을 제외하고 모두 죽여라!"

나타난 여자 중 이십대의 여자가 명령을 내렸다.

그녀는 큰 소리로 말한 것은 아니지만, 전투의 혼란 속에서도 모든 사람들이 또렷하게 들을 수 있었다. 그것만으로도 그녀의 내공을 능히 짐작할 수 있는 일이었다.

그녀는 도망친 네 명의 정의맹 고수에겐 별 관심도 없는 것 같았다. 어쩌면 죽일 수 있었는데, 살려놓고 여흥을 즐긴 것 같은 느낌마저 들었다.

그녀의 목소리를 들은 천문과 무림맹의 고수들이 모두 움찔하지 않을 수 없었다. 반대로 전륜살가림의 수하들은 함성을 내질렀다.

"와아아!"

"요제님이 오셨다!"

밀리던 전륜살가림의 고수들이 용기백배한다.

요제의 명령이 떨어지자 이백여 명의 여자들이 단 한 번에 강을 건너왔다. 제이사령대 앞에는 모두 네 명의 여자들이 앞장을 서고 있었는데, 그녀들은 요제의 제자들로 요도사후(妖刀四后)라 불리는 신요(神妖), 사요(死妖), 섬요(纖妖), 환요(幻妖)였다.

그녀들 중 신요가 제이사령대의 대주였고, 나머지 세 여자가 부대주였다. 그녀들이 가세하자, 천문과 무림맹에 유리하게 돌아가던 전투가 한번에 뒤집어졌다.

제갈령은 가볍게 한숨을 내쉬었다.

'결국 우려하던 일이 벌어졌구나. 요제의 무공도 상상했던 것보다 훨씬 강하다. 상황은 최악이다.'

제갈령은 지금 상황에서는 조금이라도 빨리 후퇴를 해야 한다고 생각했다. 문제는 어디로 도망가느냐 하는 점이었다. 지금은 도망을 가기에도 쉽지 않은 상황이 되고 말았다.

혼전 중이라 자칫하면 후퇴하는 와중에 큰 피해를 입을 수도 있었던 것이다. 멀지 않고 조금이라도 안전한 곳으로 도망쳐야 할 상황이었다. 마침 그녀의 생각을 읽은 듯 반고충의 전음이 들려왔다.

반고충 또한 그녀의 근처에서 상황을 지켜보던 중이었고, 지금은 도저히 승산이 없음을 인식한 것이다.

"천문의 반고충이오. 듣기만 하시오. 지금 상황은 아무리 생각해도 우리가 불리하니 일단 피하는 것이 좋겠습니다. 어떻게 생각하십니까?"

비록 제갈령이 어리지만, 반고충은 그녀의 지위를 생각해서 상당한 공대를 해주었다.

제갈령은 바라던 바였다.

"좋은 의견이 있으십니까?"

"일단 천문으로 피한다면 소수로 많은 수의 적을 막기에 적당합니다. 그리고 최악을 생각해서 나름대로 준비한 것이 있습니다. 지금 상황에서 천문 혼자의 힘으로는 힘들겠지만, 무림맹과 힘을 합하고 천문의 지형과 외곽 진을 잘 이용하면 충분히 싸워볼 만합니다."

지금은 더 이상 오래 생각할 처지가 아니었다.

"알겠습니다. 그럼 부탁드리겠습니다."

두 사람이 의견 일치를 보이자, 제갈령은 황보선과 자신의 뒤에 묵묵히 서 있던 또 한 명의 중년인에게 상황을 빠르게 설명하였다.

반고충 역시 자신을 호위하던 몇몇 고수들에게 상황을 전하였고, 반고충과 제갈령의 명령은 빠르게 천문과 무림맹의 고수들에게 퍼져 갔다. 하지만 상황은 천문과 무림맹이 후퇴하는 것조차 쉽지 않았다.

새로 가세한 요제의 수하들은 기세가 너무 강해서 그녀들을 뿌리치고 후퇴하는 것이 쉽지 않았던 것이다.

제갈령과 반고충도 일행과 함께 천천히 천문을 향해 움직였다.

그들 중 일부의 호위무사들이 이미 기절해 있는 네 명의 정의맹 고수들을 들쳐 업고 있었다. 이때 제이사령대의 요도사후 중 한 명인 사요가 제갈령과 반고충이 있는 곳으로 다가왔다.

그녀는 처음부터 전투에 참여하지 않고 제갈령을 지켜보던 중이었다. 사요의 뒤에는 십여 명의 사령대 여자들이 도를 뽑아 든 채 따르고 있었다.

第十四章

의원은 환자가 아무리 어려운 상황이라도 포기하지 않는다

제갈령과 반고충의 안색이 딱딱하게 굳어졌다.

어차피 들키지 않고 천문으로 들어가긴 힘들 것이라 생각하고 있었지만, 너무 빨리 들켰다.

"호호호! 아이야, 벌써 도망갈 생각이냐? 그러면 보는 내가 너무 심심하지 않겠니."

아직도 강을 넘지 않고 강둑에 다리를 꼬고 앉아서 지켜보고 있던 요제가 교소를 터뜨리면서 한 말이었다.

만약 그녀가 끼어든다면 지금 상황은 최악이라고 할 수 있었지만 그녀는 아직 지켜만 보고 있었다. 그녀의 마음을 알고 있는지 사요가 자신이 들고 있는 도의 도신을 혀로 부드럽게 애무하며 말했다.

"요제 사부님의 말씀이 아니라도, 네년은 여기서 죽을 수밖에 없구

나. 하필이면 나 사요를 만나다니."

제갈령은 침착하게 웃으면서 말했다.

"그것이 내 운명이라면 어쩔 수 없죠. 하지만 나도 그냥 죽고 싶지는 않습니다."

"그럼 발악해 보렴. 그래야 나도 심심하지 않지."

사요가 한 발 앞으로 나서자, 제갈령의 뒤에 서 있던 중년의 남자가 앞으로 나서며 말했다.

"군사, 나와 제검대가 이 계집을 상대하겠네. 우리가 싸우는 동안 피하시게."

"숙부님."

앞으로 나선 것은 제갈세가의 제검대(齊劍隊) 대주인 제검영(齊劍影) 제갈군이었다. 그는 제갈세가의 가주인 지룡 제갈천문의 동생으로, 제갈세가 내에서 가장 무공이 강한 자였다.

타인들은 제갈군을 일컬어 제갈세가의 수호신이라고 불렀었다.

"더 이상 토를 달지 말고 피하시게. 이 숙부는 그리 약하지 않아. 저 계집 정도는 능히 상대할 수 있을 것일세."

"내가 한 팔 거들지."

황보선이 주먹을 흔들며 제갈군의 옆에 섰다.

제갈군이 고맙다는 표정으로 황보선을 보면서 말했다.

"둘이라면 해볼 만하지."

"그렇지 않아도 저 계집이 떠드는 소리가 몹시 시끄러웠다네."

"나도 그랬지."

사요의 표정에 살기가 어리기 시작했다.

"먼저 죽지 못해 안달들을 하는군. 그럼 죽여주지."

사요의 도가 대각선을 그리며 제갈군의 목을 쳐온다.

벼락 같은 공격이었지만 이미 준비를 하고 있던 제갈군이었다.

순간 제갈군의 품 안에서 두 개의 비수가 사요의 얼굴과 목을 노리고 날아갔다.

'웃' 하는 소리와 함께, 사요는 조금 놀란 듯 공격해 가던 도를 거두며 제갈군의 비도를 쳐내려 하였다. 그러나 바로 그 순간 황보선의 권경이 벽력같은 소리를 내며 사요의 전신 요혈을 노리고 밀려왔다.

사요의 안색이 변했다.

두 고수의 협공은 사요가 쉽게 생각할 수 있는 경지가 아니었다.

지켜보던 요제는 의외라는 표정으로 제갈군과 황보선을 노려보았다. 설마 둘의 합격이 자신의 이제자인 사요를 위협할 정도라고는 생각하지 않았던 것이다.

사요의 보이는 모습은 삼십대지만 실제 그녀의 나이는 거의 칠십이 다 되었고, 자신의 무공을 상당 부분 물려받아 구파일방의 전대 고수들이 아니라면 상대할 만한 고수가 없으리라 믿고 있었다.

그것은 조금 전 화산의 매화삼검을 상대하면서도 증명된 바 있었다. 그런데 당연히 그들보다 훨씬 약하리라 생각했던 후대의 고수 두 명이 협공으로 사요를 상대하는 것이 아닌가?

'강호무림의 깊이는 끝이 없어 쉽게 생각하면 낭패를 면치 못할 것이라 하더니, 과연 그렇구나.'

이런 저런 생각을 하며 흥미로운 표정으로 그들의 대결을 지켜보던 요제의 안색이 갑자기 일변하였다.

"이런, 멈추어라!"

고함과 함께 그녀의 신형이 질풍처럼 내달렸다.

그녀의 신형은 단숨에 강을 건너 염제를 위험 속으로 몰아넣고 있던 의종 소혜령을 향해 날아가고 있었다. 그녀는 급하게 허공에서 도를 들어 내려쳤다. 순간 도에서 하나의 섬광이 뿜어져 백봉화타 소혜령의 가슴을 노리고 날아갔다.

도의 강기를 마치 암기처럼 날린 것이다.

염제에게 마지막 일격을 가하려던 소혜령은 자신을 향해 밀려오는 암경을 느끼고 급히 몸을 틀며 백봉구화장법을 펼쳤다.

'팡' 하는 소리와 함께 소혜령의 신형이 세 걸음이나 주르륵 밀려 나갔다.

그녀의 서늘한 봉목이 요제를 향했다.

요제는 그녀의 일 장 앞에 내려선 다음 기진맥진하고 있는 염제를 슬쩍 훑어보면서 말했다.

"호호, 내 사제인 염제가 비록 군사의 직을 맡은 관계로 위의 삼제에 비해 무공 면에서는 약간 달리지만, 강호무림에서 능히 십이대초인과 겨룰 만하다 생각했는데, 참으로 대단하군요. 무림맹에 그만한 여고수라면 한 명뿐이겠지요. 의종 백봉화타를 만나뵈어서 영광입니다. 하지만 만나자마자 죽여야 하는 운명이라 무척 슬프답니다."

백봉화타는 요제를 바라보면서 말했다.

"보기에 부담스런 모습이군. 그쪽이 요제인가요?"

요제가 가는 허리를 뒤틀며 대답하였다.

"제가 요제랍니다. 의종 백봉화타를 반드시 만나보고 싶었습니다.

이런 자리가 아니라면 우리는 좋은 친구 사이가 될 수도 있었을 터인데 참으로 아쉽습니다."

"나는 여기가 아니라도 당신과 친구가 되고 싶은 생각이 없습니다."

"호호, 매정하시군요."

소혜령은 더 이상 요제의 말에 대답을 않겠다는 듯 입을 꾹 다물었다. 무시를 당한 듯하자 요제의 눈썹이 곤두섰다.

조금 전까지 웃던 모습은 어디에도 없었다.

참으로 변화무쌍한 성격에 그에 못지않은 표정 관리였다.

"감히 내 말을 무시하다니."

그녀가 든 사령도의 도신이 부르르 떨려왔다.

세상에서 그녀가 가장 싫어하는 것이 있다면 바로 자신을 무시하는 것이었다. 모든 것을 다 참아도 그것만큼은 참을 수 없었다.

"이 씹어 먹을 년."

지금까지 보았던 요제의 모습으로는 도저히 상상도 할 수 없는 욕지기가 그녀의 입에서 튀어나왔다.

그녀의 사령도가 섬광처럼 소혜령의 가슴을 잘라왔다.

소혜령의 신형이 뿌옇게 흐려지면서 사령도의 섬광은 그녀의 몸을 가로지르고 지나갔다. 하지만 사령도는 소혜령의 몸을 자른 것이 아니라 은하수리보법을 펼친 그녀의 잔상을 자른 것뿐이었다.

소혜령의 손에서 백봉황이 날면서 요제의 얼굴과 다리를 한꺼번에 공격해 갔다. 그녀의 반격은 시간상 미묘해서 요제가 공격했던 사령도를 다시 거두어 방어할 시간적인 여유를 주지 않았다.

백봉황이 요제의 얼굴을 가격하려는 순간 그녀의 신형이 격하게 흔

들리면서 공격을 하던 소혜령이 급하게 뒤로 세 걸음이나 물러섰다.
물러서는 그녀의 배에 작은 상처가 나 있었다.
"세상에 보법은 은하수리보법만 있는 것이 아니다. 그리고 네년은 나의 사령도를 너무 쉽게 보았다."
비록 작은 목소리였지만 사령도라는 말에 소혜령의 안색이 굳어졌다.
그녀 역시 사대마병을 잘 알고 있었다.
'하필이면.'
이런 저런 이유로 상황은 최악으로 치닫고 있었다. 그래도 자신이 아니라면 요제를 견제할 수 있는 고수가 무림맹에는 없었다.
한편 제갈령은 지금의 상황을 살피면서 어떻게 하던지 피해를 줄이기 위해 머리를 싸매고 있었다. 제갈군과 황보선은 협공으로 사요를 상대하고 있었지만, 시간이 지날수록 밀리고 있었다. 거의 모든 곳에서 무림맹과 천문은 형편없이 밀리고 있었다.
반고충이 제갈령을 보고 있었다.
둘의 시선이 마주치자, 둘은 서로의 마음을 읽었다.
더 이상 망설여선 안 된다.
"모두 천문 안쪽으로 피하세요!"
"모두 천문으로 피해라!"
제갈령과 반고충이 거의 동시에 고함을 질렀다.
이제 더 이상 체면이고 은밀함이고 따질 상황이 아니었다.
둘의 고함과 함께 천문과 무림맹의 수하들이 필사적으로 후퇴를 하기 시작했다. 그러나 전륜살가림의 고수들은 그것을 그냥 두고 보지 않았다.

특히 일부 전륜살가림의 고수들이 제갈령을 노리기 시작했다.

막 무림맹의 고수 한 명을 처리한 신요의 눈에 천문을 향해 피하고 있는 제갈령의 모습이 보이자, 그녀는 지체하지 않고 신형을 날렸다.

그녀의 손에 들린 도가 독사의 혀처럼 날름거리며 당장이라도 제갈령을 두 쪽으로 가를 것 같았다.

제갈령을 호위하던 호위무사들이 필사적으로 막았지만 신요의 일도에 세 명의 무사가 고혼이 되었다. 무림맹의 고수들이 제갈령을 보호하기 위해 움직이려 하였지만, 전륜살가림의 고수들은 바보가 아니었다.

요제와 대치하고 있던 소혜령도 그 상황을 보았다.

마침 요제가 서 있는 뒤쪽에서 벌어지는 일이라 그녀와 마주 보고 있는 소혜령은 명확하게 볼 수 있었던 것이다.

"사령도를 들었다고 칠종을 이길 수 있다고 생각한다면 그것은 거만이다."

낮은 소리와 함께 소혜령의 손에서 거대한 한 마리의 봉황이 날개를 폈다. 백봉구화장법의 비기 중 하나인 백봉진천하(白鳳震天下)가 펼쳐진 것이다.

그 엄청난 압력에 요제마저도 안색이 변하고 말았다.

"이런!"

고함과 함께 그녀의 도가 아홉 번이나 허공을 그어갔다.

그녀 역시 사령도법의 삼대살수 중 하나를 펼친 것이다.

'번쩍' 하는 섬광과 함께 백봉의 그림자가 엉키는 순간, 소혜령의 신형이 화살처럼 앞으로 튕겨 나갔다. 그녀의 신법은 너무 빨라서 다른 사람은 그저 아릿한 잔상만 보았을 뿐이었다.

무림에서 가장 빠른 신법 중 하나라는 은하탄섬류(銀河彈閃流)가 펼쳐진 것이다.

요제의 눈이 차갑게 가라앉았다.

지금 공격이 허초였음을 알았던 것이다.

서걱 하는 소리와 함께 백봉황이 베어져 사라지는 순간 그녀의 신형은 이미 소혜령의 뒤를 따르고 있었다. 그녀는 돌아선 순간 상황을 한눈에 볼 수 있었다.

"이런 여우 같은 년."

욕이 하며 전력으로 신법을 펼쳤다. 그러나 소혜령의 신법은 정말 빨랐다. 그러나 요제는 전혀 실망하지 않았다. 오히려 몸을 틀며 자신과 소혜령, 그리고 제갈령이 일직선상에 놓이도록 한 다음 도를 휘둘렀다.

그녀의 도에서 비발 모양의 강기가 뿜어져 소혜령의 뒤를 따랐다. 신법이 아무리 빨라도 도강보다 느리다.

만약 소혜령이 도강을 피한다면 제갈령은 죽을 것이다.

설혹 소혜령이 몸을 틀면서 도강을 쳐낸다 해도 그것은 쉬운 일이 아니었다.

사령도의 삼대살수 중 하나인 비살도강(飛殺刀罡)은 이기어도술보다 한 수 위의 무공이었다. 처음 그녀가 펼친 도의 강기를 암기처럼 펼쳤던 암강과는 비교할 수 없이 빠르고 무서운 절기였다. 그리고 비살도강을 펼친 요제는 신형을 날려 소혜령을 쫓아갔다.

제갈령은 무표정한 표정으로 신요를 보고 있었다.

신요의 도가 호위무사들을 단숨에 토막 내고 바로 눈앞에서 자신을 공격하려 하고 있었다. 그에 대항해서 제갈령은 손에 단룡비를 펼칠 수 있는 비수를 들고 있었지만, 그 비수가 그녀를 막을 수 있을 것이라 생각하지 않았다.

무공 차이가 나도 너무 많이 났던 것이다.

신요의 입가에 차가운 미소가 걸렸다.

"네년은 지금 죽는다."

제갈령은 조금도 기죽지 않고 그녀를 마주 쏘아본다.

죽을 때 죽더라도 당당하게 죽겠다는 표정이었다.

신요는 그 모습이 더욱 싫었다.

"죽어라!"

고함과 함께 도를 내려치던 신요는 기겁을 하며 몸을 틀어야 했다. 자신의 뒤를 노리고 공격해 오는 한 가닥의 살기를 느낀 것이다. 그녀는 몸을 틀면서 땅바닥을 두 바퀴나 굴러서야 겨우 정신을 차릴 수 있었다.

신요를 처리한 소혜령은 다급하게 몸을 돌리며 백봉구화장법으로 바로 코앞까지 날아온 비살도강을 쳐내려 하였다. 그러나 그땐 이미 너무 늦은 다음이었다.

'서걱' 하는 소리가 들리면서 소혜령의 옆구리가 예리하게 베어져 나갔다. 피가 튀면서 그녀의 신형이 휘청하는 순간, 뒤이어 쫓아온 요제는 그 기회를 놓치지 않았다.

요제는 사령도법의 절초를 연이어 펼치면서 백봉화타 소혜령의 전신 사혈을 공격해 갔다.

피할 수도 없었다.

피하면 제갈령이 죽을 것이다.

소혜령은 이를 악물고 백봉구화장법을 펼쳤지만, 요제의 사령도를 막기에는 역부족이었다. 전문적으로 무공만 익혀온 요제와 의술을 겸해서 무공을 익힌 소혜령의 무공도 차이가 있었지만, 지금같이 불리한 상황이라면 더욱 차이가 날 수밖에 없었다.

일순간에 십여 합을 겨루면서 소혜령은 뒤로 일 장이나 다시 밀려났고, 밀려나면서도 그녀는 철저하게 제갈령을 보호하였다.

제갈령은 바로 소혜령의 등 뒤에서 함께 밀려가고 있었다. 그리고 그 십여 합으로 인해 소혜령은 무려 다섯 군데나 상처를 입었다.

두 여자가 겨룬 사방 십여 장이 폭풍 속에 휘말렸고, 일수유 동안의 짧은 겨룸이었지만 보는 사람들은 모두 다른 사람과 결투할 생각조차 하지 못하고 멍하니 서서 그녀들을 바라보고 있었다.

요제의 공격은 치명적이고 교활했다.

소혜령은 비록 큰 상처를 입었지만 의연한 표정으로 요제를 바라보고 있었다.

그녀의 상처는 엄중했다.

특히 다리에 입은 상처와 내상으로 인해 그녀의 장기인 보법과 신법을 펼치기도 어려울 정도가 되었다. 소혜령의 뒤에 서 있던 제갈령의 안색은 파리하게 질려 있었다. 제아무리 대범한 그녀였지만 지금 상황에서는 어쩔 수가 없었다.

짧은 순간에 몇 번이나 죽었다 살아났는지 모른다.

끝까지 자신을 지켜준 소혜령에 대한 고마움과 안타까움, 그리고 아직도 자신의 생명이 크게 위협받고 있다는 사실에 그녀의 표정은 완전히 굳어 있었다.

제갈령은 걱정스런 표정으로 소혜령의 등을 보면서 물었다.

"괜찮으십니까?"

"너무 걱정 말거라!"

요제가 두 사람의 밀담을 들으며 깔깔거린다.

"대단하다. 과연 칠종. 그 상황에서도 나의 사령도를 십여 초나 받아내다니. 호호호, 그러나 안타깝구나. 이제 너는 죽어야 한다. 지금 그 몸으로 나의 가장 무서운 살초를 막아내기란 불가능할 것이다. 그렇지 않은가, 의종?"

소혜령의 입가에 미미한 미소가 어렸다.

"나는 의원이요. 의원은 자신의 환자가 아무리 어려운 상황이라도 포기하지 않아."

요제의 입가가 실룩거렸다.

지금 같은 상황에서도 당당한 소혜령이 싫었다.

이기고 있어도 기분이 더러워진다.

마치 소변을 보다 만 기분이랄까?

두 여자의 결투로 인해 모든 전투는 이미 멈추어져 있었다.

단지 투괴를 비롯해서 혈강시와 겨루고 있는 무림맹의 장로들만이 어쩔 수 없이 싸우고 있는 실정이었다.

혈강시들은 지치지도 않았고, 칼로 찔러도 끄떡하지 않았다.

노가구와 송학 도장은 모두 질려 있었다.

다시는 붉은색조차 보기 싫을 정도였다.

그들 외에 양측의 무사들은 일단 결투를 중지한 채, 서로 상대의 눈치를 보고 있었다.

그들의 의식은 모두 의종 소혜령과 요제에게 모아져 있었다.

두 여자의 대결이 얼마나 중요한지 모두 알고 있기 때문이었다.

비록 결투를 멈추었지만 무림맹과 천문, 그리고 전륜살가림 고수들의 표정은 완전히 정반대였다.

무림맹과 천문 무사들의 표정이 거의 절망적이라면 전륜살가림의 무사들은 사기충천해 있었다. 누가 보아도 둘의 승부는 이미 결정된 것처럼 보였기 때문이다. 그리고 사실상 소혜령도 자신이 더 이상 버티기 어렵다는 사실을 알고 있었다.

끝까지 의연하던 소혜령은 천문의 반대편 길로부터 몰려오는 일단의 무사들을 보았다.

그녀의 표정을 본 요제가 길 저편을 슬쩍 바라본다.

모든 무사들의 시선이 다가오는 무사들을 향했다.

천천히 다가오는 것 같았던 그들은 어느새 그들 근처까지 다가와 있었다.

날카로운 인상의 중년인과 이백의 무사들.

가까이 다가온 상대를 본 무림맹의 고수들 중 개방의 장로 한 명이 상대가 누구인지를 알아보았다.

"검종 요보동."

그 말을 들은 무림맹의 고수들 표정이 더욱 굳어졌다.

검종이라니. 십이대초인의 이름은 언제 들어도 가슴을 떨리게 만든

다. 더군다나 지금과 같은 상황이라면 더욱 그랬다.

대체 검종이 이 자리에 무슨 일이란 말인가?

"내 얼굴을 아는 자가 있었나? 역시 개방이군."

심드렁한 검종의 말에 환제와 싸우던 노승이 검종을 보고 물었다.

"아미타불, 검종께서는 여기 오신 이유가?"

"아, 나는 염불을 싫어하니 그만 하시오. 노승이 누구인지 모르지만 나는 나의 사제들을 도와주러 왔소이다."

"사제."

모두 의아한 시선으로 검종을 볼 때였다

염제와 환제가 앞으로 나와 일제히 허리를 숙였다.

"이사형을 뵙습니다."

무림맹도들은 하늘이 무너지는 듯한 느낌이었다.

점입가경이란 말은 있었지만 설마 이 상황에서 검종까지 가세할 줄이야. 너무 엄청난 사실 앞에서 그 누구도 검종의 정체를 묻는 사람이 없었다.

검종은 피식 웃으면서 말했다.

"아직도 싸우는 중인가?"

"상대가 만만치 않았고, 무림맹까지 가세가 되어 시간이 조금 늦어졌을 뿐입니다. 사형께서는 구경만 해도 되실 것입니다."

검종의 시선이 이번에는 요제를 향했다.

요제가 배시시 웃는다.

"너까지 가세를 하고서도 아직 처리가 안 되었다니 놀랍군."

"내 앞의 여자가 의종 백봉화타이고 저기 혈강시들과 겨루는 작달만

한 노인이 투괴인 걸 안다면 이사형은 그렇게 쉽게 말하지 못했을 것입니다."

검종이 조금 놀란 표정으로 의종의 의연한 모습과 혈강시와 난투를 벌이고 있는 곳에서 투괴의 모습을 찾아 바라본다.

검종은 마지막으로 요제의 모습을 보고 대충 상황을 짐작한 듯 고개를 끄덕이며 말했다.

"네 무공이 많이 발전하였구나."

"이래 보여도 사령도의 전인입니다."

"하긴 사령도라면 능히 칠종을 능가할 수 있지. 그건 그렇고 네가 가져온 혈강시들은 어디에 치웠느냐?"

"혹시 살아남은 자들이 있을까 하고 수하 몇 명과 함께 이 근처를 순찰하게 하였습니다."

"그건 잘했다. 보아하니 당진진과 관표란 아이가 아직 살아 있을 수 있으니 잘하면 대어를 낚겠군."

두 사람은 한가하게 이야기를 주고받고 있었는데, 마치 무림맹이란 존재가 전혀 없다는 듯한 모습들이었다. 그러나 무림맹의 그 누구도 검종과 요제의 말과 행동에 토를 달지 못했다.

알고 보니 사대마병의 하나인 사령도의 전인이 요제란다. 그리고 그런 요제의 사형이 검종이라고 하니 질리지 않을 수 없었다.

어떻게 검종이 염제와 환제, 그리고 요제의 사형이 되었는지는 모르지만, 그가 오제 중 검제일 거란 사실은 눈치챌 수 있었다.

제갈령과 반고충은 절망을 느끼는 중이었다.

도저히 지금의 자신들로서는 이들을 이길 수 없다는 사실을 절감하는 중이었다. 검종 요보동이 나타나지 않았어도 상황은 거의 절망적이었다. 그런데 그에 더해서 검종이 이백의 수하들과 함께 적으로 나타났다.

도저히 이길 수 없는 상황이었다.

검종과 사령도란 이름 앞에서 무림맹의 수하들은 모두 얼어붙고 말았던 것이다. 그것은 누구를 탓할 수도 없는 일이었다.

제갈령이 이를 악물었다.

아무리 절망적이라도 포기할 수는 없었다.

"무림맹의 수하들은 모두 이쪽으로 모이세요."

그녀의 말은 나직했지만 무림맹의 수하들은 정신이 번쩍 들었다. 그들은 상대의 눈치를 보면서 천천히 제갈령의 뒤쪽으로 모여들었다.

반고충 역시 천문의 수하들을 보면서 명령을 내렸다.

"천문의 수하들 역시 이쪽으로 모여라!"

천문의 수하들도 반고충이 있는 곳으로 천천히 모여갔다.

요제와 검종은 그들을 묵묵히 보고 있었으며, 전륜살가림의 제자들도 오제들이 명령을 내리지 않자 그저 보고만 있었다. 그러나 그들은 무림맹과 천문이 어떤 수단을 써도 여기서 살아나갈 수 있으리란 생각은 별로 하지 않았다.

전륜살가림의 오제 중 무려 사제가 모여 있었다.

누가 이들을 피해서 살아남을 수 있겠는가?

검종이 피식 웃으며 요제와 염제를 보았다.

"그럼 나는 구경만 할 테니 마저 끝내시게."

"그럼 사형은 구경하고 계세요."

요제가 돌아섰다.
그녀의 앞에는 여전히 백봉화타 소혜령이 의연하게 서 있었다.
염제와 환제 역시 무림맹과 천문의 수하들이 있는 곳으로 돌아섰다.
꿀꺽.
누군가의 침 넘어가는 소리가 들린다.
요제가 자신의 도를 들었다.
우우웅.
하는 소리가 들리며 요제의 사령도가 무섭게 울어댄다.
무림맹은 사령도의 귀곡성에 다시 한 번 기가 질리고 말았다.
당장이라도 목이 떨어지는 듯한 환상에 몸을 떤다.
"아미타불."
원화 대사가 사자후로 대응하였지만, 그 소리는 사령도의 귀곡성에 묻혀 사라졌다. 반대로 전륜살가림의 수하들은 더욱 사기충천하고 있었다. 그런데 정작 요제의 안색이 일그러져 있었다.
사령도가 제멋대로 울고 있었던 것이다.
그것은 그녀가 사령도를 쥐고 처음 있는 일이었다.
'대체 왜?'
그녀는 당황한 표정을 감추지 못하고 있었다.
백봉화타 소혜령은 이제 마지막으로 요제와 양패구상이라도 하려고 내력을 끌어 모으다가 그녀의 표정이 이상함을 느끼고 멈칫했다.
갑자기 사령도의 귀곡성이 멈추었다.
요제와 검종의 표정이 심각하게 굳어져 있었다.
검종 역시 요제의 기분을 느끼고, 전음으로 물어 그 대답을 들은 다음이었다. 그리고 사령도가 울음을 그치자 하나의 기운을 감지했던 것이다.

둘의 모습엔 조금 전까지 유유자적하던 모습은 어디에도 없었다. 사령도가 제멋대로 운 것도 놀라운데, 녹림도원의 안쪽에서 다가오는 날카로운 기운은 결코 가볍게 볼 수 있는 것이 아니었던 것이다.

사령도가 운 것은 분명히 그 기운과 관련이 있을 것이다.

두 사람의 시선이 녹림도원으로 들어가는 길을 지켜보고 있었다.

이제 모든 사람들이 두 사람의 표정과 시선을 느끼고 두 사람의 시선을 쫓아 녹림도원으로 이어진 언덕길로 시선을 모은다.

기세.

염제와 환제는 그제야 녹림도원의 언덕 너머로부터 전해오는 기세를 느끼고 안색이 굳어졌다. 모든 시선이 모여진 가운데 언덕 너머로부터 작은 소리가 들리더니 점점 커지고 있었다.

천천히 들려오는 것은 말발굽 소리였다.

그리고 그들의 시선 안으로 말을 탄 한 사람의 모습이 나타났다.

거의 해가 지고 있는 언덕 위에서 순백색의 거대한 말 한 마리가 나타났다.

거대한 설리총의 위에는 한 명의 호리호리한 여자가 타고 있었으며, 그녀는 허리에 요대를 두르고 그 요대 위에는 조그만 단궁 하나를 차고 있었다. 또한 말안장 옆으로는 검은색의 낫 한 자루가 걸려 있었고, 그 아래로는 검은색의 단창 하나가 걸려 있었다.

백의와 눈처럼 흰 말.

검은색 일변도의 무기 삼 종.

세상에서 짝을 찾아보기 어려운 미모.

수많은 군중들을 내려다보는 그녀의 시선 속엔 대종사의 위엄이 가득했다.

존재감이란 말이 있다.

그녀가 나타나자, 지금까지 혈투를 벌이고 있던 모든 사람들은 갑자기 자신이 초라해지는 기분이었다.

그녀를 바라보는 소혜령의 눈이 커졌다.

자신이 그렇게도 아끼고 사랑하던 제자가 거기에 있었던 것이다.

백리소소가 나타나자, 천문의 제자들은 일제히 허리를 숙이며 양쪽으로 갈라섰다. 그 가운데로 백리소소가 말을 타고 천천히 다가오고 있었다.

"갈!"

검종의 고함에 전륜살가림의 수하들은 정신이 번쩍 들었다.

전륜살가림의 제자 중 랑급 소전사인 단무해는 정신이 들자 지금 같은 상황에 당당하게 나타난 계집이 마음에 들었다.

'흐흐, 계집이 미쳤구나. 대체 지금 같은 상황에 혼자 와서 뭘 어쩌겠단 말이냐? 내가 먼저 잡아서 내 첩으로 달라 해야겠구나.'

결심을 굳히자마자 앞으로 튀어나가며 고함을 질렀다.

양옆으로 늘어선 천문의 수하들 사이로 멀리서 다가오는 여자의 모습은 더욱 아름다워 보였다.

호기있게 고함을 질렀다.

"너는 뭐 하는 계집이냐?"

백리소소가 탄 말이 멈추었다.

그녀는 허리에서 단궁을 꺼내며 말했다.

"입이 시궁창이군."

"뭐라고? 이런 쌍… 크어억!"

단무해의 말이 멈추었다.

그의 입에는 순백색 화살이 꽂혀 있었다.

언제 어떻게 쏘았는지 아무도 보지 못했다.

혹시나 해서 다시 눈을 씻고 보아도 백리소소의 곁에는 화살이 없었다. 그런데 어디서 날아온 화살이란 말인가?

입에 화살이 박힌 단무해는 공포에 질려 있었다.

빨리 자신의 동료들 속으로 들어가 숨고 싶었다. 그러나 두 번째로 날아온 화살은 그의 이마에 박혔고, 그는 세상과 인연의 끈을 놓아야 했다.

전륜살가림의 전사들은 순간적으로 몸이 굳어버렸다.

"녹림왕의 아내가 바로 나다. 누가 내 집 앞에서 내 식구를 죽였느냐?"

그녀의 말은 나직했지만 바람을 타고 날아와 모든 사람들의 귀에 똑똑하게 들렸다.

백리소소의 말을 듣고 있던 검종은 매우 화가 나 있었다.

겨우 어린 계집에게 속아 잠시나마 긴장했던 마음이 풀어지면서 자존심이 상했던 것이다.

"모두 공격하라! 특히 저 계집을 사로잡는 전사에겐 포상이 있을 것이다!"

검종의 고함 소리가 울려 퍼지자, 전륜살가림은 사기충천해서 고함을 지르며 천문과 무림맹을 향해 달려들었다.

백리소소의 눈썹이 곤두섰다.

"가자!"

고함과 함께 설광이 무서운 속도로 달리기 시작했다.

그리고 달리는 말 위에서 쏜 화살이 무서운 속도로 회전하면서 전륜살가림의 전사들에게 날아갔다. 그런데 날아오는 화살이 어느새 거대한 얼음 기둥으로 변해 있었다.

빙살폭뢰전이 다시 펼쳐진 것이다.

모두 신기한 광경에 놀라 쳐다보는 순간 '꽝' 하는 소리와 함께 얼음 기둥이 터져 나갔고, 사방 십여 장이 초토화되어 날아갔다.

예리하게 날이 선 얼음 파편은 용서가 없었다.

전륜살가림의 전사 삼십여 명이 피투성이가 되어 쓰러졌고, 이 엄청난 광경에 막 공격을 하려던 전륜살가림의 전사들이 그 자리에 멈추었다.

뒤이어 날아온 화살은 랑급 전사 두 명을 한꺼번에 꿰고 있었다.

전륜살가림의 전사들이 당황하기 시작했다.

그리고 그때 바람처럼 날아온 설광(백리소소가 탄 강시마)은 전륜살가림을 덮치고 있었다. 백리소소는 어느새 활을 차고 오른손에 단창을 쥐고 있었다.

"이년, 내가 네년을 죽여 동료들의 복수를 하겠다."

진천을 창으로 꿰어 죽였던 염마대의 대주 화염마창 토그르가 거대한 창을 휘두르며 백리소소에게 달려들었다. 칠 척 장신에 당당한 체격의 토그르가 휘두르는 강창에서 불같은 강기가 토해지고 있었다.

백리소소는 설광의 속도를 늦추지 않고 그대로 토그르에게 달려들었다. 그녀의 손에 든 작은 단창과 토그르의 거대한 장창이 충돌하였다.

'꽝' 하는 소리가 들리며 토그르의 그 거대한 체구가 허공으로 튕겨 나갔고, 떨어지는 토그르의 얼굴 복판에 백리소소의 강창이 들어가 박혔다.

사대마병 중 하나인 수라창은 용서가 없었다.

전설은 말한다.

'수라창은 타인의 생명을 먹고사는 마물이라고.'

전륜살가림의 전사들이 뒤로 물러서고 있었다.

모두 공포에 질려 있었다. 그리고 설광이 다시 달리고 있었다.

무후의 전설과 함께.

왕소동과 유청생, 그리고 금연을 비롯해서 살아남은 별동대의 인원들은 모과산을 등지고 관도 쪽을 향해 걸어가고 있었다. 처음의 당당하던 모습들과는 달리 그들의 모습은 처참함 그대로였다.

중간에 해남파의 장로인 수인검 동자단이 자신의 수하들을 이끌고 떠나간 후 이제 남은 인원은 겨우 열다섯 명이었다.

단 한 명의 여자에게 패한 것치고는 너무 치명적인 패배였다.

고죽수 왕소동은 한심한 생각이 저절로 들었다.

잡혀간 하수연을 생각하자 갑자기 화가 치밀어 올랐다.

'겨우 한 명의 계집 때문에 화산이 망하는구나.'

살아서 돌아간다면 대사형인 가동청에게 사실대로 고한 후 하불범의 장문 직을 박탈하고 하수연을 파문해 버릴 생각이었다. 그냥 넘어가기엔 그녀의 잘못이 너무 컸고, 사실을 알았던 하불범은 사사로운 감정을 참지 못하고 화산을 멸문으로 이끌었으며, 거짓으로 전대 고수들까지 동원하였다.

덕분에 자신은 죽을 뻔했다가 겨우 살아난 것이다.

왕소동은 자신을 부축하고 있는 유청생을 노려보며 물었다.

"네놈도 알고 있었느냐?"

유청생이 놀라서 왕소동을 보자, 왕소동은 역정을 내면서 고함을 지르고 말았다.

"네놈도 하수연 그 계집이 벌인 일을 알고 있었느냐고 물었다!"

유청생은 그제야 왕소동의 질문을 이해하고 얼굴이 창백해졌다. 질문의 그늘 속에 숨어 있는 왕소동의 분노를 읽었기 때문이다.

"사숙조님, 절대로 그렇지 않습니다. 제가 어떻게 그 사실을 알 수가 있었겠습니까? 조금 전 사매가 말하기 전에는 짐작도 못했습니다. 저뿐이 아니라 화산의 누구라도 그랬을 것입니다."

"네놈은 지금 네 사부 놈을 두둔하는 것이냐? 그놈도 제 딸년의 행실을 전혀 몰랐다고."

유청생은 가슴이 덜컥하는 기분을 느끼며 얼른 말을 이었다.

"그건 저도 모르겠습니다."

"으드득, 화산으로 돌아가서 보자."

유청생은 왕소동의 분노를 느끼고 몸을 부르르 떨었다.

이때 앞장을 서서 금진을 들쳐 업고 걸어가던 금연이 뒤를 돌아보며 말했다.

"앞에 누군가가 쓰러져 있습니다."

그녀의 말을 들은 왕소동이 앞으로 나와 보니 그들의 앞쪽에 한 명의 여자가 쓰러져 있는 것이 보인다. 왕소동은 여자의 모습을 보고 가슴이 덜컥 내려앉는 기분을 느꼈다.

혹시 무후천마녀가 다시 나타났다 싶었던 것이다. 그러나 상대가 무후천마녀라면 쓰러져 있을 리가 없었다.

금연을 선두로 왕소동 일행이 천천히 여자에게 다가갔다.

"으으."

미약한 신음 소리가 들려온다.

조금 더 가까이 다가간 일행 중에 당문의 인물이 기겁을 해서 뛰어가며 말했다.

"저분은 본 가문의 가장 어른이신 독종 당진진님이십니다."

그 말에 놀란 왕소동 일행은 모두 놀라서 급히 그녀에게 다가갔다. 대체 칠종의 한 명인 그녀가 왜 여기에 쓰러져 있단 말인가?

'혹시 투괴나 녹림왕에게 당했단 말인가?'

왕소동은 당진진이 관표에게 당했다고는 생각하지 않았다. 만약 당진진을 이렇게 만든 자가 있다면 그것은 투괴일 것이라고 판단하면서 그녀에게 다가갔다.

바닥에 누워 있던 당진진은 사람들이 다가오는 기척을 느끼자 눈을 떴다. 잠시 몸 내부를 살펴보았다.

그녀는 절망하지 않을 수 없었다.

'기적이 일어나기 전엔 살아남기 힘들겠구나.'

생각할수록 기가 막혔다.

자신이 지리란 생각은 하지도 않았고, 절명금강독공을 터득하고 나서는 능히 칠종 중에 자신을 당할 자가 없을 것이라고 생각했었다. 그런데 졌다.

그것도 이제 삼십도 안 된 녹림왕에게.

자신이 진 것은 문제가 아니었다.

'자칫하면 당문의 영화가 내 대에서 끝날지도 모른다.'

그녀는 당문을 사랑했다.

자신의 손을 잡고 당문을 천하제일가로 만들어달라던 오빠의 모습이 떠올랐다. 언제나 자신의 그늘에 가려 쓸쓸한 생을 살았지만, 그녀의 오빠는 가문을 위해서 꿋꿋하게 자신의 자리를 지키려 하였다. 그녀는 몰랐었다.

언제나 자신에게 웃고 있었던 오빠의 가슴속에 자신에 대한 열등감과 소외된 자의 상처를 안고 살아가고 있었다는 사실을.

단 한 번이라도 자신을 넘기 위해 얼마나 필사적이었는지를 몰랐었다. 결국 오빠인 당용운은 절명금강독공에 무리한 도전을 하였다가 죽어갔다. 그리고 죽어가면서 그녀에게 말했었다.

"진진아, 너를 사랑했지만 단 한 번이라도 너를 넘어보고 싶었다. 가문의 모든 관심이 가주인 내가 아니라 너에게 모아져 있는 것도 나에겐 견딜 수 없는 상처가 되었구나. 하지만 너를 원망하진 않는단다. 나는 이렇게 죽어가지만 내 대신 네가 당문을 천하제일가로 만들어다오. 너를 믿는다. 그리고 다음 대 가주는 너와 나의 동생인 당칠공에게 맡긴다."

오빠는 한 줌의 독수로 죽어갔다.

그녀는 그제야 오빠의 아픔을 알았다. 그리고 그녀는 오빠가 부탁한 일을 반드시 들어줄 것이라고 다짐을 하였었다. 그때부터 그녀는 천독수를 연마하며 절명금강독공을 연구하고 필요한 약재들을 하나씩 모으기 시작했다.

오빠처럼 성급하게 서둘지 않고 하나씩하나씩 준비를 한 것이다.

그런데 그렇게 어렵게 준비하고 터득한 절명금강독공이 깨졌다. 그리고 이제 자신은 죽어야만 할 상황이라 생각하자 기가 막혔다.

점점 자신에게 다가오는 발자국 소리가 들려왔다.

만약 상대가 적이라면 그녀는 꼼짝없이 죽을 판이었다.

'적에게 죽느니 차라리 내 스스로 죽겠다.'

결심을 굳히고 절명금강독공으로 자폭하려던 그녀의 귀에 들려온 말은 그녀의 정신을 번쩍 들게 하였다.

'본 가의 무사인가?'

억지로 눈을 뜬 당진진은 겨우 상반신을 일으키고 다가오는 무리들을 바라보았다. 십오 명 정도의 사람들이 보인다. 그리고 그녀는 그들 중에 어렵지 않게 당가의 제자들을 찾을 수 있었다.

그들은 빠르게 다가와 당진진의 앞에 무릎을 꿇고 울면서 오체복지한다. 그런 그들의 옆에 기절해 있는 당무영의 모습이 보였다.

당진진은 상황을 짐작하자, 기가 막혀 말문이 막히고 말았다.

금연과 왕소동, 그리고 유청생이 다가와 인사를 하였다.

그녀는 묵묵히 고개를 끄덕이고 당무영만을 바라보고 있었다.

꽤 길고 지루한 시간이 지나갔다.

"말해보게. 어쩌다 이렇게 되었나?"

당진진의 물음에 왕소동의 얼굴이 푸르르 떨렸다.

어떻게 말을 해야 할지 망설여졌다.

왕소동은 할 수 없다는 듯 그동안 있었던 일을 간단하게 설명해 주었다. 물론 그중엔 하수연에 대한 이야기나 당무영에 대한 이야기 중 일부는 빼고 말했다. 굳이 그런 부분까지 지금 이야기할 필요는 없다고 생각한 것이다.

왕소동의 말을 다 듣고 난 후 당진진은 허탈하게 웃었다.

"녹림왕도 대단한데, 거기에 더해서 무후천마녀란 말이지. 정말 대단하구나, 대단해."

왕소동은 고개를 숙이고 말았다.

"잠시만 피해줄 수 있겠나? 약 반 시진 정도면 되네. 내가 죽기 전에 이 아이의 병세만이라도 고쳐 주고 죽어야 눈을 감을 수 있을 거 같아서 말일세."

"그렇게 하겠습니다."

잠시 후 자리엔 당진진과 기절해 있는 당무영만 남아 있었다.

당진진은 한동안 당무영을 보다가 말했다.

"모든 것을 포기하고 있었는데 네가 이런 모습으로 나타나다니, 이것이 하늘의 뜻인가? 아이야, 정말 미안하구나. 네가 당가를 위해 희생을 해야겠다. 너는 이제 아이를 낳지 못하는 몸이 되었고, 설사 지금 상태를 고친다고 해도 지금 같은 난세에 당장 당가를 위해 방패가 되기엔 너무 부족하단다. 내 죄는 죽어서 갚아주겠다."

당진진은 당무영의 단전에 손을 얹고 절명금강독공을 운용하기 시작했다. 잠시 후 당무영의 몸 안에 있던 절명금강독공의 기운이 무서운 속도로 당진진에게 빨려 나갔다.

흡성대법하고는 전혀 다른 방법으로 당진진은 자신의 부상을 치료하는 중이었다. 관표로 인해 절명금강독공이 깨졌고, 치명적인 부상을 당했던 그녀였다.

절명금강독공을 이용해서 몸의 부상을 완전히 낫게 하려면 절명금강독공의 성질과 똑같은 독의 기운이 필요했었다. 그러나 그것은 사실상 불가능한 일이었다. 어디서 그런 독을 구한단 말인가? 한데 당무영이라면 다르다.

그는 당진진과 같은 독공을 익히고 있었으니, 그 독 기운을 빨아들임으로써 부상을 완전히 회복함은 물론이고 독공의 경지를 오히려 한 단계 상승시킬 수 있는 계기가 된 것이다.

만약 당진진의 독공이 공의 경지에 들어가 있지 않았다면 시도하기 어려운 모험이었다. 그러나 공의 경지란 절명금강독공이 완전해지기 위해서 반드시 거쳐야 하는 단계였다.

당진진은 그 공의 경지에 들어가 있는 상황이었고, 당무영의 독기를 자신의 것으로 만들면서 공의 경지에서 완전히 벗어나고 있었다. 그녀가 입고 있는 옷이 녹아서 흘러내렸다.

그리고 뱀처럼 허물을 벗고 있었다.

백옥처럼 고운 피부가 드러난다.

탈태환골에 반로환동이란 이런 것을 말하는 것이리라.

한 시진 후, 당진진의 모습은 완전히 변해 있었다. 겨우 이십대 중반의 모습으로 변한 그녀의 모습은 보는 사람의 혼을 빨아들일 듯한 모습이었다.

천하에 백리소소를 빼면 가장 아름다운 여인이라고 부를 만하리라. 당진진은 잠시 운기를 해보았다.

주체할 수 없는 내공이 그녀의 몸을 부드럽게 감싼다.

마치 다시 태어난 듯한 기분이었다.

이미 녹아서 가루가 되어 사라진 당무영의 모습은 흔적도 없었다.

"미안하구나, 얘야. 하지만 이것이 당문을 위하는 길이라 생각했다. 너를 대신해서 내가 복수할 것이고, 당문을 천하제일가로 만들 것이다."

그녀의 신형이 꺼지듯이 사라졌다.

왕소동은 묵묵히 앉아 있다가 갑자기 나타난 너무도 아름다운 여자를 보고 어리둥절하지 않을 수 없었다.

"미안하다."

그녀의 낭랑한 목소리에, 쉬면서 운기를 하던 모든 사람들이 놀라서 그녀를 바라보았다.

"너희들은 죽어야 한다."

놀라고 어쩔 사이도 없었다.

그녀의 몸에서 실 같은 묵기가 사방으로 뿜어져 나왔고, 그 자리에 있던 모든 사람들이 한 줌의 독수로 죽어갔다.

이제 세상에 왕소동 일행이 당진진을 만났었던 사실을 아는 사람은 아무도 없을 것이다.

관표는 급했다.

시간이 얼마나 지났는지도 모르겠고, 그동안 천문은 무사한지, 녹림도원의 부모 형제들 또한 무사한지 궁금했다. 그는 자신의 무기인 두 자루의 도끼를 찾아 든 후 천문을 향해 몸을 날렸다. 그러나 그는 불과 백 장을 가기도 전에 멈추어야 했다.

앞에서 빠르게 다가오던 자들도 놀라서 멈추었다.

서로 마주 보고 보니, 상대는 두 구의 혈강시와 다섯 명의 여자들이었다.

관표의 표정이 굳어졌다.

'전륜살가림이 습격한 것인가?'

어떻게 된 상황인지 짐작이 갔다.

마음이 조금 더 급해진다.

여자들 중 한 명이 관표를 보면서 물었다.

"네놈은 누구냐?"

"전륜살가림인가?"

"네놈도 정의맹이나 천문의 잔당이겠구나?"

"전륜살가림이 천문과 정의맹을 공격하였나?"

서로 묻기만 한다.

"호호호, 당연하지 않느냐? 지금쯤이면 천문이고 정의맹이고 요제님에게 모두 죽었을 것이다."

"요제란 말이지."

"네놈은 정체가 뭐냐?"

"나는 관표다."

여자의 안색이 굳어졌다.

함께 있던 여자들의 안색도 함께 굳어진다.

"네… 네가 녹림왕?"

"나 말고 녹림왕이란 별호를 쓰는 자가 누가 있는가?"

관표의 말에 여자들은 정말 상대가 녹림왕임을 알 수 있었다.

느끼는 순간 조장인 여자가 고함을 질렀다.

"쳐라!"

순간 두 구의 혈강시가 관표를 향해 공격해 왔다.

그들의 손에서 노을빛 광채가 번지면서 관표를 향해 밀려왔다.

"차핫!"

고함과 함께 관표의 신형이 흐릿해지더니 그의 신형이 혈강시의 공격권에서 벗어났다. 그러나 관표의 신형은 뒤로 피한 것이 아니라 앞으로 다가서며 두 혈강시 사이에 서 있었다.

혈강시들이 몸을 돌려 관표를 재차 공격하려는 순간 관표의 손에서 한 가닥의 힘이 뿜어져 왼쪽에서 공격해 오는 혈강시의 얼굴을 가격하였다.

'퍽' 하는 소리와 함께 혈강시가 몸을 부르르 떨었다.

오른쪽에 있던 혈강시가 다시 공격해 오는 순간 관표의 손에 금색으로 빛나는 도끼가 들렸고, 단숨에 서른여섯 개의 기광을 만들어내었다.

'쿵' 하는 소리와 함께 관표의 진기에 얼굴을 가격당한 혈강시가 바닥에 쓰러졌다. 멀쩡한 모습이었다. 그러나 혈강시의 머리 속은 완전히 가루로 변해 있을 것이다.

관표가 다섯 명의 여자들에게 다가섰다.

여자들은 단 일 수에 쓰러진 혈강시를 보면서 얼떨떨한 표정을 짓고 있었다. 지금 같은 상황을 도저히 이해할 수가 없었던 것이다. 그러나 그녀들의 놀라움은 이제 시작이었다.

관표의 공격을 당한 또 한 구의 혈강시가 서서히 분해되고 있었다. 수십 조각으로 나누어진 혈강시의 모습은 마치 고기를 수십 조각으로 반듯하게 잘라놓은 것 같았다.

조장인 여자가 너무 놀라서 그 자리에 주저앉았다.

관표의 신형이 무서운 속도로 전진하면서 조장인 여자와 네 명의 여자를 손쉽게 제압하였다.

혈을 짚인 여자들이 쓰러지자 관표는 그녀들을 한곳에 포개어놓고 천문을 향해 전력으로 신법을 펼쳤다.

'기다려라! 만약 천문의 제자들이 해를 당했다면 반드시 그에 상응하는 대가를 치러야 할 것이다.'

관표는 자신이 도착하기 전까지 제발 아무 일도 없기를 바랐다.

〈제6권 끝〉